afgeschreven

D1349793

Helen FitzGerald

Kleine meisjes

Vertaald door
Inge de Heer

Anthos|Amsterdam

ISBN 978 90 414 1171 6
© 2006 Helen FitzGerald
© 2007 Nederlandse vertaling Ambo|Anthos *uitgevers*,
Amsterdam en Inge de Heer
Oorspronkelijke titel *Little Girls*
Oorspronkelijke uitgever Faber & Faber
Omslagontwerp Roald Triebels, Amsterdam
Omslagillustratie © Gary Woods/Photonica/Getty Images
Foto auteur Charles Ross

Verspreiding voor België:
Veen Bosch & Keuning uitgevers n.v., Wommelgem

I

Sommige mensen ontdekken zichzelf in één klap, als door een explosie. Tijdens een trektocht door de Himalaya bijvoorbeeld, of tijdens een lsd-trip. Andere mensen maken er een hele studie van en sluiten die na jarenlange toewijding succesvol af – of niet. Ik heb mezelf stukje bij beetje ontdekt, eigenlijk door een aantal toevallige gebeurtenissen.

Het eerste stukje ontdekte ik in een tent op West Highland Way. Mijn beste vriendin Sarah sliep. Haar man lag naast haar, en ik slikte zijn zaad door.

Het volgende stukje van mezelf ontdekte ik onder aan een rotswand, waar ik Sarahs lijk voortsleepte, waarbij haar hoofd tegen de ene kei na de andere bonkte. Sarah, die vanaf mijn kindertijd mijn vriendin was geweest, en die ik had verraden en vermoord.

En in het duister op zolder bij mijn ouders ontdekte ik ten slotte de rest van mezelf.

Tot een week geleden had ik maar één ernstige fout begaan. Ik wist dat ik zo mijn gebreken had. Veel stelde het niet voor: ik was bijvoorbeeld ijdel en ongeduldig, en ik dronk twintig glazen alcohol per week. Dat lieg ik, want het waren er waarschijnlijk minstens vijfentwintig, en ook dat lieg ik. Maar ik had maar één ding gedaan waar ik me werkelijk voor schaamde.

Ik was naar Tenerife gegaan met Marj van mijn werk, die een man kende die weer een man kende die ons aan pillen kon helpen. Dus deden Marj en ik zeven dagen lang overdag niets anders dan slapen op zwart zand en jus d'orange drinken, en 's avonds niets anders dan in een nachtclub elkaars gezicht betasten en dansen op spikkels op de dansvloer, die op de een of andere manier zowel mooi als bedreigend leken te zijn. Toen ik op een avond op een bepaalde spikkel aan het dansen was, drong het tot me door dat Marj verdwenen was, en dat een man met witte tanden, gekleed in een kakikleurig T-shirt en een Diesel-spijkerbroek, met me meedanste en de spikkel op de vloer ook begreep.

We keken elkaar even aan en glimlachten, en we hadden allebei op hetzelfde moment precies dezelfde gedachte. Eindelijk iemand die me aanvoelt.

Ik schudde ongelovig mijn hoofd. Ik had hem gevonden!

Hij raakte teder, met een gebaar waaruit ware liefde sprak, mijn schouder aan. Ik betastte met mijn warme vingers zijn gezicht. Daarna nam ik hem bij de hand en liep rustig met hem naar het damestoilet, waar ik hem een van de hokjes in duwde, mijn zwarte string naar beneden stroopte en zijn hoofd naar beneden en tegen me aan duwde. Hij kwam verrassend snel weer boven, en we bedreven de liefde tegen die zuiver witte, betegelde muur van die heerlijke, zachte plek. We keken elkaar in de ogen en bedreven hand in hand de liefde.

Het is griezelig, zoals je overvallen kunt worden door een kater. Ik kreeg de mijne op hetzelfde moment als de man met de tanden. Als een geweerschot knalden uitputting, oogpijn en slechte adem mijn lijf in. Kaboem. Ik had een kater, en ik zag dat de witte voegen tussen de tegels in werkelijkheid grijs waren door de neergeslagen, vochtige pisdampen; dat het toilet bruin was van de aangekoekte stront; en dat mijn man, mijn prachtige ware liefde, iets oranjes tussen zijn twee voortanden had zitten.

Ik wenste dat hij mijn slijm van zijn gezicht zou vegen, en ik snakte naar een slok water.

Ik sleurde Marj weg van haar plek op de dansvloer en we gingen terug naar onze hotelkamer.

Tot een week geleden was dat de enige ernstige fout die ik ooit had begaan. Het enige waar ik werkelijk spijt van had. Dat ik op die manier zwanger ben geraakt van kleine Robbie. Mijn baby'tje, Robbie.

2

Het was Sarah die me door de zwangerschap heen hielp. Onze vriendschap was zo oud als de weg naar Rome, en daarmee hadden we het recht verdiend op elkaars onvoorwaardelijke liefde. Hoewel we elkaar mateloos irriteerden, vooral naarmate we ouder werden en steeds meer op onze moeders gingen lijken, hielden we oprecht van elkaar. Als de parkeerwachter zijn poot stijf hield, was het Sarah die ik belde voor een therapeutisch gesprek. Als ik een ingegroeide haar had die operatief verwijderd moest worden, was het Sarah die de operatie uitvoerde. Als ik er behoefte aan had om op de bank te zitten en geen woord te zeggen, was het Sarah die me zwijgend voorzag van de allerlekkerste chips.

We hebben elkaar leren kennen toen we vier waren, en ik hield onmiddellijk van haar omdat ze mooi was. Ze had goed geborsteld, glanzend blond haar en helderblauwe poppenogen. Ze was nooit alleen op het speelplein, maakte zich er nooit druk om of iemand haar aardig vond of niet, en was rustgevend om naar te kijken, als de zee.

Sarah was alles wat ik niet was. Ze was verstandig en zou nooit op rolschaatsen een steile heuvel af gaan, of vruchtensap over haar spellingschrift morsen. Ze was meisjesachtig. Terwijl ik van de Kerstman waterpistolen en harken kreeg, kreeg Sarah roze, donzige dingen en poppen die plasten en huilden (en mij de stuipen op het lijf joegen). Maar het grootste verschil tussen Sarah en mij was dat ze een binnenmens was. Ze kon de hele dag op haar kamer met haar Tiny Tears-pop zitten spelen: ze kookte voor haar in de minikeuken, ze streek voor haar met haar ministrijkijzer, ze stak haar in minikleren. Ik vond het vreselijk om binnen te zijn. Ik speelde altijd op straat, in Pollok Park, in de winkelgalerij, in de tuinen van mijn vriendjes en vriendinnetjes, overal behalve binnen. Als tiener ging ik urenlang de hort op met mijn vaste groepje pukkelige, broeierige leeftijdgenoten, en als volwassene nam ik de benen zodra ik mijn examen had gehaald, om verscheidene jaren later gewoon weer terug te komen, in felgekleurde, excentrieke kleren. Als ik er al in slaagde om Sarah zover te krijgen dat ze buiten kwam spelen toen we klein waren, dan was het onder de uitdrukkelijke voorwaarde dat Tiny Tears mee mocht, en terwijl ik een miniboomhut maakte waarin de pop zich kon terugtrekken, voerde Sarah haar pap, waarna ze haar toet afveegde, haar luier verschoonde en haar in slaap wiegde.

Arme Sarah. Een baby was eigenlijk altijd haar grootste wens geweest. Toen ze voor het eerst probeerde zwanger te raken, had ze de gewoonte om haar man Kyle opgewonden in zijn spreekkamer te bellen en te eisen dat hij thuiskwam om het met haar te doen aangezien het zover was: haar afscheiding was helder, haar temperatuur was hoog en ze was zo geil als de pest. En dan giechelden ze als hij meteen na afloop zijn stethoscoop op haar buik legde om 'hem te horen zwemmen'.

Maar na een tijdje vond Kyle dat hij zijn patiënten niet kon laten wachten of bleek hij huisbezoeken te moeten afleggen, en Sarah vroeg zich af of haar cyclus ongrijpbaarder was dan ze had vermoed. Ze kwam tot de conclusie dat deze onzichtbaar door de maand zwierf en dat Kyle en zij elke nacht seks moesten hebben om haar cyclus te onderscheppen. Vandaar dat ze de gewoonte aannamen om bijna iedere avond – nadat Kyle was thuisgekomen van zijn werk, nadat Sarah was thuisgekomen van haar werk in het ziekenhuis, nadat ze hadden gegeten en Sarah de tuin had gesproeid en gewied en nadat Kyle de kranten had gelezen – hun tanden te poetsen, in bed te stappen en geslachtsgemeenschap te hebben.

Dit hielden ze twee jaar lang vol. Ze werden er goed in. Glijmiddel? Geen behoefte aan. Eén moeilijke stoot in het begin was een klein ongemak dat je voor de efficiëntie over moest hebben.

Maar na vierentwintig maanden met elke avond seks had het sperma nog steeds geen jota uitgericht.

Dus hield Sarah op met werken, omdat ze tot de conclusie was gekomen dat de stress op de intensive care weleens een nadelige invloed zou kunnen hebben op haar eierstokken. Ze schoof de verbouwingsplannen voor het weekendhuisje in de buurt van Loch Katrine op de lange baan. Kyle gebruikte zijn invloed als langstzittende arts bij de South Shawlands Surgery om een spoedafspraak te regelen met de beste vruchtbaarheidsspecialist van het Verenigd Koninkrijk. Sarah ging aan de medicijnen, werd misselijk en chagrijnig, hield haar tuin niet langer zorgzaam bij en belde elke avond haar oudste en beste vriendin op – mij dus – om te klagen.

'Kyle is altijd maar aan het werk! Waarom! Waarom! Waarom!'

De eerste keer dat ze belde, stelde ik voor om ons te gaan bezatten.

'Wil je dat de baby in groei achterblijft?' riep Sarah uit.

De keer daarna stelde ik voor om uit eten te gaan. Dit heb ik maar één keer voorgesteld, want ze zei ja, en door haar gemekker over bacteriën en rook heb ik voorgoed een afkeer gekregen van mosselen marinara.

Ik schaam me er nu diep voor, maar uiteindelijk kreeg ik er

schoon genoeg van. Ik had maandenlang, jarenlang zelfs, met gepaste bezorgdheid geluisterd en raad gegeven. Ik had samen met haar gehuild, met mijn vriendin met die onverklaarbare drang om moeder te worden, die enthousiast maar vruchteloos in haar was losgebarsten. Ik had haar homeopathische middelen gebracht, boeken, nicotinepleisters, kauwgum en inhalators. Ik had gepraat, gepraat en nog eens gepraat. Wat dacht je hiervan? Of daarvan? Laat Kyle onderzoeken. Laat je elasticiteit van onderen onderzoeken. Open en elastisch. En het allerbelangrijkste: ontspan je.

Maar het had allemaal niet gewerkt, en ik had er genoeg van gekregen.

Dus kwam er een tijd dat ik heel diep inademde voordat ik de telefoon opnam als ze 's avonds laat weer eens belde. Dan hoorde ik eerst een tijdje niets en wat gesnuf, en als ik vervolgens vroeg hoe het met haar ging, was het antwoord nooit positief. Het was een obsessie voor haar geworden. Alles in haar wereld kwam op de een of andere manier bij haar eierstokken terecht. Avondeten, werk, kleren, schoeisel en hondenpoep hielden allemaal verband met eierstokken.

Van de weeromstuit was mijn conversatie na verloop van tijd nog maar op één ding gericht: het vermijden van eierstokken. 'Hoe staat het met de stenen muur bij Loch Katrine?' vroeg ik haar op een doordeweekse avond om halfelf.

'Daar ben ik mee opgehouden,' zei ze. 'De inspanning zou weleens slecht voor mijn eierstokken kunnen zijn.'

Het hele gedoe zat me tot hier toen Sarah me op een avond om drie over elf opbelde om te vertellen dat Kyle het zelfs niet meer met haar wilde doen. Ik ben bang dat ik haar toesnauwde dat ze zich niet zo moest aanstellen. Ik snauwde haar toe dat ze, als ze geen seks had, op haar tien vingers kon natellen dat ze niet zwanger werd. En als ze zichzelf niet onder handen nam, kon je het Kyle niet kwalijk nemen dat hij met een grote boog om haar heen liep, of wel?

Ze hing op. Ik belde terug. Ze nam niet op. Ik belde opnieuw.

Uiteindelijk kreeg ik Kyle aan de lijn, die op samenzweerderige toon zei: 'Ze is niet beschikbaar.'

Ik ging dus maar bij hen langs en klopte aan. Kyle deed open, met die irritante uitdrukking op zijn gezicht waar hij patent op heeft.

Ik kende dat gezicht van onze studietijd. Met behulp van mijn ouders had ik een appartement gekocht boven aan de duizelingwekkend steile Gardner Street. Een van de kamers had ik verhuurd aan een vriend, Chas, en een andere kamer aan Kyle. Kyle was meestal gezellig om mee samen te wonen, maar als hij een examen had en Chas en ik te veel herrie maakten in de zitkamer, kwam hij binnen en ging hij op de bank zitten. Dan pakten zijn gelaatstrekken zich samen rondom zijn neus en werd zijn gezicht een wit weggetrokken, gespannen prop. Uiteindelijk begrepen we de hint en gingen we naar bed, opdat hij kon studeren.

Natuurlijk was hij de enige in het appartement die werkelijk een hoop werk te verstouwen had op de universiteit. Ik deed sociale academie en hoefde nooit erg hard te studeren. En Chas had zijn studie geneeskunde na een jaar aan de wilgen gehangen en was vol overgave chagrijnig geworden. Hij begon gigantische hoeveelheden dope te roken, en had blijkbaar het langetermijnplan opgevat om van depressie te promoveren naar schizofrenie.

Toen ik Kyle al die jaren later aankeek, dacht ik bij mezelf: Waarom kun je niet gewoon zeggen hoe je je voelt? 'Ik word tureluurs van mijn vrouw en ik wou dat je haar niet overstuur had gemaakt.' In plaats daarvan stond hij daar zoals hij altijd had gedaan wanneer hij kwaad was: inwendig bruisend door een tornado van emoties die hij met geen mogelijkheid in bedwang kon houden.

Hij wenkte me de keuken in en het was een pijnlijk moment, toen we daar zo stonden en probeerden te babbelen alsof er niets aan de hand was.

'Hoe is het op je werk?' vroeg hij.

'Druk! Afschuwelijk!' antwoordde ik.

Volgens mij was het de eerste keer dat we alleen waren sinds Kyle Sarah had leren kennen. Toen dat gebeurde, waren we allemaal eenentwintig. Sarah kwam na haar werk bij ons langs en Kyle deed open. Hij was net onder de douche geweest, dus hij had geen shirt aan. Chas en ik voelden de seksuele spanning meteen aan, dus we verontschuldigden ons en gingen naar de kroeg, giechelend en opgewonden bij het vooruitzicht dat onze vrienden iets met elkaar zouden krijgen.

Later die avond, en tijdens de daaropvolgende periode waarin ze elkaar het hof maakten, verschaften onze respectieve vrienden ons de glorieuze details, die we uitwisselden en analyseerden.

Volgens Sarah dronken ze die eerste avond vier koppen koffie en praatten ze een uur lang over ziekenhuizen.

Volgens Kyle boog Sarah zich voorover, waarbij ze hem vrij zicht bood op haar borsten.

Volgens Sarah was Kyle precies wat ze altijd had gewild: een fatsoenlijke, hardwerkende, eerlijke man.

Volgens Kyle was Sarah de mooiste vrouw die hij ooit had gezien.

Sarah beweerde dat Kyle geduldig en respectvol was.

Kyle beweerde dat hij rukkerskramp had gekregen tegen de tijd dat ze het eindelijk met hem wilde doen.

Het huwelijksaanzoek was precies waar ze altijd van had gedroomd…

En de ring kostte een godsvermogen.

Het huwelijk was een zee van grote hoeden, kilts en stijve mantelpakjes. Ik droeg een glanzende lila jurk en voelde me net een Teletubby. Sarahs moeder sprak haar acteertalent aan om met een sonnet van Shakespeare ontroering teweeg te brengen in de universiteitskapel. Kyles beste vriend, Derek, hield een schunnige toespraak.

'Sarah zal een volmaakte doktersvrouw zijn,' zei hij. 'Grote, eh... plannen, en een echte bovenligger, volgens haar collega-specialisten! Maar serieus,' zei hij tegen een half zwijgend, half grinnikend publiek, 'serieus, het is een mooi stel samen... en ze weet inderdaad van wanten.'

Sarahs vader, die ze jaren niet had gezien, dronk te veel en bepotelde verscheidene gasten op de dansvloer. Sarahs haar was net zo krullend, blond en glanzend als toen ze klein was en haar hele gezicht straalde van geluk. Het volmaakte huwelijk voor het volmaakte paar.

Na de huwelijksreis verkochten ze Sarahs flat in Southside en kochten ze in het trendy West End een appartement met drie slaapkamers, dat door Sarah helemaal werd opgeknapt. Ze deden het twee jaar later voor een buitensporig bedrag weer van de hand, kochten een huis met vier slaapkamers aan de rand van de stad ('waar de goede scholen zijn') en probeerden een baby te maken.

Voor buitenstaanders leek het alsof Sarah samen met het huis haar echtgenoot renoveerde: ze versierde oude ramen met zorgvuldig uitgezochte stoffen, maakte het beddengoed en de badkameraccessoires vrouwelijker, sloopte keukens en goedkope afdakjes en verving het dakwerk, zodat het oude stukje bij beetje werd uitgewist en er van Kyle niets meer te zien was tegen de tijd dat het huis klaar was. Er was geen spoor van hem; noch in de slaapkamer, noch op zolder, noch in de woonkamer, noch in de schuur. Hij was afgedekt, net als het monsterlijke behang uit de jaren vijftig.

Sarah wist dat ze overdreven proper en obsessief aan het worden was. Tijdens het feestje om haar nieuwe keuken in te wijden, biechtte ze op dat ze Kyle had uitgescholden voor nutteloze zak omdat hij aardappelschillen in de gewone vuilnisbak had gegooid. Ze gaf toe dat ze het vreselijk vond wat er met haar gebeurde, en ze maakte zich zorgen. 'Ik heb geen zin om een goede man kwijt te raken,' zei ze.

Ik gaf haar het telefoonnummer van een therapeute over wie mijn collega Marj het een en ander had gehoord. Sarah zou na haar sessies bij mij langskomen om bij een glas wijn verslag uit te brengen. De therapeute was begin dertig, vertelde Sarah. Ze had kinderen: de foto stond op haar bureau. Ze had een liefhebbende man: de foto stond op haar bureau. En tegen een fors honorarium luisterde ze naar wat Sarah te zeggen had. Blijkbaar kwamen ze met z'n tweeën tot de conclusie dat Sarah het slachtoffer was van een gebrekkige hechting. Dat wil zeggen dat ze een belabberde verhouding met haar ouders had. Haar moeder was in haar kindertijd voortdurend de hort op geweest om voor de camera te staan en haar vader was na de echtscheiding niet langer haar vader geweest, maar haar vervreemde vader. Het was er allemaal niet beter op geworden toen stiefvader op de proppen kwam, en nadat hij weer vertrokken was, leek de situatie zelfs nog te verergeren, omdat haar moeders zwak voor een alcoholische verfrissing uitmondde in een regelrechte liefdesaffaire.

Ze kwamen samen tot de conclusie dat het Sarah vanwege deze gebrekkige hechting ontbrak aan zelfvertrouwen en dat ze voortdurend bevestiging en liefde zocht. Ook kwamen ze tot de conclusie dat Sarah zich schuldig voelde, een cadeautje van het katholicisme. Ze kwamen tot de conclusie dat ze zich aangetrokken voelde tot partners en vrienden die haar nodig hadden omdat ze het veiliger vond de martelares uit te hangen. Ze kwamen tot de conclusie dat Sarah met name een baby wilde om de misstanden uit haar kindertijd recht te zetten, en dat dat niet gezond was.

Sarah vertelde me dat ze zélf tot de conclusie was gekomen dat therapie een peperdure manier was om te leren hoe ze zichzelf nog meer kon verachten dan ze al deed.

Het gesprek met Kyle in zijn echtelijke keuken verliep stroef. Toen Sarah en Kyle eenmaal samen waren, kreeg ik vrijwel nooit meer de kans om Kyle alleen te spreken. Niet dat ik dat erg vond. De Kyle uit mijn studietijd bestond vrijwel niet meer, en het enige wat ik nog herkende was het verfrommelde gezicht. Hij had vroeger andere kanten gehad, echt leuke kanten, en daarom had ik het zo ontzettend leuk gevonden dat hij en Sarah samen iets kregen. Hij was ongelooflijk fit geweest – een fantastische tennisspeler – en had de hardste kuitspieren die ik ooit heb gevoeld. Hij was onbedaarlijk grappig, voerde surrealistische gesprekken over couscous en varkens als hij stoned was, en was steengoed in pictionary.

Tegenwoordig was Kyle meneer Serieus, meneer Werkt-nonstop, meneer Leest-vreugdeloos-en-te-lang-zijn-krant, meneer Waarom-kun-je-in-godsnaam-mijn-vriendin-niet-zwangermaken.

Na een gesprek over koetjes en kalfjes dat wel een uur leek te duren, liet Kyle me in de keuken achter om Sarah te gaan halen. Ze verscheen met rode ogen en haar lip begon te trillen toen ze dichterbij kwam. We omhelsden elkaar.

Toen ik weer thuis was, belde Sarah op om te vertellen dat zij en Kyle zojuist geweldige seks hadden gehad en dat ik er goed aan had gedaan om te zeggen wat ik had gezegd.

Ik had zo'n medelijden met haar, maar ik vroeg me ook af of voorgoed verhuizen naar het huis aan Loch Katrine misschien niet zo'n gek idee zou zijn.

3

Je begrijpt dat Sarah flink baalde toen ik haar opbelde om haar mijn nieuws te vertellen.

'Ik ben zwanger!' zei ik. Zélf kon ik het nog maar nauwelijks geloven. 'Ik ben verdomme zwanger!'

Ik had het er niet zo uit moeten flappen. Het kwam deels door de schok en deels doordat ik bang was voor haar reactie. Verder had ik een helse dag achter de rug: ik had een peuter uit huis geplaatst omdat haar moeder telkens weer naar de kroeg ging en haar kind alleen thuis achterliet. Ze kooide Jess als een konijn en plakte met tape een zuigfles met melk aan de tralies van de box vast voor het geval Jess dorst kreeg.

Bij de hoorzitting die die dag plaatsvond, had ik de feiten van Jess' zaak naar voren gebracht en gewacht tot de vrijwillige juryleden hadden besloten of er gehoor moest worden gegeven aan mijn aanbeveling om het kind over te dragen aan de kinderbescherming. Eén jurylid, een klootzak met een kuif, waarschijnlijk niet ouder dan achtentwintig, kinderloos en zonder enig benul van wat het ouderschap inhield, was zelfs nog verontwaardigder geweest dan de moeder. Terwijl zij zat te luisteren en toegaf dat ze het niet aankon, begon hij me aan te vallen, door te zeggen:

1 'Maar de moeder geeft toe dat ze een probleem heeft.'

2 'Maar de moeder is bereid om met maatschappelijk werk samen te werken.'

3 'Hoe kunnen we rechtvaardigen dat kleine Jess bij haar moeder wordt weggehaald?'

4 'Hoe moeilijk zal het voor haar zijn om het kind terug te krijgen?'

5 'Waar gaat ze naartoe? Wie zal er voor haar zorgen? Is het al bekend wie haar pleegouders zullen zijn?'

en:

6 'We moeten alles in het werk stellen om ervoor te zorgen dat moeder en kind bij elkaar blijven.'

Ik was razend. De klootzak leek zich meer te bekommeren om de moeder dan om het kind, en vooral dat maakte me woedend. Hoewel ik zelf niet direct een kind wilde, had ik altijd oog gehad voor kinderen die in de problemen zaten, en altijd de behoefte gehad om hen te helpen. Toen ik op een keer vanaf de sociale academie naar huis wandelde, zag ik een baby in een auto opgesloten zitten. De raampjes waren dicht, hij zat vastgespt in zijn autostoeltje, en hij huilde. Ik legde mijn handen op de ramen om hem te kalmeren en wachtte tot zijn vader met *The Times* de winkel op de hoek uit kwam. 'Ik zou eigenlijk de politie moeten bellen,' zei ik tegen de onaangedane vader.

Een andere keer zag ik een jongetje van tien dat naar de padvinderij was geweest in het donker terug naar huis lopen. Ik liep achter hem aan tot hij veilig en wel binnen was.

Maatschappelijk werk was onvermijdelijk, denk ik. Ik had me altijd aangetrokken gevoeld tot kinderen die gevaar liepen en had zo mijn eigen ideeën over ouder-kindrelaties. Naar mijn mening was mijn eigen moeder iemand van wie je kon leren hoe je het ouderschap moest aanpakken. Ze had haar best gedaan om vriendschap te bieden en grenzen te stellen, om haar eigen leven te houden en zich tegelijkertijd aan mij te wijden, en daarom was er wederzijds geen sprake van opgekropte verbittering. Sarahs moeder daarentegen had Sarahs kindertijd behoorlijk verkloot. Ze was er nooit, ze dronk te veel, ze was altijd met zichzelf bezig en ze had toen Sarah zes was al twee scheidingen achter de rug. Wat zeggen de jezuïeten ook weer? 'Geef me een kind tot hij zeven is en ik geef je de man.' Het had verpletterende gevolgen voor Sarahs zelfvertrouwen.

Ik meende dat ik op een kilometer afstand al kon zien of er sprake was van gebrekkig ouderschap, en beschouwde het als mijn plicht om kinderen daartegen te beschermen.

Enfin, ik kreeg mijn zin en twee van de drie juryleden (de klootzak hield voet bij stuk) waren het ermee eens dat het beter was om het kind niet terug naar huis te laten gaan.

Na afloop greep hij me in de hal vast, de klootzak met de kuif, en hij zei: 'Het is moeilijk om niet snel met je oordeel klaar te staan, hè, maar we moeten het wel allemaal proberen.'

'Ja,' antwoordde ik, terwijl ik naar zijn gezicht keek en daarna naar zijn hand, die nog steeds mijn arm omklemde, 'we moeten het wel allemaal proberen.'

Hij liet me los en zuchtte toen de moeder me wat spullen van Jess overhandigde voor de pleegouders. Ze huilde niet eens.

Dat was de reden dat ik het Sarah vertelde zoals ik het vertelde. Ik was gespannen en geschokt en wist niet hoe ik het moest brengen. Bovendien kon ik niet geloven dat ik zwanger was. Ik, die nauwelijks over kinderen krijgen had nagedacht. Ik was zelfs elke maand ongesteld geweest, maar dat waren blijkbaar bedrieglijke menstruaties geweest, zogenaamde menstruaties. Vuile leugens! Ik was in de vijfde maand en het was te laat om er nog iets aan te doen.

Sarah reageerde op mijn nieuws door stil te vallen en vervolgens op te hangen. Ik had de hele dag denkbeeldige woordenwisselingen met haar de revue laten passeren. Ik zou haar kernachtig te kennen geven hoe weinig meelevend ze was nu ik in de problemen zat. Vervolgens bedacht ik dat ik het haar ook weer niet al te zwaar moest aanrekenen, omdat haar moeder haar nu eenmaal niet had geleerd hoe je een goede vriendin moest zijn. Aan de andere kant vond ik dat ik het haar wel degelijk kon aanrekenen en dat er hoe dan ook niet van mij verwacht hoefde te worden dat ik mijn verontschuldigingen maakte of de eerste stap zette.

Maar ik ben niet goed in rancune, en de volgende dag belde ik haar na de lunch op vanaf mijn werk om mijn verontschuldigingen aan te bieden.

Ze zei dat het haar ook speet, en dat ze niet had moeten ophangen, maar mijn nieuws was op een heel slecht moment gekomen.

Wat bleek? Een uur voordat ik belde, hadden zij en Kyle een gesprek gehad met een maatschappelijk werkster: het eerste van verscheidene gesprekken om te beoordelen of ze geschikt waren voor adoptie.

'Ze is pas eenentwintig,' zei Sarah, 'en absoluut lesbisch. Ze zat met haar neusring in de lucht bij ons op de bank, en bleef maar doordrammen over mijn ouders, godbetert! Ik wilde haar het huis laten zien, maar dat sloeg ze af. "Alles op zijn tijd," zei ze. En dat met een neusring!'

Toen ik de hoorn neerlegde, besefte ik dat het hele telefoontje over Sarahs eierstokken was gegaan in plaats van de mijne, die tot mijn afgrijzen een feestmaal aanrichtten in mijn eileiders.

Het adoptieproces van Sarah en Kyle groeide gelijk op met mijn buik. Er werden stambomen getekend en verhalen geschreven, er werd nauwkeurig onderzoek gedaan naar liefdesleven/weerbaarheidsmechanismen/ondersteunende netwerken en uiteindelijk kruiste iemand ergens een hokje aan, wat inhield dat Sarah en Kyle andermans kind konden krijgen.

We vierden het in Café Rosso met een fles chianti (ja, ik weet het, maar mijn foetus was tenminste niet aan de heroïne zoals die van talloze moeders met wie ik op mijn werk te maken had), drie gangen en een discussie over het Midden-Oosten. Een geslaagde avond.

De week na ons avondje uit haalde Sarah een zesjarig jongetje op van het bureau voor maatschappelijk werk bij hen in de buurt en nam hem voor een weekend mee naar huis. Het was een 'ontspanningsweekend om de slag te pakken te krijgen', zei Sarah. Kyle zat hen op te wachten met de koekjes en het biologische zwartebessendiksap dat Sarah had gekocht, plus drie dvd's over de wilde beesten in Zuid-Afrika.

Het jongetje nam plaats op de leren sofa met kasjmieren foulard, keek naar de koekjes en het sap die op de salontafel stonden uitgestald en staarde Sarah en Kyle verscheidene minuten aan. Hij had grote groene ogen en felrood haar en was een regelrechte Schotse scheet. Sarah kon hem wel opvreten, en Kyle begon zich een echte man te voelen, nu hij een jongetje in huis had dat een vaderlijke hand nodig had.

'Mag ik naar de wc?' vroeg het jongetje uiteindelijk.

Sarah nam hem mee naar de badkamer die grensde aan zijn speciaal-voor-het-weekend-geschilderde-kamer, en sloot met de tevreden zucht van een liefhebbende moeder de deur achter zijn tengere verschijning.

Hij klom uit het raam. Voordat Sarah en Kyle het biologische sap in de speciaal-voor-het-weekend-aangeschafte-beker-met-blits-rietje hadden kunnen schenken, was hij al ruim een halve kilometer verderop. Ze roken pas onraad toen Kyle alle voorfilmpjes bij de eerste Afrikaanse dieren-dvd had bekeken.

Dit deed Sarah besluiten dat het pleegouderschap geen goed idee was: onverbeterlijke, asociale schooiers met peenhaar en zo. Dus richtte ze zich op de in slakkengang opschuivende adoptiewachtlijst. En op mij. Ze ging voortaan met me mee naar elke zwangerschapscontrole. Ze transformeerde mijn logeerkamer, maakte eindeloze lijsten van klusjes die gedaan moesten worden, nam allerlei muziek op waarnaar ik tijdens de bevalling moest luisteren, hielp me bij het schrijven van een geboorteplan waarin werd afgezien van pijnbestrijding, en maakte een eindeloze hoeveelheid warme maaltijden klaar die ik kon invriezen, voor na de geboorte. Het enige wat ik hoefde te doen, was wachten.

Ik was drie weken voor de grote dag opgehouden met werken. Mijn collega's gaven me cadeaubonnen van Marks & Spencer en een assortiment cakejes cadeau. Mijn baas, die vaak 'shit' zei, hield een toespraakje.

'Felicitaties voor Krissie en haar echtgen… shit… Ik bedoel, als ik iedereen mag geloven, word je een fantastische ouder, moeder… shit. Op Krissie.'

Toen ik eenmaal was opgehouden met werken, drong het tot me door dat dit moedergedoe weleens te gek zou kunnen zijn. Ik sliep uit, maakte wandelingetjes, lunchte in cafés, keek naar misdaadseries, las boeken en at minstens één hele bananencake per dag. Ik lachte wat af met mijn nieuwe zwangerschapsvriendinnen. Ik ging uit eten met Sarah en Kyle. Ik ging winkelen met mama en Marj. Ik ging naar de film. Ik dobberde mee bij aqua-aerobics, at Indiaas, dronk frambozenthee, gaf toe aan een onbedwingbare hunkering naar bloemkool, en net toen ik me bijna begon te vervelen, werd van bovenaf beslist dat ik klaar was om mijn kind ter wereld te brengen.

4

Het begon toen ik de gemeenschappelijke trap van mijn appartementengebouw op liep – in totaal tachtig treden – en harder hijgde dan ik ooit had gedaan. Mijn gezicht was rauw, als een dichte puist die precies lang genoeg heeft mogen rijpen en die, als er enige druk wordt uitgeoefend, met een zeer bevredigende hoeveelheid pus zal openbarsten. Ik had zo langzamerhand allerlei vernederingen ondergaan: ik had me een grondig vaginaal onderzoek moeten laten welgevallen toen ik in de achttiende week begon te bloeden, ik had in de drieëndertigste week in mijn broek geplast toen de erg grappige caissière bij Sainsbury's een erg grappige mop vertelde, ik had een wind gelaten in het bijzijn van mijn 'mevrouw-heeft-geen-lichaamsfuncties'-collega toen ik me op mijn werk vooroverboog om een dossier te pakken, en ik was flauwgevallen tijdens het oprekken van mijn baarmoederhals toen ik twee dagen over tijd was.

Nu ik negen maanden en tien dagen zwanger was, was ik helemaal voorbereid op een vruchtwaterexplosie. Ik was niet voorbereid op een toevallige ontmoeting met mijn negenentwintigjarige, basgitaar spelende benedenbuurman Marco.

Ik flirtte al een jaar met Marco. Toen ik hem op een avond door de vloerplanken heen met een vriend hoorde jammen, besloot ik bij hem aan te kloppen. 'Je hebt nog wat ritme nodig,' zei ik, voordat ik naar binnen walste om hen met mijn tamboerijn te begeleiden.

Er volgden een paar ongemakkelijke uren toen het tot me doordrong dat de avond alleen maar om muziek draaide, en niet om drinken, roken, flirten of praten. Ik nam om tien uur afscheid, en hoewel ze het oprecht leuk leken te hebben gevonden dat ik me bij hen had gevoegd, was ik door de hele situatie een beetje onzeker geworden, dus eenmaal thuis ging ik mezelf met een grote bak roomijs op z'n Amerikaans zitten haten.

Na die tijd kwam ik Marco regelmatig tegen, en dan maakten we even een praatje op de trap. Hij vroeg mij hoe het met mijn ritme stond, en dan zei ik 'Prima' en ik vroeg hem of het een beetje wilde lukken met de liedjes, en dan zei hij 'Ja, prima', en ondertussen vroeg ik me af hoe het kwam dat hij de smeulende seksuele spanning tussen ons niet scheen op te merken.

Toen mijn buik met het verstrijken van de tijd almaar dikker werd, speelden we het spelletje 'wie kan de zwellende buik voor onze neus negeren'. We keken elkaar recht in de ogen en concentreerden ons op ons gesprek: 'Hoe staat het met het ritme?' 'Wil het een beetje lukken met de liedjes?' Mijn blik was altijd zo dwingend, dat elke poging van hem om zijn ogen naar beneden te laten glijden regelrecht illegaal zou zijn geweest.

Maar bij deze gelegenheid werden de seksuele spanning en het angstvallige aanstaren onderbroken door een hoorbare 'ploep'.

'Wat was dat?' vroeg Marco.

'Ik geloof dat het mijn slijmprop is,' zei ik.

Ik liet Marco kokhalzend op de trap achter, ging mijn appartement in, deed mijn broek uit, bekeek die nauwgezet en belde Sarah op.

Sarah kwam zo'n halfuur later, en had toen al in overleg met de vroedvrouw vastgesteld dat ik nog niet naar het ziekenhuis hoefde te komen. Ik ontdekte later dat dit betekende dat ik pas hoefde te komen als ik zo gek was geworden van de pijn dat ik in staat was om mezelf en/of anderen te vermoorden.

Sarah speelde vier uur lang cassettebandjes voor me af, zette thee, masseerde mijn rug en liet mijn bad vollopen.

'Fluitje van een cent!' zei ik terwijl ik op de juiste manier door een onregelmatig buikkrampje heen ademde. 'Dit hou ik met gemak een hele tijd vol!'

Ik had altijd het vermoeden gehad dat mijn pijndrempel zeer hoog was. Ik hield niet van bloed, maar voor de rest kon ik bijna alles aan. Als kind huilde ik niet toen ik werd ingeënt. Toen ik mijn neus brak tijdens het windsurfen was ik kalm, evenwichtig en verstandig, ook al was het de ergste fractuur die de arts in het ziekenhuis van Stirling ooit had gezien. Ik vond andere vrouwen maar kleinzerig. Al die heisa over menstruatiepijn heb ik nooit begrepen. En ik trof regelmatig blauwe plekken aan op mijn benen zonder te weten hoe ik die had opgelopen. Dit alles wees er onmiskenbaar op dat ik op een bovenmenselijke manier bestand was tegen pijn.

Maar de onregelmatige buikkrampjes werden regelmatige pijnscheuten en de regelmatige pijnscheuten werden martelende weeën waar geen eind aan kwam en de martelende weeën waar geen eind aan kwam werden allesverscheurende, onbegrijpelijke, bonkende pijnen, die maakten dat ik de neiging kreeg om mezelf en/of anderen te vermoorden.

Het was tijd om naar het ziekenhuis te gaan.

Ik begrijp nu waarom ze zeggen dat je de pijn van de bevalling vergeet, en dat het allemaal wel meevalt, en dat de wolk van een baby die je in je armen houdt uiteindelijk het enige is wat telt.

Dat zeggen ze omdat ze vuile leugenaars zijn.

Ik zal nooit vergeten hoe het was om een reusachtig stel breinaalden in me gestoken te krijgen, omdat een leerling-verpleegster niet zeker wist of ze mijn baarmoederhals wel kon vinden, laat staan de vliezen kon breken om mijn vruchtwater weg te laten vloeien. Ik zal nooit vergeten hoe verscheidene vuisten me in de veertien daaropvolgende uren 'onderzochten'. Ik zal nooit vergeten hoe een reusachtig stalen slabestek op de een of andere manier bij me naar binnen drong en zo hard begon te rukken dat mijn bed door de kamer vloog. En ik zal nooit vergeten hoe ik na al die ellende en nadat Sarah had gecontroleerd of mijn geboorteplan wel tot in detail zou worden nagevolgd, haastje-repje naar de operatiekamer werd gebracht, omdat mijn placenta liever wilde blijven zitten waar hij zat.

Wat ik wél ben vergeten, is hoe Robbie eruitzag toen hij tevoorschijn kwam. Ik weet het niet meer. Toen ik uit de operatiekamer kwam, vroeg ik niet waar hij was. Toen ik die nacht sliep, hoorde ik hem niet huilen. En toen ik de volgende ochtend wakker werd en iemand hem op mijn buik legde en zijn mond mijn tepel vond, was ik de pijn van de bevalling niet vergeten en had ik niet het gevoel dat ik een wolk van een baby in mijn armen hield.

Ik had het gevoel dat er een buitenaards wezen aan mijn tiet lag te zuigen.

5

Sarah staarde met een mengeling van ontzag en angst naar Krissie. Ze lag op haar rug naar het plafond te kijken, en de onderste helft van haar ziekenhuishemd zat onder het bloed. Het verbaasde Sarah dat de verpleegsters er niet voor hadden gezorgd dat Krissie er wat waardiger uitzag, hoewel ze als geen ander wist hoe druk de verpleegsters het hadden.

Krissies gezicht was spookachtig wit en angstaanjagend uitdrukkingsloos. Ze leek niet door te hebben dat Sarah al minstens twee minuten onthutst over haar heen gebogen stond.

'Krissie! Gefeliciteerd. Wat ben je toch een kanjer. Kriss!' zei Sarah, en ze gaf haar een kus op haar voorhoofd. Ze stalde bloemen, tijdschriften en vruchtensap uit op het nachtkastje en ging zitten.

'Hij lijkt op Mike Tyson,' zei Krissie na een tijdje, met een vreemde, eentonige stem.

Sarah moest toegeven dat hij daar inderdaad wel een beetje op leek. De verlostang had hem er blijkbaar bij zijn slapen uitgerukt, want die waren allebei ingedeukt en beurs. Ze hadden ook zijn oog geschampt toen ze houvast probeerden te krijgen: er zat een schrammetje op zijn linkerooglid.

Sarah bleef een hele tijd verbaasd naar haar vriendin zitten staren. Ze kon niet geloven dat Krissie het werkelijk voor elkaar had gekregen. Ze had een kind gebaard, dat nu in de wieg naast haar lag te huilen.

Sarah pakte Robbie op en hij keek haar met zijn piepkleine, donkere oogjes doordringend aan. Ze voelde zijn blik dwars door haar heen gaan en een huivering van emotie vulde haar tot barstens toe. Ze huilde. En zodra zij begon te huilen, hield Robbie ermee op. Hij hield er gewoon mee op en keek haar aan alsof hij wilde zeggen: 'Stil maar, stil maar. Ik ben er nu.'

Ze zeggen dat je voor het eerst echt verliefd wordt als je een baby krijgt, dat je buiten adem en verlamd bent van liefde. En zo'n gevoel – een overweldigende vredigheid en warmte, een schrijnende voldoening – zou Sarah hebben gehad als ze Robbie niet aan Krissie had hoeven overhandigen, zodat die hem de borst kon geven.

Sarah bleef een tijdje naar die twee zitten kijken. Maar haar lip begon op de bekende manier te trillen, en ze kon het niet aan. Het was zo oneerlijk. Ze moest weg.

Toen ze thuiskwam, zat Kyle de krant te lezen.

'Hoe ging het?' vroeg hij. 'Hoe ziet de baby eruit?'

'Wat dondert het?' zei Sarah, en ze ging naar bed.

Kyle kon zich niet precies herinneren wanneer het gewoon was geworden dat er zo tegen hem werd gesproken. Er was een tijd geweest dat Kyle vreemd zou hebben opgekeken als zijn partner hem had uitgemaakt voor 'nutteloos', 'klootzak', en soms zelfs 'trut', of als ze zich in haar kamer had opgesloten en alleen maar tevoorschijn was gekomen om zich op te knappen of te eten.

Als iemand tien jaar geleden tegen hem had gezegd: 'Kyle, over tien jaar woon je in een overdreven schoon huis met een vrouw die je schijnt te verachten en die je regelmatig, en soms in het bijzijn van anderen, laat weten dat je alweer plakkerige remsporen hebt achtergelaten op de binnenkant van de wc-pot,' dan zou hij dat nauwelijks hebben kunnen geloven. Hij was tenslotte Kyle McGibbon, die met bijna iedereen overweg kon. Hij was arts. Een goede partij. Hij had dik, vol haar, en genetisch gezien een goede kans dat hij dat nog hield ook. Hij was intelligent en slaagde er altijd in een erectie te krijgen.

'Geen sprake van!' zou Kyle op deze onwaarschijnlijke voorspelling hebben geantwoord. 'Als iemand me zo zou behandelen zou ik haar zo snel inruilen, dat ze nog nieuw rook!'

Maar hij ruilde haar niet in, met name vanwege de goede jaren die ze samen hadden gehad voordat ze zwanger probeerden te raken. Jaren waarin ze naar de film gingen; waarin ze met elkaar verstrengeld in bed wakker werden en glimlachten. Kyle vroeg zich af of ze nog steeds zouden hebben geglimlacht als zijn vrouw niet gek was geworden van de behoefte om zich voort te planten. Hij zag haar voor zijn ogen afglijden, als een stervende patiënt. Het enige wat hij kon doen was haar palliatieve zorg bieden, in de vorm van een inkomen en onderdak.

In het eerste jaar van hun poging om kinderen te krijgen, veranderde Sarahs stem van zacht en liefdevol in snibbig en liefdeloos. Kyle probeerde met beleid weerstand te bieden. 'Sarah, wil je alsjeblieft niet zo tegen me praten, lieverd?' vroeg hij beleefd, nadat zijn premenstruele vrouw een priemende vinger naar hem had uitgestoken en had gezegd: 'Ik haat vis in tomatensaus! Dat weet je toch, imbeciel!'

In het tweede jaar waagde hij zich aan terugvalpreventiestrategieën, en organiseerde hij bijvoorbeeld een verrassingsuitstapje in het weekend dat aan Sarahs verjaardag voorafging. Het werd Praag en het verliep prima, maar de eigenlijke verjaardag een paar dagen na hun terugkomst was afgrijselijk.

'Er is niets aan de hand, Kyle,' had Sarah gezegd, 'behalve dan dat ik vandaag jarig ben en met een glas muffe merlot naar de *X-factor* zit te kijken en JE WILT TOCH NIET ZEGGEN DAT VORIG WEEKEND ÁLLES WAS? NIET EEN VOORAFJE MAAR ÁLLES? WAT HEB IK MISDAAN OM ZO'N LEVEN TE VERDIENEN? IK BEN NOG LIEVER DIE DIKKE TROEL MET LEERPROBLEMEN DIE DAAR VOOR SIMON COWELL STAAT, DAN GETROUWD MET IE-

In het derde jaar probeerde Kyle zich te verzetten, omdat zijn vriend Derek de gewoonte had opgevat om regelmatig langs te komen, en hij toevallig ook getrouwd bleek te zijn met een psychotisch kreng. 'Je moet het niet pikken!' zei Derek. 'Het zijn allemaal gekken die hun zin willen doordrijven en je moet die hysterische fratsen om de boel naar hun hand te zetten in de kiem smoren!' Dus zei Kyle op een avond tegen Sarah dat ze zijn kranten pas bij het oud papier mocht doen als hij ze uit had. Hij schonk een biertje in en zette de tv aan om in de zitkamer naar het voetballen te kijken, en toen zij de tv uitdeed, stond hij op en zette het toestel weer aan. Toen ze de tv opnieuw uitdeed en hem met zo'n speciale blik in haar ogen aankeek, besloot hij dat je het ook een daad van verzet kon noemen als hij in de schuur zijn bier dronk en de wedstrijd volgde via de radio.

In het vierde jaar bleef hij gewoon zoveel mogelijk in de schuur. 'Ik maak er een trainingshok van!' schreeuwde Sarah. 'Hoe moeten we ooit zwanger worden als jij jezelf daar als een mol in het donker opsluit? Echt Kyle, je bent een bleekneus geworden door het gebrek aan licht en je hebt een bierbuik gekregen. Het is niet om aan te zien! Je zult me van achteren moeten nemen.'

In het vijfde jaar was het leven uit hem gezogen en bleef hij zo lang mogelijk op zijn werk. De rest van de tijd balanceerde hij op het slappe koord, en hoopte hij alleen maar dat hij het zou halen tot het eind, dat hij er niet af zou vallen.

6

Aanvankelijk dacht ik dat het de babyblues was. Ik had gehoord dat je op de derde dag (als je borsten granietblokken worden die warme melk afschieten naar onschuldige voorbijgangers), een beetje huilerig wordt. Dat is de volstrekt normale babyblues. Ik raakte dan ook niet in paniek toen ik moest huilen omdat de ontbijtzuster geen abrikozenjam had. Dit was de babyblues. Volstrekt normaal.

Maar op de vierde dag huilde ik omdat ik mijn bekkenbodemspieren niet kon lokaliseren, hoe ik ook mijn best deed. Op de vijfde dag huilde ik omdat ik het feit onder ogen begon te zien dat ik op een dag toch echt zou moeten poepen. Op de zesde dag huilde ik toen ik daadwerkelijk poepte en op de zevende dag huilde ik om een cornflakesreclame op televisie. Op de achtste dag huilde ik toen ik met mijn gele kind naar huis ging. Hij had geelzucht, vandaar dat hij geel was en we pas op de achtste dag naar huis mochten.

In de derde week huilde ik telkens wanneer mijn moeder langskwam, omdat ik het gevoel had dat ik de domste en slechtste moeder was uit de wereldgeschiedenis. 'Misschien ben je depressief?' fluisterde ze zenuwachtig bij een van die gelegenheden. Ik hield Robbie op dat moment knarsetandend tegen mijn starre, gespannen tepel. 'Ga jij maar even een dutje doen,' opperde ze, toen ze zag hoe een brullende Robbie sap aan mijn baksteen probeerde te onttrekken. 'Dan kunnen we daarna misschien samen de wijkverpleegster of Kyle bellen, goed?'

'Mij mankeert niets,' snauwde ik terug.

Ze gaf het niet op, die goede ziel. Ze liet brochures achter op bijzettafeltjes (ik gooide ze weg).

Ze zorgde ervoor dat Kyle en Sarah op bezoek kwamen (ik praatte over het weer).

Ze kwam heel toevallig tegelijkertijd met de wijkverpleegkundige langs (ik praatte over het weer, dat dik in orde was, net als ik).

En zij en papa namen ons mee naar Italië om een beetje uit te rusten en ons te ontspannen. Ik heb nog nooit iets zo stressvol gevonden: het invullen van het aanvraagformulier voor Robbies paspoort zonder de buitenste lijntjes van de daarvoor bestemde hokjes te raken; Robbie omhooghouden in een pasfotoautomaat opdat hij de juiste grootte, vorm en kleur had; fatsoenlijke, oppassende burgers vinden die schriftelijk wilden verklaren dat de door mij verschafte informatie juist was; ergens in de stad met een blèrende baby in de rij staan voor een noodpaspoort; kleren inpakken voor twee in plaats van één; luiers en schoonmaakdoekjes en allerlei andere dingen inpakken die ik nog nooit had hoeven meenemen; in de rij staan op het vliegveld met ouders die de bezorgde uitdrukking op hun gezicht niet konden verhullen.

We logeerden in een vijfsterrenhotel met zwembad en een onderscheiden restaurant dat over het adembenemende Comomeer uitkeek.

Het was afschuwelijk. Ik kibbelde met de hotelmanager over de airconditioning, met de buschauffeur omdat hij me niet met de kinderwagen hielp, en met papa en mama over alle andere dingen.

Mijn moeder was behoorlijk van streek toen we thuiskwamen, want het had ons het tegenovergestelde van rust en ontspanning verschaft. Ik hield nog steeds vol dat het dik in orde met me was. God, als het niet in orde met me was, wat was ik dan voor vrouw? Een mislukkeling. Een vrouw die het niet verdient om moeder te zijn.

Nadat we uit Italië waren teruggekomen, besloot ik op mijn moeders advies mijn zwangerschapsvriendinnen uit te nodigen. We waren allemaal ongeveer even oud en hadden allemaal een baan en een eigen leven, en tijdens onze zwangerschap hadden we met z'n allen veel lol gehad.

Maar toen ze er eenmaal waren, was het net alsof er iets raars met hen was gebeurd sinds ze waren bevallen. Ze waren niet alleen níét lollig; ze bleken bovendien in rivaliserende heksen te zijn veranderd.

Ik had het gevoel alsof ik plotseling een baan had bemachtigd in een reusachtige, bureaucratische organisatie die geheel door Duitssprekende vrouwen werd bevolkt. Ik werkte in de postkamer. Alle andere vrouwen hadden ontzagwekkende mantelpakken aan, liepen vastberaden door de gangen en begrepen elkaar. Maar ik wist niet eens meer hoe ik moest archiveren. Kwam AA voor AAA of erna? Wanneer ik een fout maakte, stroomden alle andere vrouwen de postkamer in om het rotzooitje dat ik ervan had gemaakt te herstellen. Met een geschokt gezicht overstelpten ze me met goede raad.

Hoe kwam ik in de postkamer terecht?

'Ik zou hem nooit bij me in bed laten slapen!' zei een van de moeders.

'Je moet ze hun zin niet geven, dat is de truc,' zei een ander.

'Als ze zes weken zijn, slapen de meesten wel gewoon door, hoewel mijn Zara nu al de hele nacht doorslaapt.'

'Je bent nogal overgevoelig, hè, Krissie?'

Wat nóg erger was: ze bleven maar klagen over hun mannen, zonder acht te slaan op het feit dat ik er wat voor zou hebben gegeven om in hun schoenen te staan, om een andere volwassene

ebben met wie je kon praten, met wie je de verant-
len kon delen, die je kon liefhebben. Maar hun
aren blijkbaar allemaal nutteloze hompen spek die:
en overal in huis achternaliepen omdat ze zo nodig bevre-
digd wilden worden, maar daar kwam natuurlijk niets van in, o
nee.

Niet leken te begrijpen dat 's avonds in de kroeg een biertje
drinken tot het verleden behoorde.

Aangepakt moesten worden, want ze hadden werkelijk geen
flauw benul… Regels stellen.

Arme zielen. Als ik een man had gehad met wie ik de luiers
kon delen en kon kibbelen, zou ik het tegendeel van het stereo-
type zijn geweest: dankbaar, liefhebbend, zorgeloos en altijd bereid om te bevredigen, o ja.

Ze vertrokken net op tijd, want als ze ook maar iets langer
waren gebleven, zou ik nog harder hebben gegild dan hun volmaakte, achterlijke baby's.

Mijn moeder had waarschijnlijk gelijk, maar ik zag het niet in.
Ik zag sowieso niets, vanwege de zwarte wolk die mijn wereld
plotseling verduisterde.

Zes weken kwamen en gingen, en er was geen sprake van dat
Robbie doorsliep. Telkens wanneer ik naar bed ging, hoopte ik
vurig dat hij zou doorslapen, maar hij deed het nooit, en ik dus
ook niet. Ik kwam in het donkere hol van de slaaponthoudings-
psychose terecht, waar alles somber, ellendig en zinloos is, zelfs
chocola. Mijn ochtendritueel veranderde van espresso en bad,
beide met schuim, vrolijke nieuwtjes van de ontbijt-tv, een ontspannen wandelingetje door lommerrijke straten met interes-
sante gebouwen… in het hoofd bieden aan huilen, plassen,
poepen, doorlekken, eten, knoeien, aankleden, knoeien, en
opnieuw aankleden.

Zara's moeder – we hadden geen namen meer, wij zwangerschapsvriendinnen, we waren 'Zara's moeder' of 'Beths moeder' of 'Robbies moeder' – Zara's moeder belde me in die periode op en zei dat ik me geen zorgen hoefde te maken als Robbie niet goed sliep, want het echte keerpunt kwam met drie maanden. De meesten, zei ze, 'schikken zich' als ze drie maanden zijn, en dan valt alles op zijn plaats.

Maar Robbie schikte zich niet toen hij drie maanden was, en ik besefte dat ik niet eens wist wat 'zich schikken' betekende. Ik belde Zara's moeder op om haar dit te vertellen, en ze zei: 'Nou ja, met negen maanden zal het allemaal wel een stuk beter gaan.'

'Ik geloof je niet!' zei ik. 'Je hebt al twee keer tegen me gelogen!'

Toen ze zei dat ik echt eens met iemand moest gaan praten, zei ik: 'Dat doe ik toch, ik praat met jóú, maar het heeft geen zin om met jou te praten, want je liegt tegen me.' Ze hing op.

Tijdens de vierde maand besloot ik weer te gaan werken en onthief ik mezelf van de verantwoordelijkheid overdag.

Mijn vader en moeder wachtten me 's ochtends bij hun voordeur op, en omhelsden me. Het was duidelijk dat ze bezorgd waren, maar ze hielden hun mond, omdat ze me niet van streek wilden maken. Ze hadden voeding, melk en de juiste zorg en aandacht paraat, en ik droeg Robbie aan hen over. Dan vertrok ik, en van Shawlands Cross tot aan Kingston Bridge zat ik aan één stuk door te huilen.

Het hielp niet, weer gaan werken. De eerste werkdag snakte ik ernaar om met Marj te praten. Afgezien van het feit dat ze een fantastisch lunchmaatje was, was Marj mijn weekendvriendin, met wie ik zaterdags uitging, die mij de grappigste meid vond die ze ooit had ontmoet, die altijd gniffelde om mijn fantastische redenen om vriendjes de bons te geven, zoals:

Peter Fischmann had een bolle navel.

Rob Bothwell spuugde zijn pruimenpitten op mijn bord.

Giuseppe Conti had geen auto.

Jimmy McGeogh bracht een misplaatste staande ovatie.

Jonathon Miller was getrouwd.

Toen ik die eerste dag aan de lunch zat, beging Marj de vergissing om te vragen hoe het met Robbie ging. 'Nou, hij heeft gisteravond van acht tot tien geslapen, werd toen wakker omdat hij gevoed moest worden en sliep daarna van twaalf tot halfvijf, wat lang niet slecht was, maar ik kon niet meer in slaap komen en heb uiteindelijk de hele tijd liggen wachten tot hij om zeven uur wakker werd voor zijn ochtendfles.'

Ik had nog nooit daadwerkelijk gezien hoe iemand glazige ogen kreeg, maar ik had met mijn knokkel op die van Marj kunnen kloppen. En het drong tot me door dat ik al net zo saai, klagerig en rivaliserend was als mijn zwangerschapsvriendinnen.

Na de eerste week besefte Marj dat ik niets anders te vertellen had, en ik lunchte voortaan aan mijn bureau, terwijl zij de zaterdagen toewees aan een recentelijk daarvoor in aanmerking gekomen vrouw die Tilly heette en net was gescheiden van haar man Toby omdat hij haar een professionele portretfoto van zichzelf had gestuurd.

Ik had elke ochtend om halftien al het gevoel dat ik er een volledige werkdag op had zitten, en de rest van de dag bracht ik door in een cyclische woestenij van vergeetachtigheid. Ik zat bijvoorbeeld aan mijn bureau naar mijn overvolle agenda te staren en opeens, alsof er iemand had geschreeuwd: 'Op uw plaatsen, klaar, áf!' sprong ik zo vastberaden als een kampioen hordelopen op van datzelfde bureau en verliet ik de kamer, om halverwege de gang verdwaasd stil te blijven staan. Vervolgens liep ik op mijn schreden achteruit terug. Waarom had ik mijn bureau verlaten? Zou ik in mijn agenda een aanwijzing kunnen vinden? Ik herlas de ondoenlijke afspraken van die week met mensen die me niet konden uitstaan, en dan sprong ik opnieuw op: dat is het!

Meestal was ik gewoon vergeten dat ik moest plassen.

Ik begon me af te vragen hoe ik het werk ooit had geklaard. De maand was nog niet om of ik had al dertig zaken: vijf kinderen op de lijst van de kinderbescherming, nog tien ondergebracht in pleeggezinnen, en de rest op het randje. Ik kreeg te maken met boze ouders die me door de telefoon uitkafferden of bij de receptie zaten te wachten tot ze me konden uitkafferen. Ik kreeg te maken met administratief personeel dat weigerde rapporten voor me uit te typen, waarvan er twee gisteren al klaar hadden moeten zijn. Ik kreeg te maken met managers die vragen stelden waarop ik geen antwoord had: 'Wat vond de hoofdonderwijzer van het stanleymes, Krissie?' 'Waren de brandwonden op het been vers?' 'De kuiten opgezwollen?' 'Heeft ze inderdaad varkensworstjes gekocht?' 'Was het blauwe of gele valium?'

Ik kwam bijna iedere avond laat thuis, na op huisbezoek te zijn geweest en in raadselen te hebben gesproken.

'Mogen we binnenkomen?'

(We gaan naar binnen.)

'Een anonieme bron heeft ons gemeld dat Rachel gisteravond een uur lang op het stoepje heeft gezeten.'

(Je hebt je schuldig gemaakt aan kinderverwaarlozing en je buren houden je in de gaten.)

'Ik zie naalden liggen onder de televisie.'

(Je bent een leugenaar.)

'Mogen we haar voor een avond meenemen?'

(We nemen haar gewoon mee, wat je ook zegt.)

Na eindelijk thuis te zijn gekomen, zat ik de hele avond te tobben over Jimmy Barrs oom die uit de gevangenis kwam, over Bob die geslagen werd, Rob die betast werd, Jane die in haar buggy voor de kroeg werd achtergelaten. Het was de moeilijkste, meest meedogenloze baan die er was, en ik had niet langer de kracht om mezelf ertegen te wapenen en niet langer het zelfvertrouwen om over anderen te oordelen, nu ik er zelf als ouder niets van bakte.

Na een paar weken lang verward op mijn schreden te zijn teruggekeerd in de gang en slechte ouders te hebben voorgelicht over veilig drugsgebruik en de juiste grenzen, viel ik flauw.

Sarah haalde me die dag op van mijn werk. Ze belde mijn moeder en vroeg haar of zij en papa die avond voor Robbie konden zorgen. Na wat gedempt heen en weer gepraat tussen die twee, stopte Sarah me in haar prachtige huis in het logeerbed, met een vrolijke film, een beker warme chocolademelk en een kus op mijn voorhoofd.

Terwijl ik daar bij het zachte, warme licht en zonder baby televisie lag te kijken, hield ik meer van Sarah dan ooit. Sarah, die altijd voor me zorgde, die me altijd beschermde.

En toen ze me de volgende dag vertelde dat het haar en mijn ouders een goed idee leek dat zij een weekje voor Robbie zorgden zodat ik met haar en Kyle kon gaan kamperen, hield ik nóg meer van haar.

7

Er was iets veranderd aan Krissie toen ze de volgende ochtend wakker werd. Misschien kwam het doordat ze een ongestoorde nachtrust had gehad, misschien kwam het door het idee van een weekje in de Hooglanden zonder verantwoordelijkheden. Hoe het ook kwam, ze voelde zich een ander mens. Ze voelde zich goed, en ze zou het een en ander gaan veranderen, een beter mens worden. Ze stelde in haar hoofd een 'goede-moeder-plan' op, dat opofferingen, geduld en uiteindelijk geluk inhield.

Na op haar gemak met Sarah te hebben ontbeten, besloot ze te gaan winkelen. Een herfstgarderobe was een goed hulp-middel om als een ander mens Robbie te kunnen ophalen. Daarna zou ze met hem naar het park gaan, waar ze de eendjes broodkorsten zouden voeren, met knisperende rode herfstbla-deren zouden spelen en pret zouden maken.

Het winkelen was geen succes. Krissie had een nieuw lijf en wist niet wat ze ermee aan moest. Ze verzamelde maatjes acht-endertig uit de rekken bij H&M in de overtuiging dat de meeste haar goed zouden staan, om er vervolgens achter te komen dat ze drie van de broeken niet eens over haar dijen kreeg. Ze vroeg zich af waarom haar díjen in vredesnaam van vorm waren ver-anderd. De foetus was daar niet eens bij in de buurt geweest.

Krissie kwam om drie uur 's middags bij haar ouders terug, vastbesloten om haar goede-moeder-plan ten uitvoer te brengen. Ze klampte zich nog steeds vast aan de naïeve, uit de tijd voordat ze moeder werd stammende verwachting dat ze plannen kon maken en uitvoeren, ook al werd nu al maandenlang het tegendeel bewezen, en daarom zette ze Robbie in de auto en reed met hem naar het park. Toen ze daar aankwam, was hij in slaap gevallen, maar ze haalde hem uit zijn zitje omdat dat nu eenmaal het plan was, en zette hem in zijn buggy. Ze liep naar de eendenvijver en gooide twee stukjes brood in het water, die zonken. Ze nam met haar mobiele telefoon een foto van de slapende Robbie in de buggy en maakte een wandelingetje door een zompig, armoedig laagje gele bladeren. Daarna liep ze terug naar de auto, zette Robbie weer in zijn zitje, waardoor hij wakker werd, en reed naar haar appartement.

Robbie huilde aan één stuk door.

Zodra Krissie binnen was, schonk ze een glas rode wijn in. Een schone luier voor haar zoon kwam op de tweede plaats.

Krissie nam een slokje wijn en zette Robbie in zijn kinderstoel. Daarna ging ze naast hem aan tafel zitten, dronk het glas leeg en keek hem aan zoals ze dat al zo vaak had gedaan. 'Wie ben je? Wat wil je van me?' Krissie legde vertwijfeld haar hoofd op tafel.

Krissies handen lagen uitgestrekt op tafel, en ze voelde iets. Toen ze haar hoofd optilde, zag ze dat Robbie haar vingers had gegrepen en ze stevig vasthield. Tegelijkertijd keek hij haar lachend in de ogen. Die twee dingen hingen met elkaar samen – het handen vasthouden en het lachen: hij praatte tegen haar, liet haar weten dat hij haar leuk vond, en vroeg of ze zijn hand wilde vasthouden.

Maar ze hield zijn hand niet vast. Ze schonk nog een glas wijn in.

Na het vierde glas zette ze de lege fles onder het aanrecht, en ze besefte tot haar afgrijzen dat daar minstens vijfentwintig lege flessen stonden. Ze maakte zichzelf wijs dat het heel lang had geduurd voordat ze er zoveel had verzameld en dat het alleen maar een akelige indruk maakte omdat ze ze net zo lang opspaarde tot ze een kofferbak vol had voor de glasbak bij de supermarkt.

Daarna maakte Krissie zich op om Robbie naar bed te brengen. Het was niet zoals in de film, dacht ze bij zichzelf, waar ouders een voorhoofd zoenen, een lamp uitdoen, vertederd bij de deur blijven staan en vervolgens weglopen. Robbie naar bed brengen had eerder iets weg van het bestormen van de kust van Gallipoli: angstaanjagend en nutteloos.

Ze had het vaste stramien geprobeerd dat haar zwangerschapsvriendinnen eensgezind aanbevolen: eten, stimulatie maar niet te veel, bad, bed. Het hielp niet. Ze had geprobeerd hem overdag uit zijn slaap te houden. Geen succes. Ze had geprobeerd hem bij haar in bed te nemen. (Dat hielp, maar ze was zo dom geweest het aan Frasers moeder te vertellen, die zei: 'NIET DOEN! Hij gaat dood als je dat blijft doen. Absoluut. Dat is vrágen om ver...stik...king!') Daarom wendde Krissie zich maar tot haar laatste kinderverzorgingsaankoop in boekvorm, *Gecontroleerd huilen*, waarin haar werd aangeraden hem gerust te stellen, hem te laten huilen, en vervolgens in de loop van de avond steeds minder vaak naar hem toe te gaan. 'Na een week zal uw baby doorslapen!' beloofde het boek.

Vanavond was de zesde dag, en Krissie had een donkerbruin vermoeden dat ze haar geld zou moeten terugvragen. Ze had Robbie twee minuten laten huilen en was daarna teruggegaan om hem gerust te stellen. Daarna had ze hem vier minuten laten huilen voordat ze terugging, acht minuten, zestien minuten, en nu trok ze zich al voor de vijfde keer als een inbreker uit de verduisterde kamer terug, in de hoop dat Robbie niet zou merken dat zijn moeder steeds kleiner werd en vervolgens door de deuropening verdween, om ditmaal pas een halfuur later terug te komen.

'Ga ver weg,' had het boek aangeraden, 'en wees sterk!' Tot op dat moment was Krissie daar niet toe in staat geweest, maar vandaag was de eerste dag van haar nieuwe leven als resolute, bekwame, liefhebbende, grenzenstellende moeder, dus ze was vastberaden.

Eenmaal buiten de slaapkamer hoorde Krissie dat er muziek van beneden kwam. Ze had de jongens al maanden niet horen spelen en het geluid deed haar bloed sneller stromen. Ze nam niet de tijd om zich te bezinnen, deed wat lipgloss op, greep de babyfoon, zette het alarm op haar horloge op dertig minuten, en ging naar beneden.

Toen Marco opendeed, zei ze: 'Ik heb mijn tamboerijn niet bij me, mag ik met iets van jou rammelen?'

Marco reageerde precies zoals ze had gehoopt. Hij pakte haar bij haar middel en kuste haar. Daarna keek hij naar haar baby-foon, waaruit de stem van Robbie klonk, die boven lag te huilen.

'Maak je geen zorgen, niets aan de hand,' zei ze.

Ze wankelden door de gang naar de slaapkamer, en Marco tilde haar rok op.

Ze schrok van de pijn. Een scherpe, doordringende pijn, en terwijl hij bij haar binnendrong, schoot er een beeld van vroedvrouwen, bloed en een groot, metalen slabestek door haar heen. Wat was daarbeneden gebeurd? Hadden ze haar zodanig gehecht dat ze nauwer was geworden dan vroeger?

Het geluid van Robbies gehuil wervelde de babyfoon uit en de kamer door. Ze keek over Marco's wippende schouder op haar horloge... hij lag nog maar tien minuten te huilen. Ze schudde haar hoofd en richtte zich weer op Marco, die nog drie snelle stoten gaf voordat hij klaarkwam.

Even later liepen ze de woonkamer in, waar de andere jongen op zijn harmonica speelde. Hij begroette Krissie niet eens.

'Weet je zeker dat er niets aan de hand is?' vroeg Marco met een grimas naar de krijsende babyfoon, terwijl hij haar een sambabal gaf.

'Ja, maak je geen zorgen,' antwoordde Krissie, en ze zette de babyfoon wat zachter, nadat ze op haar horloge had gekeken.

Marco pakte zijn gitaar en begon te spelen.

Krissie voelde zich misbruikt en gekwetst en begreep niet waarom Marco haar negeerde. Wat had ze gedaan? Wat was er mis met haar? Ze wist niet wat ze moest doen, wat ze moest zeggen, hoe ze zich moest gedragen, en zat dus maar zo'n beetje met haar sambabal te schudden, terwijl de babyfoon kwellend meebrulde. De seconden dreunden voorbij op haar horloge, maar ze zou het niet opgeven, ze zou de volle dertig minuten wachten. Wat voor moeder zou het nu opgeven?

Sarah kwam om negen uur bij Krissies huis aan, na een telefoongesprek met Krissies moeder. 'Pas je goed op haar?' had Krissies moeder tegen Sarah gezegd. 'Weet je zeker dat ze het reisje aankan?'

Sarah besloot even langs te gaan om te zien of haar vriendin zich wel redde.

Ze klopte aan, en toen er niet werd opengedaan, belde ze Krissies mobiele telefoon, die ze binnen hoorde rinkelen. Ze belde de vaste lijn, die eindeloos over bleef gaan – en toen hoorde ze Robbie huilen.

Sarah bonsde op de deur en belde opnieuw. Zonder succes, er werd nog steeds niet opgenomen. De bezorgdheid van Krissies moeder in aanmerking genomen, belde Sarah de politie.

Door het geluid van de sirene hielden de jongens op met spelen, en toen de sirene zweeg, ging het alarm op Krissies horloge af. Tijd om gerust te stellen. Ze sprong op en rende naar boven.

Toen ze bij haar deur aankwam, stond Sarah daar. 'Wat doe jij hier?' vroeg Krissie.

'Waar zat je nou? Ik heb de politie gebeld! Schiet op, maak de deur open,' zei Sarah.

'Wat? Waarom? Er is niets met hem aan de hand!' zei Krissie, terwijl ze de sleutel in het slot stak. Ze ging Robbies slaapkamer in en zag dat hij knalrood was van paniek.

De tranen sprongen haar in de ogen toen ze hem zo zag. Wat had ze hem aangedaan? Ze wiegde hem zachtjes, en heel even begreep ze hem: dat hij een lieverd was, dat hij het heerlijk vond om in haar armen te liggen, en dat alleen zijn moeder hem tot bedaren kon brengen. Ze huilde met hem mee, haar lippen tegen zijn piepkleine oortje... 'Ik ben er al, ik ben er al.'

'Gecontroleerd huilen,' legde ze Sarah uit. 'Ik probeerde sterk te zijn, zoals in het boek staat. Ik had de babyfoon bij me.'

Tien minuten later klopte er een ongepast mooie agente aan. 'Alles in orde?' vroeg ze.

'Ja hoor, niets aan de hand. Ik zat alleen maar even bij de benedenburen. Ik pas gecontroleerd huilen toe, weet u wel, om hem te leren slapen. Ik had de babyfoon aanstaan en wilde net naar boven gaan toen Sarah kwam en ze jullie belde.'

'Gecontroleerd huilen? Onzin, als je het mij vraagt. Je kunt ze beter bij je in bed nemen,' zei de te mooie agente, voordat ze vertrok.

'Shit, wat ben ik toch stom! Het spijt me zo. Shit! Shit! Shit!' zei Krissie. Ze gooide haar kinderverzorgingsboek in de vuilnisbak en droeg Robbie haar slaapkamer in.

8

Toen Sarah die avond vertrokken was, nam ik Robbie bij me in bed. Ik voelde me schuldig, en ik wilde dicht bij hem zijn en goed voor hem zorgen. Ik zou nog meer mijn best doen, zei ik bij mezelf. Akkoord, de eerste dag van mijn poging een goede moeder te zijn was rampzalig geweest, maar ik moest het niet opgeven. Ik besloot toen ik daar zo lag dat ik meer tijd met hem zou doorbrengen, met speeltjes zou spelen op de grond in de woonkamer, kerstmanbaarden van schuim zou maken in bad en grappige stemmetjes zou opzetten tijdens het voorlezen. Dat zou ik allemaal onzelfzuchtig en met veel plezier doen.

Ik bestudeerde hem terwijl hij zachtjes ademend naast me op bed lag: zo klein, zo volmaakt, zo hulpeloos – en omdat ik opeens bang werd dat ik hem zou smoren zoals Frasers moeder had gezegd, bleef ik krampachtig stilliggen terwijl mijn arm tintelde van de pijn, en hoorde ik mijn wekker de uren wegtikken.

De week voorafgaand aan het uitstapje had ik vrij. De eerste ochtend bracht me zodra ik wakker werd een zalige, vijf seconden durende vergetelheid, waarin alles verdoofd en pijnloos was. Toen ik me uitrekte, herinnerde ik me wat ik de avond daarvoor had gedaan. Ik had Robbie achtergelaten om een nummertje te maken met een idiote buurman. En dat noemde ik mijn bést doen! Dat noemde ik mijn goede-moeder-plan ten uitvoer brengen! Ik slaakte een zucht en keek naar hem, zoals hij kirrend naast me op bed lag, volledig afhankelijk, volledig aan mij overgeleverd.

Ik deed er twee uur over om ons te eten te geven en aan te kleden. Daarna liet ik de buggy vier trappen af hobbelen, tree voor tree. Ik had rugpijn toen ik beneden was. Ik opende de zware voordeur, maar hij zwaaide dicht voordat we goed en wel buiten waren. Ik worstelde verscheidene minuten om ons te bevrijden, tot vermaak van allerlei onbehulpzame voorbijgangers, en liep toen in de regen door drie hoofdstraten vol kuilen en studenten die blijkbaar fysiek niet in staat waren om baby's op te merken. Doorweekt en uitgeput liet ik de kinderwagen achteruit de trap op hobbelen naar Kyles spreekkamer.

Kyle zag er anders uit daar. Plechtig en serieus. Ik had hem nog nooit op zijn werk gezien en zijn stramme schutterigheid zou op mijn lachspieren hebben gewerkt, ware het niet dat ik daar zat om over mijn eigen afschuwelijke tekortkomingen te praten.

'Het is geen tekortkoming,' zei Kyle. 'Het is heel gewoon. En het is goed dat je het hebt ingezien.'

Hij printte iets uit op een velletje papier en ik moet toegeven dat ik inderdaad opknapte, alleen al van het velletje papier met zijn heerlijke pillenwoordjes.

De dag daarna maakten Robbie en ik speeldeeg. Eerlijk is eerlijk, ik vond het niet direct leuk, vooral niet het opruimen na afloop, maar ik begon te begrijpen dat het iets dromerigs heeft om langzaam meel, zout, olie en kleurstof door elkaar te kneden, en iets grappigs als je kind van negen maanden je gele olifant vermorzelt.

De volgende dag lag ik in de woonkamer op de grond naast de Baby Gym, en terwijl ik omhoogkeek naar de kakelbonte dingen waar Robbie met wijd open, natte mond naar kirde, dommelde ik in.

De dag daarna gaf ik Robbies schommel een duw en sprong ik zelf op de schommel ernaast, en voelde ik misschien wel een sprankje vreugde toen onze ogen elkaar ontmoetten.

Maar de volgende dag was er geen sprake van begrip of vreugde, want ik moest Robbies spullen inpakken en deze angstaanjagende taak had zo'n omvang aangenomen in mijn hoofd, dat het mijn oren uit sijpelde. Toen ik eindelijk zover was om hem naar mijn ouders te brengen, stond ik te zweten en te trillen op mijn benen.

'Bij Late Rooms hebben ze tweepersoonskamers in het Kilmore Hotel voor de helft van de prijs,' zei papa.

'Bedankt papa maar we gaan kamperen, in tenten.'

Mijn vader was gek op vakantiekoopjes: dat was een van zijn vele vrouwelijke trekjes. Andere waren onder meer: een fotografisch geheugen voor verjaardagen, een schaamteloze voorkeur voor romantische komedies, een hekel aan voetbal en een griezelig goede vertolking van 'I should be so lucky'. Vakantieaanbiedingen op internet werden zo voortvarend geboekt dat mijn moeder de gewoonte had aangenomen om een van tevoren ingepakte noodvakantiekoffer in de vestibule klaar te zetten.

Achteraf gezien zijn ze erg lief voor me geweest, maar in die tijd kreeg ik bij alles wat ze deden en zeiden de neiging om te gaan gillen.

'Heb je zijn flesvoeding meegebracht?' vroeg mama, hoewel ze donders goed wist dat ik dat niet had gedaan.

'Heeft hij al vast voedsel geprobeerd?'

Heeft hij wel een goede moeder?

Ik kuste iedereen gedag. Toen ze de deur dichtdeden, werd ik overspoeld door schuldgevoel, vermengd met opluchting. Maar zodra ik mijn auto bereikte, was het schuldgevoel verdwenen. Ik ging daadwerkelijk iets doen. Ik ging volwassen gesprekken voeren. Frisse lucht inademen. Ik ging kamperen!

Kamperen! Ik was er dol op. Ik was dol op de witte bonen in to-matensaus, de geur van het kampvuur, de griezelverhalen en het opeengepakte, stinkerige slapen. Tijdens de rit naar huis kwamen herinneringen boven aan de laatste keer dat ik met Kyle was gaan kamperen. Toen ik op een avond thuiskwam van college was ik het zitten in een halve kring en het opsplitsen in kleine groepjes zo spuugzat, dat ik tegen mijn twee huisgenoten riep: 'We gaan kamperen!'

Ik griste mijn tweepersoons koepeltent, mijn butagasje, schuimrubber matras, slaapzak en zaklantaarn bij elkaar. Een ex had me alle benodigde spullen gegeven. Helaas voor hem was onze zes weken durende relatie samengevallen met zowel Kerstmis als mijn verjaardag. Kyle had ons vervoerd in zijn rij-keluiszoontjes-Mini, de kofferbak volgepropt met onze baga-ge. Chas zat de hele Great Western Road lang te zingen: grap-pige, gekke liedjes die hij van a tot z kende. We lachten hem vierkant uit, Kyle en ik, maar het lachen verging ons toen we be-seften dat hij met zijn repertoire de afstand tot aan Loch Tay en terug kon overbruggen. Hij zong zo'n zeventig liedjes, schat ik, zonder ook maar even te pauzeren. Liedjes over mevrouw McVity met één enkel tietje en de wens dat Campbelltown Loch uit whisky bestond: Campbelltown Loch Och Aye. Heer-lijke Chas, met zijn Dean Martin-stem, zijn koperen marihua-napijp en zijn onuitputtelijke en hilarische anekdotes. Hij zat nu in de gevangenis, die arme Chas.

Ik had Chas ontmoet toen ik met mijn rechterhand dhal zat te eten in Goa. Hij woonde in een boom, zoals daar de gewoon-te was, en bracht zijn tijd door met nadenken. Hij was leuk, en we hadden onze Schotse achtergrond gemeen, maar hij was niet mijn type. Hij was een b'tje wat uiterlijk betreft, een tikje ar-moedig: onverzorgd, hoekig, iets te mager, maar met wonder-schone ogen waar iemand op een dag hopeloos verliefd op zou worden. Hij droeg vreemde kleren die hij op een rare manier combineerde, en zag er naakt beter uit dan aangekleed. Dat wist ik omdat ik hem op een keer in Goa in een openluchtdouche had gezien en hij verrassend gespierd en stevig bleek te zijn, totaal niet slungelig. Ik had me nog nooit bij iemand zo op mijn gemak gevoeld. Geen verwachtingen, geen lastige politieke meningsverschillen, en geen seksuele spanning.

In Goa zwommen we overdag in het water en 's avonds dansten we erin. Drie weken lang liepen we samen over stranden, schuimden we markten af en keken we naar zonsondergangen, en ik voelde me zo heerlijk vrij en levenslustig dat ik de hele vakantie glimlachte.

Een tijdje later betrok Chas een kamer in mijn appartement. Hij hield zich voornamelijk bezig met het debiteren van wijsheden over onder andere schoonheid, en met zingen. We ergerden ons openlijk aan elkaar als de melk of de wc-rollen op waren en we lazen zwijgend de krant tijdens het ontbijt.

Als ik een noodvriendje nodig had om een ex-geliefde jaloers te maken, was Chas daar altijd voor te vinden, maar ik heb hem nooit ofte nimmer als potentiële sekspartner gezien, nooit op die manier aan hem gedacht. Eén keer, toen we stomdronken waren geworden op een bal van geneeskundestudenten, heeft hij op weg naar huis in de taxi geprobeerd me te zoenen. Het was net alsof ik mijn broer kuste en ik duwde hem onder het uitroepen van 'Getver!' van me af. Hij gooide een van mijn schoenen uit het raam en zei dat het het proberen waard was geweest. We hadden er allebei om gelachen, maar het was een vreemde gewaarwording.

Tijdens ons kampeertochtje naar Loch Tay hield hij maar niet op met zingen: niet toen we in de regen de tent opzetten, niet toen we beseften dat het butagasje leeg was, niet toen we er na een kilometer rennen achter kwamen dat het eten in de plaatselijke kroeg op was. We dineerden dus maar met wodka en chips, en na een middernachtelijke kotspartij viel ik tegen de tent aan, die boven op Chas en Kyle ineenzakte.

Het was de grappigste, leukste avond van mijn leven geweest, en ik betrapte mezelf erop dat ik hardop lachte terwijl ik
de tent inpakte, ook al rook hij nog steeds naar uien-kaaskots.

9

De avond tevoren had Kyle twee uur lang op bed zitten toekijken terwijl Sarah haar wandeloutfit paste. Hij moest toegeven dat de schoenen en de broek een prachtige combinatie vormden, dat het jasje-inclusief-schattig-zakje verbazingwekkend mooi van snit was, dat de regenjas precies in het zijvakje van de gore-texrugzak paste, en dat ze inderdaad haar hele takenlijstje had afgewerkt.

Hij dacht terug aan het kamperen met Chas en Krissie. Ze hadden op vrijdagmiddag om vijf uur besloten dat ze zouden gaan, en om halfzes waren ze al onderweg geweest. Hij had een parka en lucifers ingepakt, en Chas zeven gram Nederlandse hasj. Hoe kon het nu zo anders zijn?

Hij zweette bijna van opluchting toen Sarahs modeshow afgelopen was. Hij had de juiste dingen gezegd, en mocht nu zijn krant gaan lezen (die al bij het oud papier was gelegd).

De vorige keer was hij er niet zo makkelijk afgekomen. Hij had een zware dag achter de rug gehad en niet goed nagedacht toen hij Sarah eerlijk zijn mening gaf over een korte broek. 'Misschien is hij gekrompen in de was,' zei hij, voordat hij zelf ineenkromp tot een hoopje spijt.

Kyle was eraan gewend om spijt te hebben.

Het speet hem te moeten toezien hoe Sarah wanhopig probeerde een ander leven op te bouwen dan dat wat haar moeder voor haar in elkaar had geflanst. Ze had het allemaal uitgestippeld: het evenwichtige gezin, het vakantiehuisje, de baby's, de hardwerkende ouders die bij elkaar zouden blijven en er altijd zouden zijn. Na verloop van tijd besefte Kyle dat hij getuige was van een verloren strijd, want het ontbrak Sarah aan de middelen om een ander leven op te bouwen; het ontbrak haar aan de rolmodellen en het zelfvertrouwen. Ze probeerde een hersenoperatie uit te voeren met een lepel.

Toen Sarah jaren daarvoor opeens voor de deur had gestaan bij Kyles appartement in West End, was hij halsoverkop verliefd geworden. Ze was de mooiste vrouw die hij ooit had ontmoet en de negen maanden daarna deed hij vrijwel niets anders dan naar haar kijken. Hij staarde naar haar terwijl ze lag te slapen, keek haar in de ogen als ze aan een restauranttafeltje zaten, glimlachte naar haar in winkels als hij vol trots merkte dat de winkelier hem met ontzag bejegende.

Maar van staren was allang geen sprake meer. Chas had gelijk gehad. Hij zat vroeger vaak in de woonkamer aan zijn hasjpijp te lurken en wijsheden te debiteren. Op een keer zei hij: 'Sommige mensen worden lelijker naarmate je vaker naar hen kijkt, terwijl andere mensen juist mooier worden.'

Dat was inderdaad zo, wist Kyle nu, want Sarahs volmaakt symmetrische gezicht was met het verstrijken van de tijd steeds minder boeiend geworden. Ze had iets te veel vlees aan weerszijden van haar mond, en dat viel alleen nog maar meer op naarmate ze ouder werd en een pondje aankwam. Nu, op haar drieendertigste, zag ze er opgeblazen uit. Maar dat was het niet alleen – haar ogen hadden niets opvallends, haar glimlach had niets sprankelends, er was niets waar hij nu graag eens een tijdje naar zou willen kijken.

Krissie daarentegen had van alles waar hij maar wat graag naar wilde kijken. Toen Chas die wijze woorden sprak over schoonheid zat hij op de bank naast Kyle, en deed Krissie sit-ups op de vloer van de woonkamer.

'Toen ik bijvoorbeeld kennismaakte met Krissie,' zei Chas, 'vond ik haar een lelijkerd.'

Krissie gaf hem een stomp, drukte hem tegen de grond en begon hem te kietelen.

Tussen twee gilletjes van zalige kietelpijn door vervolgde Chas: 'Maar nu vind ik je de mooiste vrouw van Glasgow.'

'Van?'

'Schotland.'

'Van?'

'Oké, oké, de wereld! Hou op!'

Daarna keek Krissie met vragend opgetrokken wenkbrauwen naar Kyle.

'Ik vind je nog steeds een lelijkerd,' zei Kyle.

Kyle had haar helemaal geen lelijkerd gevonden. En tegenwoordig vond hij haar zelfs het tegenovergestelde van lelijk. In de afgelopen tien jaar was haar jongensachtige lijf zo veranderd dat het nu op z'n doordeweeks een slank, volmaakt vrouwelijk exemplaar was, en op z'n zondags geschikt voor de Parijse catwalks. Haar gedaante had een nieuwe, fascinerende elegantie aangenomen. Ze leek haar outfits achteloos samen te stellen en slaagde er telkens in om er zowel sexy als ongedwongen uit te zien.

Chas zei ook dat vrouwen altijd, zonder uitzondering, veranderen in hun moeders. En dat was uitgekomen. Sarah was Vivienne Morgan geworden, de actrice die zich ontpopte tot soapster, onlangs nog te zien in de Glasgowse soapserie *The Lake*, in een subplot van drie afleveringen over een verloren gewaande moeder, maar vooral bekend om haar acteerwerk in de zwaar aangezette dramaserie *Een leven voor Rizzo*, uit de jaren tachtig van de vorige eeuw. In de bloei van haar leven was Vivienne Morgan een seksbom geweest. Tegenwoordig was de 'bom' eerder een groot, met wodka gevuld vat, en de 'seks' twee ronde, hoog opgestuwde siliconenballen onder een verbouwd, geïnjecteerd gezicht.

Sarah had een aantal karaktertrekjes van haar moeder geërfd, zoals een 'los-het-zelf-maar-op'-levensbenadering. Sarahs moeder had bijvoorbeeld nooit met haar dochter over menstruatie en seks gepraat. Toen ze de vlek op de achterkant van het schooluniform van haar dochter zag, had ze haar gewoon in haar eentje naar de drogist gestuurd.

Krissies moeder daarentegen was een drieënzestigjarige wandelaarster met een blos op haar wangen, een stralende glimlach, een goed doordachte garderobe en een 'laten-we-erover-praten'-levensbenadering.

Waarom was Kyle zo blind geweest? Waarom was hij gevallen voor een vrouw die een mollig gezicht zou krijgen?

Iets anders waar hij spijt van had, was de aankoop van het huis aan Loch Katrine, waar hij elke vakantie naartoe ging, met uitsluiting van andere bestemmingen, en waar hij onafgebroken aan kluste. Hij had er spijt van dat hij in zijn vaders voetstappen was getreden en geneeskunde was gaan studeren, want hij hield niet van hard werken en als arts moest je nu eenmaal hard werken. Zelfs als huisarts was het onmogelijk om je te drukken, en hij werd voortdurend geplaagd door schuldgevoelens en zelfhaat omdat hij niet de ambitie had om te studeren, te schrijven of zijn carrière naar een hoger plan te tillen. Hij wilde juist het tegenovergestelde. Hij wilde vertrekken en skireisjes gaan begeleiden. Maar dat zou hij nooit kunnen. Artsen kunnen nooit vertrekken.

En toen Sarah besloot om twee weken lang stommetje te spelen tegen Kyle, en weigerde hem het zout aan te reiken of een boodschap door te geven over een kwetsbare patiënt die onmiddellijk bezocht moest worden, had hij er spijt van dat hij had gezegd dat haar korte broek te strak zat.

Toen Kyle vertrokken was om de krant te gaan lezen, pakte Sarah glimlachend haar volmaakte kleren in haar volmaakte rugzak. Alles was op orde. In therapie had ze leren toegeven dat ze dwangmatig alles onder controle wilde houden, dat haar agressieve perfectionisme een reactie was op het onrecht dat volwassenen haar hadden aangedaan: haar moeder, haar vader en haar stiefvader, Mike Tetherton. Wat de therapie alleen niet had opgehelderd, was de vraag wat er verkeerd aan was om alles onder controle te willen houden, wat er verkeerd aan was om alles op orde te willen hebben. Als alles op orde was en alles volgens plan verliep, zou Sarah misschien weleens kunnen slagen waar haar moeder had gefaald.

10

Mike Tetherton had het één keer eerder gewaagd te ontsnappen. Hij had zijn vrouw Vivienne en zijn stiefdochter Sarah achtergelaten en was op de trein gestapt.

Terwijl hij van zijn warme chocolademelk nipte en de thermosfles veilig op het gras neerzette, voelde hij zich precies zoals hij zich zevenentwintig jaar geleden had gevoeld, toen de trein naar Londen van tien over halfdrie Glasgow Central was uitgereden. Hij was uitgelaten, maar zenuwachtig. Hij keek naar het hem omringende platteland van South Ayrshire, met zijn golvende, groene heuvels die naar de kust toe kronkelden, en hij verschoof zijn ligstoel iets meer naar de zon toe. Tevreden nam hij plaats op de stoel, die midden op een omheind stuk grond stond, ver van de bewoonde wereld. Dit was Mikes droom: geen mens om je heen hebben, zalig moederziel alleen zijn, weg van de van roddel vergeven forenzenstad waar hij nu al jaren woonde, weg van de genadeloze filmwereld. Weg van de verleiding.

Mike Tetherton zag er jonger uit dan zijn negenenvijftig jaar: hooguit vijfenveertig. Zijn gezicht was glad en opgewekt, met licht omhooggekrulde mondhoeken en glimlachende ogen. Na nog een slokje genomen te hebben van zijn melkachtige drankje, deed hij zijn ogen dicht en ademde diep in. Hij deed zijn ogen weer open en dronk het lege, warme, Schotse platteland in. Dit zou zijn nieuwe leven worden, zijn nieuwe begin.

Maar eerst moest hij een beslissing nemen. Hij had het stuk grond maanden geleden aanbetaald, en wilde er een minimalistisch Duits bouwpakkethuis op zetten, dat voornamelijk uit glas bestond. Maar hij kon maar niet beslissen op welke plek hij het wilde neerzetten. Waar moest de woonkamer op uitkijken? Wat zou hij vanuit de openslaande deuren in zijn slaapkamer zien? Moest de zon ondergaan boven het houten terras of boven het bos? Zou het gemurmel van het stroompje in het dal rustgevender zijn in de slaapkamer of in de eetkeuken?

Op advies van de presentator van een woonprogramma nam hij op een zondag een stoel mee en ging een paar minuten zitten, om zich een voorstelling te kunnen maken van de plek waar het huis moest komen te staan. Hoewel hij het aanvankelijk een beetje gênant had gevonden om daar zomaar in zijn eentje te zitten niksen, voelde hij zich algauw op zijn gemak en vond hij het een verhelderende ervaring. Toen hij die avond naar huis reed, wist hij precies hoe zijn huis geplaatst moest worden: diagonaal, met een derde van de resterende grond aan de voorzijde van het huis, twee derde aan de achterzijde, en de woonkamer op het noordoosten.

Maar toen hij de week daarop terugkwam en zijn stoel heel anders opstelde om een beker chocolademelk te drinken, zag hij de zon de avond in glijden, en dat bracht hem aan het twijfelen. Hij zat nu precies midden op het land, met de woonkamer op het zuidwesten, en ook deze ligging had zo haar voordelen.

Het weekend daarna probeerde Mike nog een paar plekken uit, en bleef nu op elke plek wat langer zitten.

Na drie maanden bleef hij per keer urenlang op zijn stoel zitten, starend naar uitzichten die misschien wel zijn toekomstige uitzichten zouden worden.

Mike was 'in afwachting van een nieuwe klus', zoals zo vaak het geval is bij freelance mediafiguren, en hij hield zich door de week bezig met vrijwilligerswerk. Overal waar hij kwam trok hij mensen aan. Zijn glimlach, zijn hond en zijn bereidheid om te helpen waren kennelijk onweerstaanbaar. Het was vermoeiend om zo aardig te zijn, en toen Mike zijn stoel voor de zoveelste keer inklapte en hem samen met de thermosfles in zijn twintig jaar oude Mercedes legde, slaakte hij een zucht. Zonder ook maar een stap dichter bij een beslissing over zijn ontsnapping te zijn gekomen, reed hij terug naar zijn hectische, behulpzame leven in Drymlee.

En ja hoor, voordat hij zelfs maar de tijd had gehad om zijn spullen uit te pakken, had hij drie boodschappen op zijn antwoordapparaat en een buurvrouw aan de deur. 'Mike! Goed nieuws,' zei zijn bejaarde buurvrouw Netty, 'de Piraten hebben gewonnen!'

Dat was inderdaad goed nieuws. Het betekende dat de buurt de projectontwikkelaars had verslagen, en dat het lapje groen aan de overkant, Greensleaves, niet vol zou komen te staan met luxueuze tweekamerappartementen, maar met schommels en glijbanen voor de plaatselijke jeugd. Mike en Netty hadden hier vurig campagne voor gevoerd: ze hadden een ontwerp gemaakt voor het terrein, uitspraken verzameld, bouwvakkers geregeld en bij het gemeentehuis gestaan met borden die door verscheidene kinderen werden opgehouden. Mike was door het plaatselijke radiostation geïnterviewd en had indrukwekkende woorden gesproken over de noodzaak om buurten faciliteiten te geven die als bindmiddel konden dienen. Decennialang had het groengebied kinderen en honden de ruimte geboden om zich te uiten, zei Mike, en dat mocht je niet zomaar wegnemen.

De Piraten hadden dus gewonnen, en dit hield in dat Mike een zware week met pittige lichamelijke arbeid voor de boeg had, aangezien hij gekozen was tot projectmanager van de avonturenspeeltuin met piratenthema.

Drie koppen thee later deed Netty de deur achter zich dicht, zodat Mike eindelijk de kans kreeg om te doen wat hij moest doen. Uitpakken. Daar was hij een pietje-precies in. Hij had door de jaren heen geleerd hoe hij een huis moest achterlaten als hij een paar dagen wegging, uitgerust met precies voldoende spullen voor de reis, en hoe hij bij thuiskomst een huis weer aan kant moest brengen, zodat de reactie 'Aah' was, en niet: 'Jasses, hoe krijg ik dat ooit allemaal gestreken?'

Mike deed een lading was in de machine, zette zijn koffer in de kast en keek door het raam naar het groen aan de overkant. Hij was dol op zijn appartement. Het was besloten en zonnig en terwijl zijn uitzicht fris en weids was, kon niemand bij hem naar binnen kijken. Mike bestelde zijn boodschappen online (de geneugten van internet! dacht hij bij zichzelf, terwijl hij de te-goedbon van tien pond aftrok die hij de week daarvoor had ont-vangen omdat de boodschappen te laat waren bezorgd) en trof voorbereidingen voor een schuimbad dat lang mee zou gaan. Daarna surfte hij nog wat, voordat hij aandacht schonk aan de drie berichten op zijn antwoordapparaat.

Het eerste was van zijn ex-collega Paul, een cameraman met wie hij drie documentaires had gemaakt. Volgens Paul ging er een gerucht dat de BBC op zoek was naar ideeën voor een nieuwe serie die gericht was op tieners. Ze moesten maar eens bij elkaar komen, zei hij, bijvoorbeeld bij die Italiaan in West End.

Het tweede bericht was van de aannemer, die het nieuws had gehoord en meteen kon beginnen.

En het derde was van een huisvrouw van even verderop die haar baan als penningmeesteres van de bewonersorganisatie net zo serieus nam als babymassage en celloles.

'Gefeliciteerd!' zei ze. 'We zijn allemaal zo dankbaar! En het hondje maakt het prima, kom het maar halen als je zover bent.'

Mikes nieuwe puppy was een zwarte labrador die het hele huis onder piste en poepte.

Mike zou hem straks wel gaan ophalen. Op dit moment had hij behoefte aan een bad.

De week daarop was het een chaos in Greensleaves. Mike had het terrein laten egaliseren en de graafmachines hadden de grond platgeschraapt, waarbij ze aan één kant een reusachtige berg aarde hadden achtergelaten, die door de regen in modder was veranderd, en waar zes of zeven kinderen met verwaaide hoofdjes van afsleeden.

Hij voelde zich de laatste tijd een beetje raar. Misschien was het vermoeidheid, door het onafgebroken werken op de speelplaats. Het was een hele klus geweest om bouwvakkers te ronselen en toeleveranciers te bestoken, en een week lang was hij tot tien uur 's avonds doorgegaan. Hij had niet eens de kans gehad om zijn hond uit te laten. Netty en haar kleindochter Isla hadden die taak van hem overgenomen, en daar was hij blij om. Maar hij begon een beetje paranoïde te worden. Sinds hij op de bouwplaats werkte, had hij regelmatig het gevoel dat de penningmeesteres van de bewonersorganisatie, Netty en een aantal andere buren hem vreemd aankeken; dat ze over hem hadden gekletst. Hij vond het vreselijk om dat gevoel te hebben. Het was triest. Maar het was nu eenmaal zo.

'Kom als de bliksem hier, Isla!' riep Netty vanuit het raam van haar appartement aan de overkant van de straat. Isla's schooluniform was verfomfaaid en zat onder de modder. 'Je moeder springt uit haar vel!'

Isla zwaaide grijnzend naar haar oma. In weerwil van zichzelf glimlachte Netty terug.

'Gelukkig is ze dit weekend weg!' riep Isla.

Mike gaf de zesjarige Isla een highfive, voordat ze terugstormde naar de modderige heuvel waar de andere kinderen geestdriftig aan het klimmen en afdalen waren.

'Oké!' riep Mike tegen de groep boven aan de modderberg,

'wie het eerst beneden is, wint een pond!'

Mike glimlachte om het gegil van opwinding en plezier dat achter de kinderen aan zweefde.

De volgende ochtend was het zaterdag, en Greensleaves was tijdelijk ingeruild voor gezinsactiviteiten, zoals Ikea-bezoek en ruzie. Daar kwam Mike verder niet aan te pas, dus hij laadde zijn auto in om zuidwaarts te gaan. Tijdens het inladen hoorde hij in Netty's huis zijn hond blaffen en aan de deur krabben om uitgelaten te worden. Mike had de puppy een paar uur daarvoor daar achtergelaten, omdat Isla het weekend bleef logeren en had gesmeekt of ze voor hem mocht zorgen.

Die hond ook, dacht Mike.

Hij maakte een thermosfles vol warme chocola, smeerde sandwiches, pakte cake en fruit in, zette zijn stoel en zonnebrandmelk klaar en bracht in huis alles op orde: online boodschappen gedaan voor zijn terugkomst op zondag, planten water gegeven.

Toen hij Drymlee uit reed, wist hij dat dit de dag was waarop hij het besluit zou nemen. Het enige wat hij hoefde te doen was de aannemer naar het terrein halen en de plek aanwijzen, en dan zou de betonnen fundering worden gestort, die onherroepelijk zou verharden. Einde verhaal.

Net toen hij zijn ligstoel op het terrein had neergezet, ging zijn mobiele telefoon.

'Hallo?' zei hij vragend.

'We hebben de klus!' Het was Paul de cameraman. 'We kunnen vanaf maandag met de preproductie beginnen.'

'Mijn god! Fantastisch!'

Mike hing op en ademde diep in. Daarna liep hij naar zijn auto en reed snel de plattelandsweg af, om via verscheidene rotondes de weg naar het noorden weer op te gaan. Hij bruiste van opwinding. Dit werk was verslavend. Als een alcoholist die met geld op zak op weg is naar een drankzaak, stond Mike op het punt verlost te worden van een brandend verlangen, en al het andere moest maar wachten.

Mike besefte niet dat hij zijn ligstoel op het land had achtergelaten, die daar nu ver van de bewoonde wereld leeg op het veld stond.

Toen Mike terugkwam, stond Netty op de overloop met haar benedenbuurman Jim te praten. Jim was de eigenaar van een winkel in Glasgow met een stripverhalenthema, waar hij altijd enorm veel over te vertellen had. 'Ik zie al helemaal voor me dat er op een dag overal in de Central Belt Daffy Duck-mokken in mijn winkels zullen staan!' had hij de week daarvoor nog tegen Mike gezegd. Maar ze hadden het niet over Daffy toen Mike zijn voordeur naderde. Dat wist hij zeker. Ze hadden het over hem en deden zelfs nauwelijks hun best om het te verbergen.

'Mike!' zei Netty. 'Jim zegt net dat je zulk fantastisch werk verricht. We weten echt niet wat we zonder je zouden moeten!'

Mike babbelde zo openhartig mogelijk terug. Hij had niets te verbergen, ondanks hun ogenschijnlijke achterdocht. Het verkeer door Glasgow was een ramp. Hij had net gehoord dat hij een documentaire had binnengesleept. De speelplaats zou over maximaal een week klaar zijn. Het was mooi weer geweest, ja, en toen Isla haar hoofd om de hoek van Netty's voordeur stak, zei hij geruststellend dat zijn voortijdige terugkeer niet betekende dat ze dit weekend niet meer op de puppy hoefde te passen. Ze gilde van verrukking toen Mikes kleine labrador energiek naar haar benen hapte en daarna naar zijn baas rende om zich te laten aaien.

'Zal ik die lobelia voor mijn zijraam zetten? Hij moet nodig een poosje op het zuiden staan,' zei Mike, terwijl hij de puppy zachtjes met zijn been terugschoof naar Isla, en zijn buren gedag zwaaide.

'Dank je,' zei Netty, en ze gaf Mike de plant. 'O, en Mike,' zei ze met samenzweerderige oogjes, althans zo kwam het op hem over, 'de speelplaats is wel klaar vóór Guy Fawkes-avond, hè?'

'Absoluut.'

'Dus we kunnen er dan na het avondeten samenkomen? Voor het vuurwerk?'

'Natuurlijk.'

Netty slaakte een zucht toen Mike zijn huis binnenging. Na haar scheiding op haar zesenvijftigste was ze tot de conclusie gekomen dat alle mannen klootzakken waren, en met die waarheid had ze zestien jaar lang naar volle tevredenheid geleefd. Maar toen was Mike er komen wonen: knappe, beleefde, behulpzame, eerlijke, emotionele Mike – en dat had haar theorie in duigen doen vallen.

Mike deed de deur dicht en slaakte ook een zucht. Daar gaan we weer.

II

'Here I go again on my own...
Goin' down the only road I've ever known...
Like a hobo I was born to walk alone...'

Mijn iPod stond op volle sterkte aan en Glasgow zoefde voorbij buiten mijn raam. Ik had het alleenreizen gemist. Niemand in die trein wist wie ik was; niemand wist dat ik een onlangs gehechte vagina en een negen maanden oude baby had. Ik was gewoon een vrouw in de trein met een iPod. Alles ging langzamerhand de goede kant op. Ik zou er wel bovenop komen. De zon scheen en zelfs de voorsteden van Glasgow, met hun bungalows van grijze grindsteen, zagen er vriendelijk uit.

Mijn moeder heeft ooit tegen me gezegd: 'Krissie, als het gras net gemaaid is, en je glimlachend buiten zit en bij jezelf denkt: ik wil hier eeuwig blijven zitten, moet je opeens niezen en zul je naar binnen gaan.'

Ik denk dat mama me probeerde duidelijk te maken dat gevoelens van gelukzaligheid niet eeuwig duren, en misschien had ze ook wel gelijk, want ik kreeg na een paar minuten hoofdpijn van de muziek en ik werd plotseling bang dat Sarah en Kyle niet zouden komen opdagen. Ik had het gevoel dat Sarah haar neus voor me ophaalde vanwege het fiasco met het gecontroleerd huilen. Ze vond me waarschijnlijk een slechte, ondankbare moeder. Ze had die avond volgehouden dat ze pas zou vertrekken nadat ik had gedoucht, koffie had gedronken en twee uur de tijd had genomen om nuchter te worden. Ik had uitbundig gehuild en mijn verontschuldigingen aangeboden, dus ik was ervan uitgegaan dat we in goede verstandhouding afscheid hadden genomen, maar misschien had ze wel een hekel aan me gekregen. Ze zouden vast wel komen opdagen. Dat moest wel.

Tot mijn grote opluchting stonden Sarah en Kyle me op het perron op te wachten. Ze renden glimlachend naar me toe en we sprongen met z'n allen als schoolkinderen een paar keer op en neer, haakten onze armen in elkaar en dansten in een kringetje rond. Daarna lieten we ons door een jongen met lang, slordig haar en een grijsblauwe rugzak fotograferen voor het bord dat het begin van de trektocht aangaf. Ik had Kyle al jaren niet zien giechelen. Wat een verschil! Dit zou een waanzinnig uitstapje worden, dacht ik bij mezelf.

En dat werd het uiteindelijk ook.

We liepen naar de groene voorstad en wipten naast de eekhoorns voort door een groot landschapspark. We slingerden urenlang met het weelderige, vlakke boerenland mee, en gingen bij een beekje zitten om ons te goed te doen aan verse bananencake en warme chocolademelk, die Sarah die ochtend had gemaakt. Achter ons was een whiskystokerij, in de aangrenzende weilanden stonden Schotse hooglanders, en we hadden het gevoel dat we op de set zaten van een toeristische reclame voor Schotland.

Tijdens de lunch wisselden we verhalen uit over mensen met wie Kyle en ik hadden gestudeerd.

'Chas was smoorverliefd op je,' zei Kyle.

'Onzin,' zei ik.

'Dat wist je best! Hij liep als een hondje achter je aan!'

'Je kletst uit je nekharen, McGibbon.'

Chas was na een jaar gestopt met zijn studie geneeskunde.

Hij had een baantje genomen en was aan de drugs geraakt. We woonden toen nog steeds samen en hadden de grootste lol, maar werken en studeren leken totaal verschillende werelden te zijn. Een paar jaar later verdween hij, god mag weten waarheen, zonder zelfs maar afscheid te hebben genomen. Toen hij maanden later weer boven water kwam, gedroeg hij zich in mijn aanwezigheid een beetje raar, en vrijwel meteen daarna kwam hij in Sandhill Prison terecht.

Kyle maakte het nieuws bekend.

'Je raadt nooit wie er is veroordeeld tot acht jaar in de Old Bailey!' zei hij op een avond toen ik na college thuiskwam.

Normaal gesproken weiger ik dingen te doen die zonde van de tijd zijn, zoals e-mails van grapjassen lezen of naar iets raden, maar Kyle bleef maar aandringen... 'Kom nou, raad eens, wedden dat je het niet...'

'Eh, Ewan McGregor.'

'Nee.'

'Je moeder.'

'Nee.'

'Je vader.'

'Mijn vader is dood.'

'O, god, sorry... (stilte)... Hij is niet dood!' herinnerde ik me.

'Het is Chas, sufferd, Chas!' zei Kyle.

Ik was met stomheid geslagen. Chas was zo zachtaardig dat hij zelfs mieren had beschermd, en voor zover ik wist had hij nooit ook maar een snoepje gestolen uit de winkel op de hoek.

'Waarom? Wat heeft hij gedaan?'

Kyle wist er niet veel van. Het had iets te maken met mishandeling, had hij gehoord, iets met een man in de metro en een winkelwagentje. Chas was kennelijk door het dolle heen geraakt. Het gerucht ging dat hij met het wagentje in de aanslag had lopen beweren dat hij wist hoe de vork in de steel zat.

Kyle en ik vermoedden dat hij inderdaad wist hoe de vork in de steel zat, want Chas had altijd gelijk, waar het ook over ging. Wat we niet konden bevatten, was hoe hij erin was geslaagd om een winkelwagentje door het draaihekje van het metrostation te krijgen, en daarna nog twee roltrappen af ook, en wat hij er nou eigenlijk mee deed toen hij eenmaal beneden was. Ramde hij de reizigers? Stopte hij hen als boodschappen in zijn wagentje?

Ik heb Chas tijdens zijn eerste jaar in de gevangenis drie keer bezocht. Dat was niet makkelijk. Ik kon niet zomaar komen opdagen. Chas moest het bezoek zelf regelen, en daarna opbellen om zijn bezoekers te laten weten wanneer ze konden komen. Maar hij belde of schreef me nooit. Ik heb hem een aantal schutterige brieven gestuurd, waarin ik niet al te joviaal wilde zijn, om te voorkomen dat hij herinnerd werd aan alles wat hij verloren had en ertoe zou worden aangezet om in hal B van de overloop op de derde verdieping af te springen, maar ook weer niet te ónjoviaal, om te voorkomen dat hij eraan herinnerd werd dat het leven zinloos was en ertoe zou worden aangezet om in hal B van de overloop op de derde verdieping af te springen.

Hoi Chas,

Ik zit in het universiteitscafé en de regen valt met bakken uit de lucht, en zelfs mijn patat met kerriesaus is saai. Ik mis je! Ik begrijp niet waarom je niet terug wilt schrijven. Doe dat nu alsjeblieft wel, en zorg er alsjeblieft voor dat ik je kan bezoeken. Ik wil je vragen wat er precies is gebeurd en je vertellen wat ik zoal heb uitgespookt.

Bel me alsjeblieft. Ik ben bijna iedere avond thuis (mijn leven is op dit moment erg saai). Ik kan komen wanneer je maar wilt, aangezien ik tegenwoordig mijn hele werkdag in de auto doorbreng en alleen af en toe stop om kinderen te stelen, dus ik kan er makkelijk een uurtje tussenuit knijpen.

Ik heb tien pond bijgesloten voor je telefoonkaart. Bel alsjeblieft!

Hou je taai, Chas,
Kriss

Na een aantal weken dergelijke brieven te hebben gestuurd, ging ik over op plan B. Dit was een afwijkend, listig plan waarbij ik de gevangenisbeveiliging om de tuin zou leiden door de spreekkamer voor tussenpersonen te infiltreren.

Anders en minder duur gezegd: ik zou tegen de cipiers zeggen dat zijn maatschappelijk werkster hem wilde spreken.

Toen mijn identiteitsbewijs, tas en duimafdruk eindelijk naar binnen mochten, baadde ik in het zweet. Ik vond de cipiers intimiderend, dat spreekt voor zich, maar niet half zo intimiderend als het gajes in de wachtruimte. Terwijl ik om me heen keek, werd het me duidelijk dat Sandhill een specifieke bevolkingsgroep herbergde, en dat de gevangenis gewoon het verlengde van hun werkterrein was. Ze leken allemaal hetzelfde verwachtingspatroon te koesteren. Hun zonen zouden hier op zeker moment ook terechtkomen, en de cipiers zouden hen als een stuk vuil behandelen. Andere dingen die ze gemeen hadden waren een slechte gebitsverzorging en een unieke manier van formuleren, die erop gericht was nieuwkomers de stuipen op het lijf te jagen.

Uiteindelijk werden de gedetineerden naar de bezoekruimte geleid, en ik naar de spreekkamer.

Charles Worthington, gevangenisnummer 15986, hal B, 3/36. Dit schreef ik op mijn aanvraagformulier, aangezien ik behendig de gevangenisbeveiliging had omzeild en toegang had gekregen tot de database (ik had de gedetineerdenadministratie gebeld en die had me ingelicht), en ik nam plaats in kamer 7, een glazen hok met een tafel en aan weerszijden daarvan een stoel.

Ik zat een eeuwigheid onder de hoekcamera's in de spreekkamer te wachten, en was bang dat ze me zouden betrappen. Ik was geen justitieel maatschappelijk werkster. Ik zat bij de kinderbescherming en had hier niets te zoeken. Ik was een indringer en zou ongetwijfeld tegen de lamp lopen en opgehangen worden in de oude executiecel in hal D, waarna ik op het binnenterrein in een anoniem graf begraven zou worden bij de anderen.

Telkens wanneer er in de nabijgelegen ruimte een in rood of groen poloshirt gestoken lichaam van de boeien werd ontdaan, vroeg ik me af of het Chas zou zijn. Ik hoopte vurig dat hij niet in een groen poloshirt zou verschijnen, want ik wist dat dat de shirts waren die de beesten in hal D droegen.

Hij droeg een rood shirt, en hoewel hij er mager en afgetrokken uitzag, slaagde hij er nog wel in om de outfit met een zekere zwier te dragen. Zijn rode poloshirt, misschien een maatje groter dan dat van de andere kerels, zat soepel om zijn gespierde bovenlijf. En hoewel zijn spijkerbroek onmodieus effen van kleur was, leek hij niet zulke taps toelopende pijpen te hebben als die van de anderen. Hij wilde rechtsomkeert maken toen hij me zag, maar de geüniformeerde bruut aan het eind van de gang duwde hem terug in mijn richting. Hij kwam met tegenzin binnen, ging tegenover me zitten en sloeg resoluut zijn ogen neer.

Ik rommelde wat in mijn papieren en begon het 'onderhoud'.

'Hallo Chas, mijn naam is Krissie Donald. Ik ben justitieel maatschappelijk werkster en men heeft me verzocht het rapport over de gezinsachtergrond te voltooien. Het rapport heeft tot doel de beoordelingscommissie zoveel mogelijk informatie te verschaffen voordat zij een besluit neemt over vroegtijdige vrijlating. Laat ik om te beginnen eens controleren of ik over de juiste gegevens beschik. Je vergrijp is…?'

Chas gaf geen antwoord.

'De misdaad die je hebt begaan is…?' Ik keek omhoog naar de camera's in alle hoeken van de kamer en glimlachte zenuwachtig (wisten ze al dat ik zat te liegen?).

Hij zei niets.

'Goed. Als je niet meewerkt met de rapportage moet je wel beseffen dat dit geen beste indruk zal maken wanneer er besluiten genomen gaan worden…'

Secondelang geen antwoord. Mijn hart ging zo tekeer en mijn handpalmen waren zo bezweet, dat ik wist dat het alleen maar een kwestie van tijd was voordat ze zouden komen binnenvallen en zouden schreeuwen: 'Oké, tegen de muur, jij en jij. En bek dicht, stelletje vuile leugenaars.'

Maar er kwam niemand binnen. In plaats daarvan boog Chas zich over de tafel heen en fluisterde: 'Ze kunnen je niet horen, ze kunnen je alleen maar zien, en dat alleen als ze kijken, wat ze meestal niet doen.'

'Jezus, zeg dat dan eerder.' Ik ademde diep in, voor het eerst sinds ettelijke minuten.

We glimlachten naar elkaar, maar daarna loste onze glimlach op en kwam er iets minder smiley-achtigs voor in de plaats.

'Wat doe je hier, Chas?'

'Nou, ik word elke ochtend uitgelaten en drie middagen per week studeer ik woedebeheersing en 's avonds kijk ik naar tv-films met mijn celgenoot Rab, die soms miauwt en soms ook niet.'

Na deze woorden stond hij op en liep de kamer uit. Ik besefte dat ik hem niet iets achterna kon roepen zoals ik in de gewone wereld zou hebben gedaan. Als ik dat deed, zou het alarm afgaan en zouden de sleutels van de honderd dichtstbijzijnde gevangenisbewaarders gaan rinkelen en zou Chas binnen de kortste keren bedolven zijn onder een enorme berg blauwe polyester uniforms. In plaats daarvan grabbelde ik dus maar mijn papieren, mijn waardigheid en mijn misleidingsgaven bijeen, en vertrok ik zoals ik gekomen was.

Ik probeerde het nog twee keer op die manier, maar hij wilde me niet spreken.

Ik belde zijn ouders op. Ze woonden in Morningside in Edinburgh en waren bijzonder aardig. 'We weten alleen maar dat hij betrokken is geraakt bij een vechtpartij, liefje. We zijn er kapot van dat hij ons niet wil zien, onze lieve zoon. Jij hebt hem gesproken? Zag hij er wel goed uit? O, godzijdank, het is een kwelling, onze kleine Chas.'

Mijn moeder zei dat hij er misschien wel zo zijn redenen voor had gehad, dat hij een goede vriend was en een goed mens en dat hij misschien alleen maar wat tijd nodig had. Nou, die tijd had hij gekregen. Vier jaar, minimaal.

Terwijl we met z'n drieën de restanten van onze lunch inpakten, praatten we over de andere studievrienden van Kyle, die steenrijke plastisch chirurgen of onderscheiden wereldverbeteraars waren geworden. Ik had het gevoel dat ik voor het eerst sinds elf jaar echt met Kyle kletste – de arme ziel, hij werd blijkbaar net zo geplaagd door gevoelens van zelfhaat en teleurstelling als wij allemaal. Hij had er naast zijn vrienden altijd een beetje misplaatst uitgezien, vond ik. Dat waren geboren dokters. Ze hadden plannen. Ze wilden patiënten redden en in herenhuizen wonen en frivole mensen vernietigende blikken toewerpen. Ik heb altijd gedacht dat Kyle een van de frivole mensen zoals ik had moeten zijn. Hij werkte hard, maar als hij vrij had, maakte hij met nóg meer overgave plezier, alsof hij de verloren tijd moest inhalen. In de zomer rookte hij dope met Chas, keek hij naar beroerde tv-programma's en las hij keer op keer zijn Lonely Planet-gids, alsof hij rondreisde door middel van osmose. Ik had het idee dat de geneeskundestudie hem sloopte en hem een frons bezorgde die hij nooit had moeten krijgen.

Omdat ik me ervan bewust was dat Sarah zich buitengesloten zou kunnen voelen, knoopte ik met haar een gesprek aan over oude kameraadjes. Op dat moment liep de jongen met het slordige haar voorbij die op het perron een foto van ons had genomen. We vroegen of hij zin had om zich bij ons te voegen, maar hij zei dat dat niet kon, omdat hij van plan was 'een Munro mee te pikken' (zonder reden een hoge heuvel beklimmen). Dat deed hij om de dag, omdat de honderdvierenveertig kilometer lange voettocht vanaf Glasgow kennelijk niet uitputtend genoeg was. De man met het slordige haar heette Matt. Hij zei dat hij ons wél graag die avond wilde treffen, en schreef zijn mobiele nummer op een velletje papier, dat hij aan Sarah overhandigde, waarna hij naar mij glimlachte en met een uitzonderlijk fraaie kont wegliep.

Volgens Sarah was het een déjà vu.

We waren brave katholieke schoolmeisjes geweest, Sarah en ik. Onze ouders hadden alle mogelijke moeite gedaan om ervoor te zorgen dat we verzekerd waren van een entreebewijs voor de hemel, en hadden ons naar een nonnenschool gestuurd. Eenmaal bevorderd naar de middelbare school reisden we samen naar huis in de trein, kletsend over jongens, en het duurde niet lang of we kletsten mét jongens.

We moesten altijd overstappen op Glasgow Central, en daar wachtten Sarah en ik in de Burger King op onze verbinding. De jongens van St Aloysius zaten ook in de Burger King, en er ontstonden relaties. Dat ging als volgt:

Jongen gaf Boezemvriend van Jongen een briefje en Boezemvriend van Jongen gaf dit briefje aan Boezemvriendin van mij, en op het briefje stond: 'Ga je mee bakstenen tellen?' Mijn Boezemvriendin (Sarah) las me het briefje voor en dan glimlachte ik duidelijk zichtbaar, en schreef ik koket 'Ja' en daarna bracht zij het briefje terug naar Boezemvriend van Jongen, die het weer doorgaf aan Jongen.

Vervolgens ging ik op weg naar het ondergrondse perron, waar ik met mijn rug tegen de muur ging staan wachten tot Jongen naar me toe walste, zijn handen tegen de muur plaatste en me een open-mond-geen-tongen-kus gaf, en dat heette dan bakstenen tellen.

Sarah deed niet aan bakstenen tellen. Ze was te mooi en had geen zin om haar tijd te verspillen aan snotapen in de Burger King. Dus in plaats van bakstenen te tellen zat Sarah naar hen te luisteren, terwijl zij met elkaar wedden of ik het hun makker al dan niet zou toestaan zijn vinger in de boterpot te steken.

Zelfs toen al was ze behoorlijk beschermd. Sterker nog, toen zij de verpleegopleiding ging doen en ik met mijn rugzak de wereld in trok, merkte ik echt dat het zonder haar heel anders was. Niemand kon me nog tegenhouden, dus ik ging tot het gaatje, en als iemand er nu naar vraagt, moet ik mijn score naar beneden afronden tot de laatste tien.

Na al die tijd paste ze nog steeds op me, zoals ze dat op Glasgow Central had gedaan. Met dit verschil dat ik toen ik zestien was nog zo mijn grenzen had gehad, maar op mijn drieëndertigste geheid tot het uiterste ging.

Mijn seksuele bewustwording had zich tussen mijn vijftiende en mijn negentiende voltrokken op smerige, ondergrondse treinperrons (zoals het eerdergenoemde), in roestige schuurtjes, op achterafweggetjes en in wc's van padvinderijgebouwen. Telkens wanneer ik op het punt stond om klaar te komen, één trillende bonk zenuwen, belette ik het de hand om naar 'die plek' te gaan, gaf ik de hand een klap als hij naar 'die plek' probeerde te gaan, liet ik de hand een beetje dichter naar 'die plek' gaan... O god!

Na afloop ging ik altijd naar de kerk om te bidden. Ik prevelde een stuk of drieëndertig Weesgegroetjes en vroeg me later angstig af of het niet beter zou zijn geweest als ik het had afgerond tot een even aantal of er een Onzevader tegenaan had gegooid. En dat betrof dan nog niet eens seks met alles erop en eraan! Deze gebeden waren voor 'schuren' en 'vingeren' – waarbij de eerste term betrekking had op het wrijven over tepels tot ze bijna rauw waren, de tweede op het onafgebroken met tienervingers in alle verkeerde plekken poeren. Als ik de complete rimram had gedaan, had ik misschien wel de hele dag gebeden, god mag het weten.

Ik weet niet meer wanneer ik van mijn geloof viel, maar het is gebeurd. Vanaf dat moment loog ik mama en papa niet langer voor dat ik naar de mis was geweest, en om ze er goed van te doordringen dat ik een afvallige was, liet ik me vervolgens door een of andere kerel in een wc op Tenerife zwanger maken.

Inmiddels besef ik dat het katholieke schuldgevoel me de beste seks van mijn leven heeft geschonken. Ik heb minstens vijf heerlijke jaren geweigerd om het echt te doen met mijn toegewijde vriendje. Ik zou er nu iets voor geven om iemand te hebben die me net als hij dag in dag uit grondig onder handen nam. Die aandacht, inzet en toewijding vind ik nooit meer. En ik zal me ook nooit meer met zo'n tintelend gevoel bewust zijn van mijn zondigheid. Als ik aan die jongen denk – hij heette Stewart – denk ik aan iemand met fantastische knokkels.

Nadat ik tegen mijn ouders had gezegd dat ik niet alleen niet wist wat pastoor O'Flaherty afgelopen zondag tijdens zijn preek had gezegd, maar ook vermoedde dat pastoor O'Flaherty met zijn huishoudster naar bed ging en dat ik niet van plan was om ooit nog naar de mis te gaan, maakte ik een soort morele revolutie door. Ik stopte schuldgevoel over seks in een doosje, pakte het in en gooide het weg. In plaats van naar de mis te gaan, besloot ik leuke dingen te gaan doen op zondag, zoals fietsen en winkelen – en neukte ik alles wat los en vast zat, waarbij ik er altijd voor zorgde niet te innig te worden. Ik besloot dat ik me er niet om hoefde te bekommeren of ik wel gerespecteerd werd. Seks was seks, was lekker en zoals het hoort, en in mijn ogen was een kerel die vond dat een meisje respectabel diende te zijn sowieso een seksistische sta-in-de-weg.

Toen we van onze idyllische lunchplaats naar Loch Lomond liepen, vroeg ik me af of mijn morele revolutie soms onverstandig was geweest, of ik het soms bij het verkeerde eind had gehad. Ik was een alleenstaande moeder. Ik had sinds Stewart geen langdurige relatie meer gehad, en ik was er op mijn negentiende vandoor gegaan zonder onze relatie ooit fatsoenlijk te hebben geconsumeerd. Ik was zo eenzaam als de pest. Zou het allemaal anders zijn gelopen als ik respectabel was gebleven?

12

Sarah wist al heel lang dat zij en Kyle er even tussenuit moesten, hoewel zij bij een uitje vooral dacht aan een geheel verzorgd verblijf in een van de buitenwereld afgesloten vijfsterrenresort met honderden mensen in gelijksoortige kleding. De beste herinneringen had ze aan een vakantie in Dubai, waar zij en Kyle hun eigen privégedeelte van het zwembad toegewezen hadden gekregen, zodat ze daar de hele dag konden zitten. Ze had 's avonds meer dan genoeg tijd gehad om zich te ontharen en een zonnebankkleurtje te kweken en het risico op nagelbreuk was verwaarloosbaar geweest.

Toen Kyle haar vertelde dat hij een wandelvakantie in Schotland had geregeld, kon ze hem wel villen. Ze was geen sportief type, en had in haar jeugd voortdurend smoezen verzonnen om onder gymnastiek uit te komen. Ze had nog nooit van haar leven gekampeerd en lag voor hun vertrek nachtenlang te piekeren over de logistiek van haar lichamelijke verzorging. Meestal nam ze twee koffers mee, hoe lang ze ook wegging, maar Kyle had haar steiltang, elektrische tandenborstel, gezichtsreinigingsmelk, tonic en vochtinbrengende nacht- en dagcrème van Clarins in beslag genomen. Hij had haar bagage teruggebracht tot één rugzak, en had zelfs de euvele moed gehad om haar schuimrubberen ondermatras te vervangen door de tent, die hij slordig aan de rugzak vastbond.

Maar toen ze in de zon door de schilderachtige dorpjes ten zuiden van Loch Lomond liep, kwam ze tot de conclusie dat dit misschien wel de juiste vakantie voor hen was. En terwijl Kyle en Krissie lachend over hun oude vrienden praatten, raakte ze helemaal overtuigd. Na alles wat ze hadden meegemaakt, waren de frisse lucht, de lichaamsbeweging en de schoonheid van de tocht precies wat ze nodig hadden. Op die eerste dag ontdekte Sarah tot haar verrassing dat ze zich gelukkig voelde, en zeven uur lang zei ze niet één keer in stilte een gebedje op.

Sarah was niet zoals Krissie van haar geloof gevallen. Ze ging elke zondag naar de mis om te bidden dat er bepaalde dingen zouden gebeuren, veranderen of verbeteren. Vervolgens verontschuldigde ze zich voor alle gedragingen – welke dat ook waren – waarmee ze had bewerkstelligd dat die dingen nog niet waren gebeurd, veranderd of verbeterd. Ze geloofde oprecht dat Maria maagd was, en dat God en Jezus een ongrijpbaar familielid hadden dat de Heilige Geest heette. En ze geloofde dat alles op zijn pootjes terecht zou komen, als ze maar hard genoeg zou bidden. Ze zou voldoening vinden.

Elke zondag na de mis ging Sarah optimistisch en verlicht terug naar Kyle. Ze maakte deel uit van iets groots en verhevens en dat zou voor haar zorgen. Ze kroop op de bank tegen Kyle aan, streek verleidelijk over zijn kraag en probeerde niet te denken aan baby's maken. Maar dan gaf ze per ongeluk de aanzet tot seks, met als gevolg dat ze de hele daaropvolgende week nadrukkelijk niet dacht aan ongesteld worden, en de week daarna ook niet, en vanaf het moment dat ze officieel vijftien dagen over tijd was na het toevallige seksuele treffen, dacht ze zo vaak nadrukkelijk niet aan ongesteld worden, dat ze ziek werd van de ongezonde combinatie van machteloosheid en hoop. Natuurlijk werd ze ongesteld. Dat gebeurde altijd.

Als je zo'n overweldigende teleurstelling meemaakt, treedt

het katholicisme pas goed in werking. Je mag boos en onrede-lijk zijn, want zolang je maar bidt, zolang je maar om vergeving vraagt, is elk gedrag toegestaan. Sarah was dan ook minstens een week boos en onredelijk: haar gebeden werden met kracht-termen doorspekte geselingen; haar verleidingstactieken leken eerder op kastijdingen, waarbij ze Kyle gebruikte als de niets-vermoedende roede. Onder zulke omstandigheden vond Kyle het lastig om het zaad te produceren waar zijn vrouw naar hun-kerde.

Sarah wist dat Kyle een fatsoenlijke man was, de eerste fatsoen-lijke man die ze echt goed kende, en ze had besloten zich niet langer druk te maken om zijn gebrek aan ambitie. Ze was niet langer boos op hem vanwege hun kinderloosheid. Het lag blijk-baar niet aan hem. Het lag aan haar. Haar eierstokken waren nutteloze labbekakken. En hoe vaak ze ook bad op zondag of voor of na de seks, ze vertikten het om van hun luie kont te ko-men.

Maar op een bepaald moment kon ze ook niet langer van hem houden. Telkens wanneer ze slecht nieuws kregen – of het nu een menstruatie, een mislukte poging tot pleegouderschap of een ongewijzigde plaats op de adoptiewachtlijst betrof – nam haar liefde af. Haar liefde vervloog, net als de zijne. Ze wisten het allebei. En ze wisten ook dat ze, als ze nog één keer slecht nieuws kregen, droog zouden komen te staan.

Een rode zon ging onder boven Loch Lomond toen ze bij de camping aankwamen, die tussen het meer en de bergen inge-klemd lag en tot barstens toe gevuld was met modderige, slecht geklede, drank hijsende wandelaars.

Krissie was uitgeput maar trots dat ze zo ver had gewandeld, en ze liet haar rugzak met een tevreden zucht op de oever vallen. Al doende zag ze dat Matt honderd meter verderop zijn rode tent opzette. Ze gaf zo'n onopvallend knikje dat ze zich afvroeg of hij het wel had gezien, en daarom deed ze het nogmaals, en minder onopvallend. Ze had er onmiddellijk spijt van, want het was duidelijk dat hij beide (wanhopige) knikjes had gezien.

Sarah nam een douche in het toiletgebouw van de camping. Haar voeten waren rood, haar benen deden zeer en haar nieuwe rugzak had haar schouder gestriemd, dus een lange, warme douche was heerlijk. Na afloop droogde ze haar haar met de compacte föhn die ze had gekocht en stiekem in haar rugzak had gestopt toen Kyle niet keek.

Ondertussen zetten Kyle en Krissie vlotjes de tenten op en ze sprokkelden hout om een vuur aan te leggen. Tegen de tijd dat Sarah uit de doucheruimte kwam, zaten ze in de gloed van dat vuur van een glas wijn te nippen.

'Je gaat me toch niet vertellen dat je je föhn hebt meegenomen!' zei Krissie lachend.

'Het is niet eenvoudig om er zo goed uit te zien als ik,' zei Sarah, terwijl Kyle haar een glas wijn gaf.

Kyle stelde tot zijn verbazing vast dat het voor Krissie kennelijk wél eenvoudig was om er verdomd goed uit te zien, en dat terwijl ze totaal geen tijd had besteed aan toilet maken. Ze was bezweet en vuil van het bos, haar haar plakte op haar hoofd en ze had een schram op haar knie omdat ze was gevallen op de oever, maar ze zag er fantastisch uit.

Na deze woordenwisseling staarde Kyle waarschijnlijk iets te lang naar Krissie. Nu de relatie met Sarah zo scheef zat, had hij al maanden geen seks meer gehad, zelfs niet gemasturbeerd, en zijn ballen waren zwaar door de druk die dat met zich meebracht. Hij had er nooit met iemand over gepraat omdat hij het beschamend vond.

Terwijl hij over het vuur heen naar Krissie zat te kijken, haalde hij zich de seks met zijn vrouw voor de geest en dat bracht hem enigszins tot bedaren, want dat was in de latere fasen afschuwelijk geweest. Zo was er bijvoorbeeld die keer dat Sarah bepaalde vruchtbaarheidspillen had geslikt. Hij had net een recept uitgeschreven voor een bejaarde patiënte toen zijn pieper ging. 'Alstublieft, mevrouw Beattie, gaat u hier maar mee naar de apotheek!' zei hij, terwijl hij haar begeleidde naar de receptiebalie.

'Wablief?' vroeg mevrouw Beattie.

'Naar de apotheek! Apotheek!'

'Wat is daarmee?' vroeg mevrouw Beattie.

Kyle droeg mevrouw Beattie over aan zijn receptioniste en las het bericht van Sarah. 'Hierheen komen, nu!'

Toen Kyle tien minuten later binnenkwam, lag Sarah op bed met haar T-shirt aan, lange broek uit en onderbroek naar beneden gestroopt. Ze nam niet eens de moeite om zich helemaal te ontkleden. Ze voorzag zichzelf van glijmiddel en zei hem toen gedag. De meeste kerels zouden moeite hebben gehad om bij dit scenario voldoende energie op te brengen, maar Kyle vlijde zich tegen haar aan voor zolang het duurde en beeldde zich in dat hij met iemand anders was.

Dat was een van de laatste keren geweest dat ze hadden geprobeerd een kind te verwekken, en sinds die tijd was de seks een wat treurige aangelegenheid geworden. Hij had zo nu en dan wel avances gemaakt, en had één keer een blote kont aangeboden gekregen waar hij zich tegenaan mocht wrijven, maar terwijl hij daarmee bezig was bleef ze de bladzijden van haar boek omslaan, en wat hem betrof was dat een nóg grotere afknapper dan totale onthouding. Vandaar dat hij nu al maandenlang aan totale onthouding deed.

Kyle wendde zijn ogen af van Krissie en draaide zich naar Sarah toe. Terwijl ze van haar wijn nipte, leken de jaren van spanning en zorgen plaats te hebben gemaakt voor blozende wangen en enthousiasme. Kyle zag weer de vrouw op wie hij verliefd was geworden, de vrouw die hem niet uitschold voor idioot, die geen lijstjes voor hem achterliet met klusjes die hij voor een bepaalde datum moest hebben afgewerkt. Ze glimlachte en haar hele gezicht veranderde erdoor, kwam tot leven. Kyle voelde een tinteling nu hij haar zo fris en in een heel andere omgeving zag. Hij vroeg zich even af of hij kon terugkeren naar vroeger tijden, toen haar glimlach het enige was geweest wat hij nodig had.

13

Ik belde Matt op toen we 'confrontatie' speelden. We waren teut na drie flessen wijn en daagden elkaar uit om de confrontatie aan te gaan met onze grootste angst.

Ik ben een enorme angsthaas als het om bloed gaat, en daarom daagde Kyle me uit om zo hard in zijn hand te snijden dat er genoeg bloed uit kwam om een kleine tissue rood te kleuren. Hij zei dat ik me geen zorgen hoefde te maken, hij was immers arts, en dat hij me zou tegenhouden als ik te ver ging. Hij gaf me zijn Zwitserse legerzakmes en stak zijn hand uit. Ik nam zijn hand in de mijne, en zoals gewoonlijk begonnen mijn zweetklieren meteen te werken: warme klamheid stroomde van mijn handpalm in de zijne. Hij drukte het lemmet van het mes stevig tegen zijn vlees. Dit zou nooit lukken, en ik werd duizelig. Ik aarzelde en keek Kyle in de ogen. Terwijl ik dat deed, streek hij met zijn linkerduim liefdevol over de onderkant van mijn hand, en een plotselinge stoot adrenaline zette me ertoe aan mijn ogen dicht te doen en hem een jaap te geven.

'Jezus!' schreeuwde Kyle, terugdeinzend van de pijn.

Ik keek toe hoe het bloed uit zijn hand spoot…

'Krissie! Krissie! Kriss! Hallo! Gaat het weer een beetje?' Sarahs gezicht doemde wazig voor me op.

'Je bent flauwgevallen.'

Ze hielp me overeind en het duurde nog een paar seconden voordat ik volledig bij bewustzijn was en me herinnerde wat er was gebeurd. Kyle hield zijn hand omhoog, waar niets aan mankeerde, en liet met een brede glimlach een met bloed bevlekte tissue voor mijn ogen heen en weer bungelen.

'Reken maar dat jij nu aan de beurt bent!' zei ik tegen Kyle.

Kyle was altijd bang geweest voor spinnen. Hij had kort na een voorval met een harige heteropoda zijn overbruggingsjaar in Australië afgebroken, en sprong op van schrik als er een spin verscheen, al was het maar op televisie. Ik had dit meisjesachtige trekje altijd erg leuk gevonden. Ik vond het prettig als mannen kwetsbaar waren, als de machofaçade smolt, en daarom vond ik het waarschijnlijk ook lekker om boven te liggen, en fantaseerde ik stiekem over twee mannen die het samen deden.

Hoe dan ook, ik ging op zoek naar de grootste spin uit de omgeving. Het duurde even, maar uiteindelijk vond ik er een van zo'n vijf centimeter doorsnede, die vrolijk tussen twee takken van een lijsterbes in zat. Hij verzette zich, maar ik slaagde erin hem op mijn hand te scheppen. Kyle deed zijn ogen dicht en stak zijn hand uit, maar zodra hij een kriebeling op zijn handpalm voelde, sprong hij krijsend als een baby achteruit. Ik vraag me af of de spin de lijsterbes weer heeft kunnen bereiken, of dat hij een soort vluchtelingspin is geworden.

Toen was Sarah aan de beurt. Zij had claustrofobie, en daarom stopten we haar in haar slaapzak, deden de rits dicht en bevolen haar tien minuten zo te blijven liggen.

'Vergeet me niet!' zei ze, terwijl ze zichzelf insloot met de rits.

Dat was het moment dat ik Matt belde. Hij had zijn Munro meegepikt, en was al bijna in slaap gevallen in zijn tent aan de andere kant van de camping. 'Sta op en kom hierheen,' zei ik.

Toen ik ophing, zag ik de foto die ik had genomen van Robbie in zijn buggy, diep in slaap bij de eendenvijver. Ik belde mijn moeder op.

Het ging prima met Robbie, het ging prima met hen allemaal, zei mama. Ik hoefde me totaal geen zorgen te maken.

Kyle schonk me nog een wijntje in en we kletsten wat, totdat we beseften dat er al een kwartier voorbij was en we Sarah in haar slaapzak hadden laten liggen.

'Shit! Sarah!' zei ik, en ik draaide me naar de slaapzak toe. Die lag er roerloos bij.

'Sarah!' zei ik luidkeels.

Totaal geen beweging of reactie. Ik trok langzaam de rits van de slaapzak omlaag en sloeg hem open. Daar lag Sarah, spierwit, met haar ogen dicht, en stil als de dood zelf.

'Sarah?'

Niets.

Ik schudde haar door elkaar.

'Sarah!'

Geen zuchtje adem, geen teken van leven.

'Kyle! Ze... beweegt zich niet.'

Kyle had zijn drankje laten vallen en kwam dichterbij. We brachten ons gezicht naar haar toe, tot op één centimeter van haar doodse ogen. Wat hadden we gedaan? Hadden we haar vermoord?

Mijn angst voor bloed werd veruit overtroffen door mijn angst om iets misdadigs te doen, om per ongeluk iemand te verwonden. Ik zou dag in dag uit mijn afschuwelijke daden onder ogen moeten zien. Ik zou naar de gevangenis moeten, of erger nog, niet naar de gevangenis gaan omdat ik niet bekend had of niet betrapt was en dan zou ik met het schuldgevoel moeten leven, helemaal alleen in een donkere, rokerige kamer, met griezelig uitdrukkingsloze ogen en verfomfaaid haar...

'Aagghh!'

Sarahs schreeuw wierp ons allebei omver. Toen we overeind krabbelden, moest ze zo hard lachen dat we haar alleen maar tot bedaren konden brengen door haar in het meer te gooien. Ze kwam met een boos gezicht boven water en we wisten dat we te ver waren gegaan. Kyle werd zenuwachtig en stak zijn hand uit om haar uit het meer te helpen. Sarah greep zijn hand vast, en trok Kyle toen met inspanning van al haar krachten het water in.

Kan mij het schelen, dacht ik bij mezelf, en ik sprong er ook in, voor een spetterige, giechelige, zalige zwempartij.

Daar waren we mee bezig toen Matt verscheen. Het was een zachte avond, maar niet zacht genoeg om, zoals Matt, bijna niets te dragen. Zijn gele T-shirt met in zwarte, cursieve letters het opschrift I AM NOT GAY! had hij uitgetrokken, en hij liep naast ons over de aanlegsteiger. Hij boog zich met een glimlach over me heen en dook het water in.

Ik had mezelf eerder die dag beloofd dat ik zou proberen me respectabel te gedragen en nooit meer bij het eerste afspraakje al met een man naar bed te gaan, maar toen Matt boven water kwam en speels mijn hoofd onderduwde, besloot ik dat het best geoorloofd was om voor vakanties en Matts een uitzondering te maken.

We droogden onze kleren bij het vuur en dronken bier. Sarah en Kyle kropen bij de gloed van het vuur tegen elkaar aan en zagen er zo ontspannen en verliefd uit dat ik hen nauwelijks terugkende.

Het was fijn om hen zo te zien, maar na een minuut of vijf wierp ik Sarah een paar lange, betekenisvolle blikken toe, die ze niet scheen op te merken. Het begon me een beetje te irriteren dat ze zo lang bleven zitten kletsen en Sarah daarna ook nog eens vroeg hoe het met Robbie ging. Ik bestierf het bijna. Waarom wilde ze het voor me verpesten terwijl Matt en ik duidelijk zo goed bij elkaar pasten?

Tot mijn schande zei ik na de opmerking over Robbie ter verduidelijking tegen Matt: 'Dat is mijn parkietje. Mijn moeder moest met hem naar de dierenarts.'

Ik moest íéts zeggen om de lange, ongemakkelijke stilte die daarop volgde te doorbreken.

'Ik ga naar bed.'

Ik wendde me tot Matt.

'Ga je mee?'

Hij keek verbaasd en even later triomfantelijk, toen ik zijn hand pakte en samen met hem naar mijn tent liep.

14

Kyle keek toe hoe Krissie Matt naar haar tent trok. Toen Matt zich bukte om de tent in te gaan, zette ze haar voet op zijn kont en schopte hem naar binnen. Daarna sprong ze boven op hem en ritste de tent driekwart dicht.

Kyle keek Sarah aan en trok zijn wenkbrauwen op. Krissies seksuele agressie was niets nieuws. Ze was altijd 'proactief' geweest, zoals zij het noemde, en voerde stevige feministische argumenten aan om dat te rechtvaardigen. Maar hoewel hij Krissie al heel lang kende en haar altijd had gemogen, had hij zich vaak afgevraagd of er niet iets ziekelijks school in haar combinatie van promiscuïteit en gebrek aan emotionele binding met de mannen met wie ze naar bed ging. Ze kwam toch echt niet uit een verstoord gezin. Integendeel zelfs: haar ouders waren allebei bijzonder aardig en zeer liefdevol. Nóg opvallender was haar hechte vriendschap met mannen als hijzelf en Chas, met wie ze geen seksuele relatie had. Ze was zich er nooit van bewust geweest hoe verliefd Chas op haar was, en had er altijd nadrukkelijk voor gezorgd dat haar relatie met hem speels maar platonisch bleef. Kyle had de indruk dat Krissie nooit een seksuele relatie begon met mannen die ze werkelijk aardig vond.

Nadat ze haar wenkbrauwen had opgetrokken, gaf Sarah op een venijnige manier lucht aan haar te lang opgekropte ergernis.

'Ongelooflijk, zoals zij zich gedraagt,' zei ze.

'Hoe bedoel je?'

'Vorige week dook ze nog in bed met een slonzige buurman en liet ze haar baby in huis achter; en vandaag doet ze net alsof Robbie niet bestaat, zodat ze een andere flapdrol suf kan neuken.'

'Ze is depressief,' zei Kyle, terwijl Krissies ondeugende gegiechel van de tent afspatte.

'Hoe kun je haar nu verdedigen?' vroeg Sarah, en ze liep gepikeerd naar haar tent.

Kyle voelde inderdaad de behoefte om Krissie te verdedigen. Ze had een harde dobber aan het moederschap – wie zou dat nou niet hebben? Ze was helemaal alleen, en had de verantwoordelijkheden van tevoren niet goed ingeschat. Daar kwam nog bij dat ze een vrije geest was, een creatieve geest vol dromen, passie en pit. Natuurlijk had ze er een harde dobber aan.

Er was wel meer hard, merkte Kyle toen hij overeind wilde komen om naar zijn tent te gaan. Hij keek naar zijn halfstijve penis en ging snel weer zitten. Hij had aan Krissie gedacht, en dit was er gebeurd. Voelde hij zich opeens tot haar aangetrokken? En waarom keek hij naar de tent, naar het niet-dichtgeritste gedeelte van Krissies tent waar een piepklein stukje bloot te zien was, en voelde hij zich daarbij zo gefrustreerd? Waarom wendde hij zijn blik niet af? Waarom bleef hij niet waar hij was, in plaats van in commandostijl dichter naar de opening toe te kruipen, zijn halfstijve nu volledig opgericht, en zich dertig centimeter van de rits op te stellen zodat hij meer stukken bloot in het donker kon zien bewegen?

Kyle kwam nooit voortijdig klaar. Hij was altijd erg trots geweest op zijn 'duurvermogen', zoals hij het noemde. Dat was een wiskundige vergelijking die hij met Chas had ontwikkeld, en deze luidde als volgt:

$$D = t \times l$$

oftewel:

Duurvermogen = totaal aantal stoten x lengte van opgerichte penis.

Hoe dan ook, dat van Kyle was prima. Lengte prima, aantal stoten per sessie prima, duurvermogen prima. (Chas had uitgerekend dat dat van hem nog beter was, maar volgens Kyle had dit waarschijnlijk te maken met de antidepressiva die het Chas beletten om klaar te komen, hoewel hij dat niet kon bewijzen.)

Maar die avond bij Loch Lomond overkwam Kyle iets wat hem voor het laatst was overkomen toen hij dertien was en hij en Annette McMillan een blik hadden uitgewisseld. Hij had een zaadlozing na de geringste wrijving over de ruwe aarde onder hem.

Toen dit gebeurde, hapte Kyle verrassend luid naar adem, en hij hoorde dat Krissie haar bezigheden staakte, en zei: 'Wat was dat?'

Kyle rende naar zijn tent, sprong in zijn slaapzak en vlijde zich tegen de slapende Sarah aan, net voordat Krissie haar hoofd naar binnen stak en zei: 'Hebben jullie iets gehoord?'

'Nee!' zei Kyle, terwijl Sarah naast hem wakker werd.

'Ik dacht dat ik iemand bij mijn tent hoorde.'

'Wij waren het niet.'

'Oké. Sorry, welterusten! Bedankt voor de fijne dag!'

'Waar heeft ze het over?' vroeg Sarah slaperig.

'Geen idee.'

Stilte.

'Het spijt me,' zei Sarah.

'Mij ook.'

'Ik hou van je.'

'Ik ook van jou.'

Sarah zoende Kyle maar hij kapte het af. Dat was iets waar Kyle een paar jaar daarvoor mee was begonnen. Halverwege de zoen gaf hij Sarah een soort klopje op haar rug, begeleid door 'Mmmwa!', alsof hij een tante begroette. Sarah vond het vreselijk, want ze had zo'n heerlijke dag gehad met haar man, en had zelfs voorzichtig gedacht dat er misschien toch nog hoop voor hen was.

15

Na de pijnlijke ervaring met Marco was ik vastbesloten om van Matt te gaan genieten, maar het gebeurde opnieuw. Toen we samenkwamen, was de pijn ondraaglijk en schoten er beelden van bloed, gehuil en achtergebleven placenta's door mijn hoofd. Rond die tijd hoorde ik een geluid alsof er iemand naar adem hapte, voor mijn tent. Ik trok mijn T-shirt aan en ging naar buiten, maar er was niemand. Toen stak ik mijn hoofd in de tent van Kyle en Sarah. Zij waren het niet geweest, en weer dacht ik dat ik waarschijnlijk écht gek was geworden. Ik was niet alleen een depressieve alcoholiste met terugkerende hallucinaties, maar ook nog eens paranoïde.

Ik ging terug naar Matt en zei tegen hem dat ik dronken en duizelig was, en dat ik geen seks met hem wilde. Ik vertelde ook dat ik geen parkiet had. Ik had een zoontje, Robbie.

'Het geeft niet,' zei hij. 'Kom hier, gooi het er allemaal maar uit... Gooi het er allemaal maar uit.'

En dat deed ik. Ik huilde tegen zijn borst.

En toen gooide híj het er allemaal uit. Deed zijn gulp open, pakte mijn hand en smakte zijn kleverige vlees erin.

'Jezus!' Ik trok mijn hand terug en probeerde op te staan, maar hij trok me weer naar beneden en kwam boven op me liggen, terwijl hij met een donzige, droge tong mijn hals en voorhoofd kuste.

'Nee!' zei ik, luider nu, maar hij bleef doorgaan.

'Matt! Hou op!' gilde ik.

Ik probeerde tegen zijn borst te duwen, maar het was net alsof hij het niet voelde. Het enige wat hij wel leek te voelen, zat tussen mijn benen, en daar wilde ik hem niet hebben. Ik wilde dat hij verdween.

Voordat ik echt in paniek raakte, verslapte Matt en toen ik hem van me afduwde, kwam Kyle in zicht, die over ons heen gebogen stond.

Kyle sleepte Matt helemaal naar het meer en duwde zijn gezicht in het water. Ik liep achter hen aan, verbaasd over Kyles boosheid en kracht, en keek toe hoe hij Matts hoofd onderhield. Aanvankelijk was ik te verbijsterd om te reageren, maar na een paar seconden besefte ik dat ik hem moest tegenhouden. Matt zou verdrinken.

'Hou op!' zei ik, maar dat deed hij niet.

'Hou op!' Ik pakte hem bij zijn schouders en rammelde hem door elkaar, tot hij eindelijk oogcontact met me maakte.

'Laat hem los.'

Zodra Kyle hem losliet in het water, krabbelde Matt overeind en nam de benen. Hij had waarschijnlijk meteen zijn boeltje gepakt, want 's ochtends was zijn tent verdwenen en we zagen hem de hele volgende dag nergens op het pad.

Ik ging naast Kyle bij het meer zitten. We zeiden geen woord en zaten alleen maar voor ons uit te staren. Na een tijdje stond Kyle rustig op en liep terug naar zijn tent. Vraag me niet hoe het kan, maar Sarah had overal doorheen geslapen.

Toen Kyle vertrokken was, bleef ik bij het meer zitten nadenken. Ik had erom gevraagd, nietwaar? Ik was ladderzat en had de man letterlijk mijn tent in gesleept. Wat had hij dán moeten denken?

Ik keek toe hoe de reusachtige watermassa met de wind meebewoog. Het water zag er angstaanjagend en ondoordringbaar uit. Het kwam bij me op dat ik ook zo over mijn leven dacht: het was donker en koud, en ik was erin verdwaald.

De volgende dag werd Sarah met een fris gezicht en uitgerust wakker, terwijl Kyle en ik moe, katerig en chagrijnig onze tent uit strompelden. We ontbeten met witte bonen in tomatensaus en koffie en braken onze tent af. Kyle en Sarah waren geen goed tentinpakteam. Toen er gevouwen moest worden, ging Sarah telkens naar links in plaats van naar rechts, en naar rechts in plaats van naar links, en was ze in één woord hopeloos. Na verscheidene pogingen om de tent zodanig op te vouwen dat hij in zijn piepkleine tentzakje paste, vroeg een uitgeput uitziende Kyle (geprikkeld) aan Sarah of ze broodjes wilde gaan klaarmaken voor de lunch, een taak waar ik al mee bezig was, en ze kwam (geprikkeld) naast me zitten.

Het was een beetje betrokken toen we aan de klauterpartij langs Loch Lomond begonnen. Het zou een lange wandeldag worden – ongeveer dertig kilometer – dus we moesten er wel de pas in zetten. We begonnen redelijk goed – ik voorop, gevolgd door Kyle, en Sarah achterop. Maar na een uur of twee bleef Sarah staan om haar rugzak opnieuw in te pakken, en tegen twaalven had ze niet alleen al ons water opgedronken, maar ook de gewoonte gekregen om om de twintig minuten een pauze in te lassen.

We aten op een strandje onze lunch van broodjes met ham en ik zou een moord hebben gedaan voor een slok water, maar zoals ik al zei: Sarah had alles opgedronken. Daarom doopte ik mijn hoofd maar in het van muggen vergeven meer om een verontrustend levenloze slok te nemen.

Ik neem aan dat het angst was, het gevoel dat me die dag tijdens de lunch beving. Mijn hart was wat sneller gaan pompen en mijn hele lichaam voelde aan alsof het net was ontwaakt na een nacht lang hijsen en drie uur slaap, wat niet bepaald verrassend was, want dat had ik inderdaad achter de rug. Mijn hoofd was wollig, mijn ogen waren zwaar, de adrenaline gierde door mijn lijf en mijn bloedsuikerspiegel vloog alle kanten op. Terwijl ik toekeek hoe Sarah het broodje at dat ik voor haar had klaargemaakt, had ik zin om tegen haar te schreeuwen: 'Ik word gek van de manier waarop je kaken knakken terwijl je eet!' Toen ik dat dacht, viel mijn oog op Kyle, en ik had durven zweren dat hij precies hetzelfde dacht.

'Een cent voor je gedachten,' zei Sarah, al kauwend (knak).

'Niets, liefje! Ik ben gewoon moe!' zei ik, haar in stilte verwensend omdat ze met volle mond praatte.

Drie is nooit een prettig aantal. Telkens wanneer er op school iemand met mij en Sarah had willen spelen, was het eind van het liedje geweest dat de ongelukkige nummer drie werd 'geschrapt'. We hadden clubregels, opgeschreven in ons oranje Kitty Kat-schrift, dat topgeheim was. Arme Marie Johnston overtrad een belangrijke regel toen ze zes was. Op bladzijde drie stond duidelijk te lezen: 'Kitty Kat-leden moeten zo vaak mogelijk bij elkaar thuis spelen.' Marie speelde één keer bij Sarah, en dat ging niet goed. Hun moeders kregen blijkbaar ruzie. Sarah belde me die avond op om te zeggen dat ze Marie de volgende dag zou schrappen. Maar Marie kwam niet naar school, en toen ze een week later weer present was, zei ze dat ze toch niet bij de club wilde.

Ik mocht Marie Johnston wel, en ik denk dat het me misschien wel een beetje begon te vervelen om eindeloos rondjes om de school heen te lopen met Sarah, pratend over de kapsels en schoolschoenen van de anderen en de clubregels. Maar er was niets aan te doen. De Kitty Kat-club bestond uit twee leden, een veel makkelijker aantal.

Toen we na de lunch bijna kropen over het pad langs het meer, begon ik me te vervelen en te ergeren aan Sarahs gemekker, en kreeg ik zin om met nummer drie te gaan spelen. Daarom stopte ik na zeven kilometer niet meer telkens wanneer Sarah stopte. En na veertien kilometer stopte Kyle ook niet meer telkens wanneer Sarah stopte. En na eenentwintig kilometer lasten we ook geen pauze meer in om Sarah de kans te geven ons in te halen, en vroegen we niet meer of het al beter ging met haar voeten. In plaats daarvan liepen we samen op, snel, bijna rennend, opgezweept door elkaars fitheid, bijna lachend van uitbundigheid en energie, terwijl we ons een weg baanden door takken en over rotsrichels, de ene voet voor de andere.

Mijn aderen stonden waarschijnlijk bol van de endorfinen, want ik had het gevoel dat ik vloog toen ik Inverarnan bereikte. Kyle en ik gaven elkaar een high five voor de oude pub. Toen we er later een koud biertje zaten te drinken, gingen we ons steeds schuldiger voelen over de manier waarop we Sarah hadden behandeld. Ze was tenslotte niet zo fit als wij, en ze had niet de kans gehad om zich het kamperen en de wandeletiquette eigen te maken. Berouwvol boekten we twee kamers in het prachtige oude hotel als een presentje voor Sarah, want op die dag waren zij en Kyle acht jaar getrouwd.

16

De dag langs Loch Lomond was de allerzwaarste voor Sarah. Ze had blaren op de bal van beide voeten en op beide hielen. De eerste vijftien kilometer hield ze telkens een pauze om die vier drukpunten te voorzien van nieuwe pleisters, maar daarna was ze door haar voorraad heen en werden haar voeten zo glibberig van het bloed dat de pleisters toch niet bleven zitten, en hield ze alleen nog maar een pauze om de schade op te nemen. Terwijl ze over takken en rotsachtige paadjes klauterde, begon ze stilletjes te huilen. Krissie en Kyle lagen nu te ver voor en ze vond het gênant om hen te roepen. Waarom uitgerekend háár voeten? Waarom moesten het van zes in aanmerking komende voeten de hare zijn die dit eindeloze pad vol eindeloze takken niet aankonden?

Tot tien tellen. Diep inademen. Blijven lopen.

De technieken die ze tijdens haar therapie had geleerd bleken erg nuttig te zijn. Ze kon haar verstand op nul zetten en zich erdoorheen slaan. Maar als je om de tien minuten je verstand op nul moet zetten omdat je voeten aan flarden zijn en je man en beste vriendin je in de steek hebben gelaten, ga je uiteindelijk knarsetandend tot tien tellen, en snel en diep door je neus inademen. En ten slotte barst je in tranen uit en herhaal je voortdurend dat ene riedeltje, dat luidt: 'Die vuile klootzak! Stelletje vuile klootzakken. Klootzakken!'

Ze sloten haar altijd buiten als ze samen waren. Ze hadden een gemeenschappelijk verleden omdat ze drie jaar samen in het appartement hadden gewoond. Zelfs nu nog leken ze elkaar goed aan te voelen en wisten ze dingen die Sarah niet wist. Kyle had dope gerookt met Chas! Ze hadden samen twee Munro's meegepikt! Ze hadden een studievriendin gehad die Bridget heette. Ze waren dol op pasta met pepperoni!

Ze was ook verbaasd en boos als ze kennelijk dezelfde krantenartikelen hadden gelezen over de meest recente oorlog, de race om het leiderschap van de oppositiepartij, of die nieuwe cultfilmmaker. Hoe kon ze nu bevriend en getrouwd zijn met mensen die eindeloos over dat soort dingen praatten? De wereld draaide toch om haar, dat was toch haar rol?

Dit had Sarah zoal lopen denken toen ze voor de pub haar rugzak afdeed.

'Verrassing!' schreeuwden Krissie en Kyle uit een raam op de bovenverdieping.

Omdat ze hen urenlang in gedachten had verwenst, vond ze het moeilijk om blij te zijn toen ze haar voorgingen naar haar schilderachtige kamer, een glas champagne voor haar inschonken en haar begeleidden naar een reusachtig, met badzout en schuim gevuld bad. Pas nadat ze verscheidene minuten met gedempt licht in bad had gezeten, haatte ze hen niet langer uit de grond van haar hart, en begon ze weer van hen te houden. Haar man met wie ze acht jaar getrouwd was, haar vriendin met wie ze altijd bevriend was geweest.

Toen Sarah beneden kwam voor het diner was ze voorbereid op een fantastische maaltijd en klaar om haar rechtmatige rol weer aan te nemen.

Maar na het voorgerecht, bestaande uit een taartje van geitenkaas en gekarameliseerde uien, en één glas Australische cabernet sauvignon, kwamen haar haatgevoelens weer boven.

Wanneer hielden ze nou eens op over hun studietijd? Wat was er zo interessant aan die Chas met zijn vette haar en verwijde pupillen?

Voor ze het wist had ze haar toetje op en zei ze: 'Dat was heerlijk, dank je wel, maar ik ben doodmoe, ik denk dat ik maar onder de wol kruip.'

Kyle reageerde op de juiste manier – dat moest ze hem nageven – en bood minstens drie keer aan haar te vergezellen. Maar dat sloeg ze af…

'Nee, nee, blijven jullie maar hier. Tot morgen.'

De daaropvolgende vier uur lag Sarah kokend van woede in bed. Hoe bestond het dat Kyle haar op hun trouwdag in haar eentje naar bed had laten gaan! Het was een plicht om seks te hebben op je trouwdag, en deze plicht mocht onder geen enkele voorwaarde worden veronachtzaamd.

Uiteindelijk kleedde ze zich driftig aan en ging naar beneden. Tot haar verrassing zat er niemand in de zitkamer en niemand in de bar. Er heerste een doodse stilte.

Ze keek door het raam naar de tuin: duisternis alom.

Totdat vanuit het niets Matts gezicht achter de ruit verscheen. Sarah sprong achteruit en keek toe hoe Matt zich omdraaide en naar zijn tent liep.

Haar hart kwam uiteindelijk tot bedaren, en ze hervatte haar zoektocht. Ze waren nergens te bekennen. Waar zaten ze? Waar konden ze naartoe zijn gegaan?

Maar ze wist het eigenlijk wel. Het was duidelijk waar ze zaten.

Sarah liep met ingehouden adem de trap op, en toen ze eindelijk de tweede verdieping bereikte, leken er uren voorbij te zijn gegaan. Snakkend naar lucht sloop ze over de gang naar Krissies kamer toe.

Ze wachtte even, en draaide langzaam de deurknop om.

Deed langzaam de deur open.

Liep langzaam naar het bed.

Deed snel het licht aan.

Maar er was niemand. Vreemd genoeg was het bijna een teleurstelling. Sarah had zich verbeeld dat ze hen op heterdaad zou betrappen. Ze had al uitgedacht hoe ze vol gerechtvaardigde verontwaardiging de deur uit zou lopen. Ze had zich een voorstelling gemaakt van de verkoop van de huizen, de permanente verhuizing naar Frankrijk en de aardige, dertigjarige buurman Jean-Luc, die haar ladingen zelfgeteelde aubergines schonk en vervolgens een stuk of wat baby's.

Maar dat zou allemaal niet gebeuren en dit was teleurstellend. Sarahs therapeute had haar uitgelegd wat deze manier van denken te betekenen had, want ze gaf zich er vaak aan over. Als Kyle laat uit zijn werk kwam, maakte ze zichzelf gek van ongerustheid en stelde ze zich voor dat hij dood langs de weg of vermoord in een parkeergarage lag. Mevrouw de therapeute had gezegd dat deze manier van denken niet voortkwam uit ongerustheid, maar uit boosheid. Als Kyle laat was, knapte ze ervan op om zich voor te stellen dat zijn keel was doorgesneden of dat hij door een ontsnapte gevangene was verkracht tot hij was uitgescheurd. Het was boosheid en het was ongezond – herinner je je de technieken?

Dus ging Sarah nu terug naar de zitkamer, waar ze tot tien telde en diep inademde.

Op het moment dat Sarahs hartslag op aarde terugkeerde, kwamen Krissie en Kyle giechelend het vertrek in. Ze zaten onder de modder. Bij het zien van Sarah verdween hun zorgeloze uitdrukking, en zagen ze er van het ene op het andere moment uit als ondeugende schoolkinderen.

'Sarah!' zei Kyle.

'Matt is buiten! Denk je dat hij een seriemoordenaar is?' vroeg Krissie. 'Hij draagt nog precies dezelfde kleren... dezelfde kakikleurige korte broek, en hij heeft handen als kolenschoppen!'

'Ik denk dat hij pisnijdig is over gisteravond, en dat kan ik hem niet kwalijk nemen,' zei Sarah.

'Kijk eens wat we gevonden hebben!' zei Kyle.

Ze lieten haar een tas met smerige paddenstoelen zien.

'Laten we het proberen!' zei Kyle.

'Wat?' vroeg Sarah, terwijl ze Krissie de tas afpakte om het beter te kunnen zien.

'Paddo's! Het stikt ervan!'

Hierop volgde een woordenwisseling die aldus kan worden samengevat:

Sarah: 'Hoe oud ben je nou eigenlijk?'

Kyle: rolt met zijn ogen.

Krissie: schenkt Kyle een veelbetekenende glimlach.

Sarah: ziet deze blikken van verstandhouding, gooit tas met paddenstoelen naar Kyle, schreeuwt: 'Val dood, allebei!' en stormt naar boven.

Terwijl ze witheet in bed lag, overdacht Sarah zoals gewoonlijk met gekromde tenen haar scherpe opmerking. 'Val dood' had inderdaad geen recht gedaan aan de omvang en complexiteit van haar grieven. Ze kon haast niet geloven dat ze niet meer had gezegd dan dat, en dat niemand haar achterna was gelopen om haar om vergiffenis te smeken. Het was net alsof ze niet bestond. Als er morgen geen verbetering in kwam, zou ze vertrekken, besloot ze. Ze zou deze stomme vakantiebestemming verlaten, Kyle verlaten, Schotland verlaten. Misschien zou ze zelfs deze wereld verlaten, dacht ze, zoals ze wel vaker dacht.

Ze was zo moe van het huilen dat ze Kyle niet hoorde binnenkomen. Ze werd wakker van een merkwaardig, heerlijk gevoel en na een ogenblik van halfbewuste gelukzaligheid drong het tot haar door dat Kyle haar likte op een plek waar hij haar nog nooit had gelikt. Ze keek onder de lakens, zag wat er gebeurde en gaf hem een dreun op zijn hoofd.

'Getver! Wat doe je? Wat mankeert je? Heb je van die pad-denstoelen gegeten?'

'Nee!' Kyle kwam wrijvend over zijn schedel tevoorschijn. 'Ik dacht gewoon: weer eens wat anders.'

'Je dacht: weer eens wat anders! Jezus christus, Kyle, je ne-geert me de hele avond op onze trouwdag, en dan: getver! Ga je tanden poetsen!'

Kyle gehoorzaamde en viel daarna in slaap.

De volgende ochtend zaten Krissie en Kyle tijdens het ontbijt aan één stuk door te giechelen terwijl de pedante hoteleigenaar de prulletjes op de planken, schoorsteenmantels, haarden en vensterbanken bestudeerde. Er klopt iets niet, dacht de hotelei-genaar bij zichzelf. Ik geloof dat ik gek word.

Waarom zitten ze te lachen? vroeg Sarah zich af. Lachten ze haar uit? Wat hadden ze voor geheimpjes? Wat was er in vredes-naam zo grappig aan de prulletjes op de vensterbanken? Sarah at rustig verder, ook al had ze nog zo'n zin om te gaan gillen. Ze gaf het nog één dag. Ze zou redelijk en rationeel zijn en ze zou de vakantie proberen te redden.

17

Dat ik voor Kyle viel op de avond van de trouwdag van hem en Sarah maakt het er op de een of andere manier alleen maar erger op. Ik geloof dat ik vóór die tijd nooit echt verliefd ben geweest, want ik had de fysieke onbehaaglijkheid die daarmee gepaard gaat nooit ervaren. Het was net zo'n gevoel als verdriet: indringend, kwellend, allesverterend.

Ik zal de dag dat mijn oma stierf nooit vergeten. Na de eerste klap volgden er dagen van hysterie in haar woonkamer, en ik geloof dat er evenzeer werd gelachen als gehuild.

Datzelfde gevoel van onbeheersbare hysterie had ik bij Kyle. Waarom zou verliefdheid net zo voelen als verdriet? Ik kreeg geen hap door mijn keel, kon nauwelijks ademhalen.

Die avond met Kyle leek de heerlijkste avond van mijn leven. Ik merkte dat ik hem langer in de ogen keek dan gepast was. Het viel me op dat hij zijn ogen op mijn blote armen liet rusten, en genoot van wat hij zag. Ik voelde hoe zijn lichaam me opwarmde als een kachel, hoewel hij een eindje van me af stond. Ik wist dat hij graag dichter bij me wilde zijn. Toen ik hem een glas wijn gaf, raakte ik per ongeluk zijn hand aan, en mijn handpalm droop onmiddellijk van het zweet.

Ik heb altijd last gehad van zweethanden, zodra ik me er ook maar even bewust van word. Het woord 'handen' zeggen is al genoeg om ze aan het zweten te krijgen. Ik heb er altijd een hekel aan gehad om handen te schudden tijdens het 'Vrede zij met u' in de mis, of om hand in hand te staan tijdens het zingen met oudjaar, of om deel te nemen aan het soort volksdansen waarbij je de handen moet vastgrijpen van iedere man in het vertrek. Het begon allemaal tijdens de stijldanslessen op school, toen een stuk of tien vrijwilligers van jongensschool St Patrick desgevraagd een partner kozen uit de ongeveer honderd meisjes van de Sacred Heart-school die in een rij in de zaal stonden opgesteld. Ze liepen op hun dooie akkertje de parade af:

Wat dacht je van haar? Neu!

Zij dan? Misschien.

En tegen de tijd dat ze twee keer op en neer waren gelopen, waren mijn handen geheid een zoutwaterval. Ik werd bij de eerste gelegenheid wel door een jongen ten dans gevraagd, maar na afloop daarvan ging het nieuws als een lopend vuurtje rond en begon iedereen me 'Zweetpootje' te noemen, en daarom leid ik altijd bij de St.-Bernardswals.

Kyle leek geen acht te slaan op mijn zweterige handpalmen toen hij het glas van me aannam. We dronken tot in de kleine uurtjes, verplaatsten de onwaarschijnlijke hoeveelheid versierselen in de eetzaal, verzamelden paddo's en daagden elkaar uit om het bos in te lopen en vijf minuten lang in het pikkedonker stil te blijven staan. Ik hield het één minuut vol. Kyle zes. Omdat ik vreesde dat hij dood was, zette ik koers naar de zwarte bomen om hem te gaan zoeken.

Ik hoorde een geluid dat mijn bekkenbodemspieren op de proef stelde, draaide me om en zag Matt in de verte bij het hotel staan. Hij wierp een blik door het raam en liep vervolgens naar het open veld toe. Ik bleef roerloos staan, maar Kyle riep 'Boe!' achter mijn rug, met als gevolg dat Matt zich omdraaide. Ik keek Matt vier seconden aan – lijkt niet lang, maar als je naar iemand kijkt die misschien wel van plan is om je te verkrachten en vermoorden, is het... (kat en hond)... een (kat en hond)... eeuwigheid (kat en hond).

Ik greep Kyle vast en rende samen met hem terug naar het hotel. We smeten de deur dicht en deden die met onze dronken vingers overdreven zorgvuldig op slot. Toen we ons omdraaiden stond Sarah daar, en ze joeg ons bijna evenveel angst aan als Matt had gedaan. Ze zag er woedend uit en bleek dat ook te zijn, zo woedend zelfs dat we tijden bezig waren om alle paddenstoelen bijeen te grabbelen die zij over de vloer van de lounge smeet voordat ze zich omdraaide en stampend naar boven vertrok.

Als Kyle haar achternagaat, zei ik tegen mezelf, dan heb ik me alles verbeeld. Als hij blijft, dan zit ik definitief in de nesten. Dan zitten we allemaal in de nesten.

Er viel een stilte.

'Er is nog een beetje port over,' zei Kyle.

Dat was dat: we zaten in de nesten.

We bleven samen in de bar zitten en praatten over de gekste dingen.

Onderwerpen die aan bod kwamen: lievelingsliedje, wat we zouden studeren als we het over konden doen, hoe ik me voelde sinds de kleine, hoe Kyle omging met de druk van zijn werk en zijn huwelijk.

Hoe was het mogelijk dat ik plotseling was gevallen voor een man die ik al jaren kende? Hoe was het mogelijk dat ik nooit had gemerkt dat hij me een goed gevoel gaf over mezelf? Ik wist gewoon dat hij me mocht, en dat hij van mijn gezelschap genoot.

Ik was al wat nuchterder geworden toen ons gesprek kwam op de vraag welke ongewone seksuele ervaringen we zoal hadden gehad. Kyle bleek een zeer beperkt repertoire te hebben afgewerkt, dus ik stuurde hem naar bed om iets nieuws uit te proberen, wat ik onmiddellijk betreurde toen ik daar in mijn eentje achterbleef.

De volgende ochtend was ik als eerste op, na twee uur met hoofdpijn te hebben geslapen. Ik ontbeet in mijn eentje, en schrok telkens op wanneer ik iets hoorde wat erop zou kunnen duiden dat híj in aantocht was: voetstappen, een opengaande deur, stemmen.

Matts tent stond net als de vorige keer niet meer op het veld. Kennelijk kun je beter vroeg opstaan als je een Munro wilt meepikken.

Tijdens mijn derde kop koffie verscheen Kyle eindelijk. Wat was het vreemd. De dag daarvoor was ik me niet bewust geweest van de haren op mijn armen, had ik geweten hoe ik voedsel naar binnen moest werken, en was ik in staat geweest om twee of meer woorden aaneen te rijgen om informatie over te brengen. Wat was er met me gebeurd? De haren op mijn armen stonden recht overeind. Mijn huid tintelde alsof ik griep had. Ik kon niet dieper inademen dan tot aan mijn amandelen. En mijn spreekvaardigheid was gekelderd naar peuterniveau.

Toch moet het me wel zijn gelukt om iets te zeggen terwijl we koffie dronken, want ik herinner me dat ik wenste dat Sarah ons gesprek niet had onderbroken. Ze nam plaats om haar gebakken eieren met spek op te eten en verontschuldigde zich voor de avond daarvoor. Het speet haar. Ze was gewoon moe geweest. Vandaag zou ze heel erg haar best doen. Ze was vastbesloten om ons bij te houden: haar voeten zaten stevig in het verband en ze had geen klachten.

We gingen op weg naar Crianlarich, waarbij we Loch Lomond achterlieten en ons op onherbergzaam terrein waagden. Sarah klaagde niet, maar ze bleef wel een eindje achterop, en toen ze ons rond lunchtijd inhaalde, bleek ze op blote voeten te lopen.

'Mijn god, Sarah, wat is er gebeurd?' vroeg ik, toen ze naast me kwam zitten. Haar voeten bloedden en de huid hing er los bij op de plekken waar haar blaren open waren gegaan.

'Het zal wel door de nieuwe wandelschoenen komen,' zei ze. 'Vind je het erg als ik lift naar de camping?'

We protesteerden allebei: als ze mijn schoenen nou eens probeerde? Als we nou eens allemaal gingen liften? We konden haar niet in haar eentje laten vertrekken.

Maar ze stond erop en leek er niet mee te zitten. Ze zou ons met een laaiend vuurtje op de camping opwachten.

Vandaar dat we langs een reusachtige, verlaten mijn naar een van god en iedereen verlaten weggetje liepen, en samen met haar wachtten tot er een auto langskwam – een bestelwagen van supermarktketen Sainsbury's, om precies te zijn. Voordat ze instapte vroeg ik de bestuurder of hij een bijlmoordenaar was. Hij schudde zijn hoofd: 'Ik gebruik liever een geweer.' Sarah ging glimlachend op de stoel naast hem zitten.

Toen de bestelwagen in de verte verdween, werd ik overspoeld door een tintelende golf van paniek. Kilometerslang zou er niets en niemand anders zijn dan wij tweeën. Ik geloof dat ik me een paar seconden lang niet verroerde. Ik was te bang. Als ik naar hem keek, was het gedaan. Daarom stelde ik in gedachten een 'plan A' op. Dit hield in: snel lopen, naar de grond kijken en onafgebroken over veilige, niet-flirterige onderwerpen praten.

'Het is bijna niet te geloven, hè, van Chas,' zei ik, terwijl ik als een razende voortliep, mijn ogen zeer strak op de grond gericht.

'Weet je nog dat hij de mieren onder de gootsteen te eten gaf? Karamelkoekjes, doe maar duur! De best gevoede mieren van Glasgow!'

'Het is de aardigste man die ik ooit heb gekend,' zei ik.

'Aardiger dan ik?' Kyle keek me in de ogen.

Shit. Wat was 'plan B'? Dat had ik niet.

Shit.

18

Zo rond de tijd dat Krissie en Kyle Sarah uitzwaaiden, zat hun oude vriend Chas in zijn cel op het bovenste stapelbed te wachten, met zijn volle supermarktzak in de hand.

De klop op de deur kwam uiteindelijk om halftwee 's middags, direct na afloop van *Neighbours*. Hoewel hij er de hele dag op had zitten wachten – elke dag dat hij had vastgezeten, om precies te zijn – schrok hij zich een ongeluk toen het daadwerkelijk gebeurde.

Hij had vier jaar in die cel in hal B doorgebracht. Achtenveertig maanden. Honderdtweeënvijftig weken. Veertienhonderdzestig dagen. Zijn vergrijp had erin bestaan dat hij een man had aangevallen met een metalen staaf die hij uit een winkelwagentje had weten los te wrikken. Waarom hij het had gedaan, was bij de rechtszitting niet duidelijk geworden.

Toen Chas in de Old Bailey veroordeeld werd, had de rechter, een vriend van zijn zus, hem in de ogen gekeken en gevraagd of hij spijt had van zijn daad.

Chas had onverschrokken teruggekeken en geantwoord: 'Nee.'

Als de rechter Chas nu in de ogen zou kijken en hem zou vragen of hij spijt had van zijn daad, of hij er spijt van had dat hij als gevolg van zijn daad veertienhonderdzestig dagen van zijn leven in dit ellendige oord had doorgebracht, zou Chas hem weer in de ogen kijken en precies hetzelfde antwoorden. Hij zou 'Nee' zeggen. Hij had geen spijt. Totaal niet.

Chas dacht nu terug aan de angst die hij had gevoeld toen hij voor het eerst hoorde hoe het vonnis luidde en naar welke gevangenis hij zou gaan. Hij had verhalen gehoord over de bikkels van Sandhill en was dan ook doodsbang geweest toen hij in een witte bestelbus naar het noorden werd gebracht. Een geüniformeerde man deed hem handboeien om en nam hem door de metalen deur mee naar de receptie, waar hij werd ingeschreven.

Hij zag eigenlijk meteen al dat hij in geen van beide kampen waarin de gevangenen in Sandhill waren verdeeld, thuishoorde. Zo had je de huilers, die geschokt waren dat ze daar terecht waren gekomen, die huis, baan of vrouw hadden verloren omdat ze daar zaten, en die wekenlang tranen met tuiten huilden. Verder had je de ouwe-jongens-krentenbroodfiguren, die binnenkwamen alsof ze op een schoolreünie waren, die gezellig met oude makkers kletsten in een omgeving die hun waarschijnlijk vertrouwd, bijna veilig voorkwam.

Chas vormde in zijn eentje een derde categorie. Geen standaardlitteken op zijn gezicht, geen flikkering in zijn ogen, geen behoefte om drugs te kopen of verkopen, niet zijn gezin of baan verloren. Hij was die excentriekeling uit de middenklasse. Een beetje schriel, maar verder best knap, goedgekleed en welbespraakt. Chas zag onmiddellijk in dat hij zich gedeisd zou moeten houden en zijn anders-zijn zou moeten verbergen. Hij had zijn hoofd gebogen gehouden, geschilderd, geweigerd bezoek te ontvangen en vier jaar lang tegen vrijwel niemand iets gezegd.

Hij had met vijf verschillende mannen in één cel gezeten: een roker die miauwde en het niet had gedaan; een spuiter die het wel had gedaan en het weer zou doen; twee mannen met loeders van vrouwen die hen ertoe hadden aangezet; en de jonge Kieran, die de tachtig dagen dat hij vastzat aan één stuk door huilde.

Chas trok de witte overall aan die de cipier hem had gegeven en hield zijn tas stevig vast terwijl hij achter hem aan de hal uit liep. Hij had gedacht dat hij meer zou voelen op het moment dat de sleutels op en neer zwaaiden en de reusachtige metalen deuren opengingen, maar hij voelde eigenlijk niet veel. De cipier die hij aardig vond had de avond tevoren afscheid van hem genomen, en de rest gaf geen flikker om hem.

Het belangrijkste wat Chas in de gevangenis had geleerd, had hij overgehouden aan een gesprek van tien minuten met een verpleegster. Hij had alleen maar om een consult met de verpleegster gevraagd omdat dat een van de weinige dingen was die je in de gevangenis mocht doen. De vrouw kwam naar hém toe, en luisterde naar hem terwijl hij luidkeels zijn beklag deed over het feit dat het hem niet was gelukt om voor degene die hij liefhad te zorgen. Daarom zat hij hier, omdat hij had geprobeerd voor degene die hij liefhad te zorgen. Maar dat was niet gelukt.

De verpleegster zei dat hij zichzelf geen verwijten meer moest maken. Hij had zijn best gedaan en het was niet zijn schuld. Hij moest maar eens voor zichzelf zorgen. Hij moest zich maar eens láten liefhebben.

Chas was met stomheid geslagen. Ze had gelijk. Het was niet zijn schuld en hij had recht op liefde. Toen de deur Chas weer insloot, keek hij naar de zilverwitte cel en wist hij wie hem moest liefhebben. Het was Krissie.

Toen de taxi Chas naar het centrum van de stad bracht, had hij het gevoel dat hij in een achtbaan zat: losgeslagen, op het randje van de dood. Te veel lawaai, te veel snelheid, te veel mensen. Hij drukte zijn handen tegen zijn oren en sloeg zijn ogen pas op toen de taxichauffeur aan zijn been schudde. 'U bent er.'

Chas stapte uit de taxi en keek naar het huis tegenover hem. Het was een aardig rijtjeshuis in een aardige buitenwijk van

Glasgow. Hij ademde diep in, controleerde in de buitenspiegel van een geparkeerde auto of zijn haar goed zat, en liep naar de voordeur.

Krissies vader Dave deed open. Hij had een huilend jongetje op zijn arm en zag er enigszins afgepeigerd uit.

'Chas! Hoe gaat het? Goed? Kom binnen! Wat leuk om je te zien. Anna is even een pijnstillend drankje gaan halen voor Robbie hier, ze komt zo terug. Kom verder.'

'Nee, nee. Ik vroeg me alleen af of Krissie er is.'

'Ze is op vakantie, kamperen. We passen op de kleine. Dit is Robbie, Krissies zoon!'

Chas' hart kromp even samen toen hij besefte dat Krissie iemand aan de haak had geslagen, maar hij deed zijn best om het te verbergen.

'O, hallo Robbie! Je hebt de wimpers van je moeder! Ja, hè? En waar zijn mama en papa naartoe?'

'Zijn mama is met Kyle en Sarah op stap.'

'O, en Robbies vader dan?'

Dave schudde zijn hoofd.

'Die is hier niet. Het is een lang verhaal. Ze komt over een paar dagen terug. Hier heb je haar telefoonnummer... Ze woont nog steeds in Gardner Street. Maar kom nou toch even binnen om op Anna te wachten. Ze vindt het vast vervelend als ze je misloopt. En je kunt gerust bij ons logeren tot je je draai weer hebt gevonden.'

'Bedankt, maar mijn vader en moeder hebben mijn dekbedovertrek van F.C. Hibernian al gestreken!'

Krissies moeder liet haar boodschappentassen bij het tuinhek vallen toen ze zag wie er voor de deur stond. 'Chas!' riep ze, terwijl ze naar hem toe rende om hem te omhelzen.

Anna had de gewoonte gehad om pakketjes eten mee te nemen naar het appartement dat Chas samen met Krissie en Kyle had bewoond: zalige gehaktballen en cakes, en zelfs af en toe een fles wijn. Chas was altijd dol op haar geweest. Ze straalde geluk uit, had een prachtig elegant gezicht en was amateurfilosofe. Ze deed niets liever dan nippend van haar kop koffie in de erker naar mensen kijken en opmerkingen maken zoals: 'Weet je, Chas, volgens mij is er voor ieder mens maar een beperkte hoeveelheid geluk beschikbaar. Ongeveer een half glas; meer mag je gewoon niet verwachten. Wat kun je dan het beste doen, ervan nippen of het in één teug opdrinken?'

Chas wist toen hij Krissies moeder had ontmoet dat Krissie er alleen maar op vooruit zou gaan naarmate ze ouder werd. Ze was als een goede cabernet, die met het verstrijken van de tijd zachter en ronder werd.

'Kom binnen,' zei Anna. Ze pakte zijn arm beet en gaf hem geen kans om te protesteren. Terwijl Anna thee inschonk, stond Chas bij het aanrecht, verwonderd over het abnormale van het normale. Zelfs de kunst om acht biscuits op een bord te leggen kwam surrealistisch over.

'Het is moeilijk uit te leggen,' zei hij toen Anna hem vroeg hoe het in de gevangenis was geweest. 'Je zou het kunnen vergelijken met vier jaar lang in een vliegtuig zitten met dronken voetbalfans... Aeroflot!'

Dave gaf Robbie het pijnstillende drankje en wiegde hem toen in zijn armen in slaap.

Hier voelde Chas zich meer op zijn gemak dan waar ook ter wereld. In ieder geval meer dan in het huis van zijn ouders, met de stijve antieke meubels en smaakvol ingerichte slaapkamers (afgezien van het dekbedovertrek van F.C. Hibernian). Dit was het soort familie dat Chas altijd had willen hebben.

Er vielen stiltes wanneer ze onderwerpen omzeilden – ze wilden geen van allen praten over mishandeling of postnatale depressie – maar het waren het soort stiltes die in gezinnen nu eenmaal vallen, niet direct aangenaam, maar eerder niet onaangenaam, het soort stiltes waarbij iedereen alles weet wat er te weten valt.

Voordat Chas vertrok, omhelsde Anna hem stevig. Ze had tranen in haar ogen toen Chas glimlachte en wegliep.

Terwijl hij langs de huizenrij liep met nog vijfenveertig pond op zak van de vijftig die hij in de gevangenis had gekregen, zweefde Chas bijna van geluk. Ze was niet getrouwd. Ze was alleen. En hij zou haar terugvinden.

19

In de bestelwagen van Sainsbury's zat Sarah vrolijk tegen haar geweermoordenaar aan te kletsen. Ze had al heel lang niet meer het effect gehad op mannen dat ze gewend was geweest, maar het was zonneklaar dat er nu wel degelijk sprake van was. Ze was nog steeds blond, had nog steeds grote borsten en witte tanden, en kon nog steeds verleidelijk haar wenkbrauwen bewegen en meisjesachtig giechelen.

De man van de besteldienst heette Paul. Hij was ouder dan Kyle, rond de veertig, en bleek manager te zijn van alle Sainsbury's-winkels in de Hooglanden. Hij legde uit dat hij eens in de zoveel tijd een dag lang het leven van een van zijn medewerkers leidde, om voeling te houden met de werkvloer. Hij woonde in een kasteel in de buurt van Perth, waar hij 's avonds champagne dronk en in het weekend paardreed en de kinderen bezighield.

Sarah had onmiddellijk het gevoel dat ze Paul kon vertrouwen. Hij had iets wat hem in staat stelde haar te zien zoals ze was, haar te begrijpen zoals ze was, en het was bepaald bevrijdend als er naar je werd geluisterd en je werd gerespecteerd.

'En jij?' vroeg hij aan Sarah. 'Hoe ziet jouw leven eruit?'

Voordat Sarah het wist, zat ze te huilen. Haar leven was eerlijk gezegd een puinhoop. Ze was eenzaam en haar huwelijk stond op springen. Haar man gaf duidelijk de voorkeur aan het gezelschap van haar beste vriendin. Ze voelde zich dik en tuttig.

Paul maakte protesterende geluidjes en zei dat ze mooi was, dat hij niet begreep wat er aantrekkelijk was aan graatmagere vrouwen. Sarah had het gevoel dat de tijd was omgevlogen, toen Paul de bestelwagen bij de camping tot stilstand bracht. Hij wilde met alle geweld de tent opzetten terwijl zij een douche nam en haar voeten verbond.

'Zin in een biertje?' vroeg Paul toen ze onder de douche vandaan kwam.

Ze gingen naar het plaatselijke café en zaten daar urenlang te kletsen. Pauls huwelijk was verscheidene jaren daarvoor stukgelopen. Hij vertrouwde haar toe dat zijn vrouw na honderden ultimatums te hebben gesteld uiteindelijk bij hem was weggegaan. Ze had geëist dat hij minder tijd doorbracht op zijn werk en vaker een balletje zou trappen met zijn kinderen. Hij had niet geluisterd en ze was haar dreigementen nagekomen.

Het bleek al tien uur te zijn toen Sarah zich afvroeg hoe laat het was. Ze was dronken en Paul ook, en de pub had zich inmiddels gevuld met zoveel herrie, rook en mensen, dat Paul een poging waagde om haar te zoenen. Ze liet hem bijna zijn gang gaan, maar besloot toch om er niet aan te beginnen.

'Nu nog even niet,' zei ze, terwijl ze op het visitekaartje tikte dat hij haar had gegeven.

Terwijl Sarah een zalige dag lang gehoor en geruststelling had gevonden bij Paul, hadden Krissie en Kyle als bezetenen gelopen, om te voorkomen dat hun adrenaline naar de verkeerde organen werd geleid. Ze haastten zich met neergeslagen ogen door de dalen, vastbesloten om zich niet te laten afleiden.

Krissie had het er goed afgebracht toen Kyle haar had gevraagd of Chas aardiger was dan hij. 'Natuurlijk!' had ze gezegd. 'Jij bent een lastpak!'

Maar haar vastberadenheid was bij elke kilometer verder afgezwakt, en er hadden zich een aantal specifieke momenten voorgedaan die hadden geleid tot het besluit om te gaan lunchen.

Het eerste moment vond plaats bij een vervallen huis. Het had geen dak meer en alleen de stenen muren stonden daar in de wildernis. De vijf met gras begroeide ramen op een rij deden denken aan een trein. Het vroeg erom gefotografeerd te worden.

'Zeg eens "Kyle is verrukkelijk",' had Kyle gezegd terwijl hij de camera instelde.

'Kyle is verrukkelijk,' zei Krissie, en ze probeerde het niet te menen.

Een ander moment deed zich voor bij de beklimming van een steile heuvel, waarbij Krissie voorop liep, en donders goed wist dat het bovenste deel van haar dijen en haar nieuwe rode slipje deels zichtbaar zouden zijn onder haar wijde, korte, korte broek.

En dan was er nog de boomstam die dwars over het pad lag. 'Kom,' had Kyle met uitgestoken hand gezegd. Krissie had zijn hand gepakt, was er samen met hem afgesprongen, en had kennelijk niet na drie tellen losgelaten, want ze dacht er tijdens de volgende etappe van de tocht met plezier aan terug.

Deze momenten hadden de basis gelegd voor het broodje ham van de lunch. Ze zaten boven op een kleine heuvel, met uitzicht op het grijsbruine, onherbergzame landschap. Ze werkten zich gezamenlijk door het broodje heen, dat ze vaker aan elkaar doorgaven dan noodzakelijk was. Ze konden allebei het inwendige gezwoeg van mond en keel horen, en ze konden het broodje geen van beiden op.

'Ik heb geen honger,' zei Kyle, toen Krissie hem nog een hap aanbood.

'Ik ook niet.'

'Wat dacht je hiervan?' Kyle haalde de paddo's uit zijn zak. Ze waren in een hotelservet gewikkeld.

'Geen sprake van!' zei Krissie.

'Ik had gedacht dat we het samen eens zouden kunnen proberen. Neem een hapje,' zei Kyle.

'Moet ik ze gewoon rauw eten? Wat gebeurt er dan met me?'

'Je krijgt inzichten.'

'Is dat alles?'

'Misschien word je er geil van.'

'Dan is het niet bepaald een goed idee, hè?'

'Waarom heb je dan net een hap genomen, Krissie?'

20

Ik had ecstasy geslikt op Tenerife, maar wat me bij die padden-stoelen overkwam, was een verhaal apart. Kyle en ik zaten kau-wend op de heuvel en gingen toen liggen wachten. We keken naar de hemel en zeiden zo nu en dan tegen elkaar: 'Nog niks. En jij?'

Achteraf gezien besef ik dat we niet op de hallucinaties wachtten, maar op iets wat de sluizen zou openen en ons in de gelegenheid zou stellen af te maken wat we al in gang hadden ge-zet.

Ongeveer een uur later gingen de sluizen open. Maar geil werden we er niet van. In plaats daarvan werden ons verbijste-rende waarheden onthuld, die de heuvels, de rotsen en ons hoofd overspoelden.

'Een van ons zal als eerste sterven en de ander zal naar de be-grafenis moeten.'

'Sarah is de mooiste, meest onzelfzuchtige persoon die ik ooit heb gekend. Ze past op mij. Past. Op. Mij.'

'Arts is een kloteberoep.'

'Ik hou van je, Kyle.'

'Ik hou van jou, Krissie.'

'Die wolk lijkt op een giraf.'

'Laten we erachteraan lopen.'

En zo kwam het dat Kyle en ik de daaropvolgende uren raaskallend rondliepen, af en toe stopten om te huilen en af en toe om te lachen, en om elf uur 's avonds de camping op strompelden. Hoe we die in vredesnaam hebben kunnen vinden, is en blijft een raadsel.

Ik was te ver heen om mijn tent op te zetten, dus we kropen allebei naast Sarah, die sliep als een os.

We vielen onmiddellijk in slaap.

Toen ik wakker werd, had ik geen idee waar ik was of zelfs maar wie ik was. Zodra mijn ogen zich hadden aangepast aan het donker, zag ik Kyle aan de ene kant naast me liggen en Sarah aan de andere kant. Zijn gezicht was zo mooi dat ik wel kon huilen van liefde. Voor ik het wist welde er een onbedwingbaar verlangen in me op. Ik moest en zou hem in mijn mond hebben.

Ik gunde mezelf geen tijd om na te denken. Ik kroop langzaam in zijn slaapzak en kuste hem.

Ik droomde vroeger over fellatio. De pikken waren telkens weer dun en potloodachtig, en minstens twee keer veranderden ze in mijn mond in stront, zodat ik kokhalzend wakker werd. Ik heb weleens gedacht dat die dromen betekenden dat ik lesbisch was, maar telkens wanneer ik me voorstelde dat ik het met een vrouw deed, begon ik me zorgen te maken over de logistiek, vandaar dat ik tot de conclusie kwam dat de dromen misschien gewoon betekenden dat ik het niet zo prettig vond om iemand te pijpen.

Daar was die nacht volstrekt niets van te merken. Ik lustte er wel pap van. En ik zal het mooiste ervan nooit vergeten: Kyle werd met een zachte kreun wakker, tilde de slaapzak op en keek naar beneden. Gedurende een fractie van een seconde hield hij mijn blik vast, en daarna kwam hij schokkend klaar.

Na afloop lagen Kyle en ik elkaar daar in de tent de hele nacht klaarwakker aan te staren. We waren verliefd; we waren wanhopig, hartstochtelijk verliefd.

Toen we de volgende ochtend witte bonen in tomatensaus op-warmden op het butagasje, was er een verwoede strijd gaande in mijn hoofd. In mijn jeugd noemde ik mijn innerlijke stemmen mijn 'praters'. Ze kissebisten bijvoorbeeld als volgt:

Je mag dat snoep niet stelen, het is verkeerd.

Maar ik heb er zin in.

Maar het is verkeerd.

Maar het is een Drie Musketiers-reep.

Je gaat naar de hel! Neem hem niet mee! Het is verkeerd.

Het is maar chocola. Het is maar een Drie Musketiers-reep.

En hier waren ze weer, mijn praters. Ze kakelden aan één stuk door:

Het is verkeerd.

Het is het lot.

Het is duivels.

Het is liefde.

Sarah links van me, Kyle rechts.

Schuldgevoel. Verlangen.

Het was alsof mijn twee vuisten gebald waren en verwikkeld waren in een onderlinge strijd – er vlak voor mijn ogen op los sloegen – en terwijl ze op elkaar inbeukten, kon ik geen witte bonen in tomatensaus eten of zelfs maar koffie drinken. Ik was lamgeslagen en dat maakte me boos, want bij een dergelijke strijd is één ding zeker: het schuldgevoel moet winnen. Het zou even kunnen duren, en het zou erom kunnen spannen, maar als het schuldgevoel niet won, had je de poppen aan het dansen.

En dat maakte me boos.

Ik pakte het aan door gelijk op te gaan met mijn praters:

Het huwelijk is toch stukgelopen.

Ik vertel het haar niet.

Ik ga naar huis. Ik moet naar huis.

Hoe kan ik dat nu hebben gedaan?

Wat maakt één zoen nou…

Sarah begrijpt hem niet. Het huwelijk stelt al jaren niets meer voor.

'Is er iets?' vroeg Sarah.

'Nee hoor, niets aan de hand... maar ik kan voorlopig geen tent meer zien, en ik moet nodig in bad.'

We kwamen om vier uur 's middags bij het Kilmore Hotel aan, na besloten te hebben onszelf te trakteren op een van de aanbiedingen die mijn vader op internet had gevonden. Ik had me voorgenomen om het gedoe met Kyle uit mijn hoofd te zetten. Dan zou alles weer in orde zijn, net als vroeger.

Dat was het plan.

In plaats daarvan gebeurde het volgende:

Sarah pakte een bagagewagentje en bracht de bagage naar boven terwijl Kyle en ik in de bar gingen zitten en elk twee glazen rode wijn dronken, zonder een woord te zeggen.

Ik zag aan Kyle dat hij ernaar smachtte. Hij wipte onophoudelijk met zijn knie en zijn nervositeit sloeg tegen de bar en ketste af op mijn barkruk.

'Kyle, wat er gisteravond is gebeurd...' begon ik.

Voordat ik kon uitpraten, zei hij: 'Het is voorbij tussen Sarah en mij.'

Ik sloeg nog een glas wijn achterover en bedacht wat ik zoal leuk vond aan Kyle.

Hij was attent.

'Maar ik kan niet bij haar weg, Krissie, dat overleeft ze niet.'

'Dat wil ik ook niet,' zei ik.

Nadat we een tweede fles wijn hadden besteld, bedacht ik hoe grappig hij wel niet was.

'Op een keer,' zei hij, 'vroeg Chas me mee voor een blind date met twee meisjes die hij in Thailand had ontmoet. Ze waren allebei op hem uit maar hij vond hen geen van beiden leuk, en liet mij met hen achter om thuis tv te gaan kijken met jou! Ik werd zo opgewonden van het idee dat ik hen straks allebei zou hebben, dat ik te veel dronk en in een discussie over vluchtelingen verzeild raakte.'

Nog een glas later drong het tot me door dat Kyles bovenbenen (hij had een korte broek aan) bedekt waren met zacht, lichtbruin haar en dat die bovenbenen vastzaten aan de pik waaraan ik de avond tevoren had gesabbeld.

Ik hield van hem, verlangde naar hem, en dat zag hij in mijn ogen. Hij raakte mijn knie aan terwijl hij zijn portefeuille pakte om onze – inmiddels derde – fles wijn te betalen.

Toen Sarah eindelijk beneden kwam, was ze kennelijk in bad of onder de douche geweest en had ze haar haar in model geföhnd. Met een behoedzaamheid die ongetwijfeld was bedoeld om kapselverzakking te voorkomen, ging ze op de barkruk naast me zitten, en ze sloeg haar glanzende, onthaarde benen over elkaar.

'Jullie zijn kachel!' zei ze, toen we onbedaarlijk lachten om iets wat nauwelijks grappig was.

We aten vleespastei en dergelijke en keken naar Duitsland tegen Engeland op televisie. Het was een uiterst belangrijke wedstrijd, dus het was druk in de bar: er zaten evenveel Duitsers als Schotten, en daarnaast nog wat Australiërs en Britten. Toen Engeland scoorde, ging er een flauw applaus op, en de Duitsers keken verbijsterd om zich heen. Dit was Groot-Brittannië. Waarom stond de tent niet op zijn kop? Toen scoorden de Duitsers, en er ging een oorverdovend gejuich op. Dat ellendige Schotland ook, dacht ik bij mezelf, aangezien de drank een minder gezellige kant van me had beroerd… Wat hebben we in vredesnaam te zoeken in een land dat alleen plezier beleeft aan het falen van zijn buurland?

Kyle begreep het, en we praatten erover tijdens het kleverige karameltoetje, maar Sarah vond de sfeer vervelend en een beetje deprimerend, en ging terug naar haar kamer.

We dansten met de (zegevierende) Duitsers op de beschikbare nummers uit de jaren tachtig. Kyle heeft altijd als een stijve hark gedanst – met die voor blanken typerende, naar voren gestoken bovenkaak, knippende vingers en af en toe een ongepaste pirouette – maar hij maakte me aan het lachen en was behendig genoeg om me op te vangen toen ik zijn pirouette nadeed en bijna op de grond viel. Terwijl hij me vastgreep, zagen we Matt en zijn boze oog bij de bar. Zijn arm lag om de schouders van het mooie blonde meisje dat ons onze pastei had geserveerd, en ik zag dat hij een tatoeage op zijn bovenarm had. 'Love', stond er. Zeer toepasselijk en origineel.

'Ik zal je naar je kamer brengen,' zei Kyle, en hij sloeg zijn arm om mijn middel. We strompelden de trap op en de gang door. Het hotel was tweehonderd jaar oud, witgeschilderd en bestond uit drie verdiepingen. Er waren ongeveer veertig kamers, en gezien onze benevelde staat duurde het even voordat we de mijne vonden. Ik plofte op mijn bed neer en Kyle boog zich vragend over me heen.

'Kom even zitten!' Ik gaf een klap op het bed, en Kyle gehoorzaamde; hij kwam naast mijn neergedwarrelde lichaam zitten.

'En, heb je gisteravond nog iets wilds en fantasierijks met Sarah gedaan?'

'Ik heb het geprobeerd, maar ze had er geen zin in.'

'Wat deed je dan?'

'Zeg ik niet.'

'Kom op!' zei ik, terwijl ik het bovenbeen kietelde dat me de hele avond zo had betoverd. 'Laat het dan maar zíén.'

'Ik wil het met jou niet wild en fantasierijk doen, Krissie,' zei hij, en daarna kwam hij naast me liggen, waarbij hij me diep in mijn ogen keek en tegelijkertijd mijn haar streelde. 'Ik wil het lief en teder doen.'

Na deze woorden zoende hij me, en ik begreep wat hij voor

ogen had. Een zachte, betekenisvolle zoen die je de adem be-
neemt. Maar ik was veel te dronken om het lief te doen, dus we
waren een tijdje met elkaar aan het worstelen: ik wilde snel/
agressief/gauw-klaar-graag-voordat-ik-moet-kotsen, hij wilde
langzaam/liefdevol/betekenisvol.

Toen we het langdurige voorspel achter de rug hadden, had
ik besloten dat we het maar in de missionarishouding moesten
doen, want ik had een plekje op het plafond ontdekt dat mijn
draaierigheid deed afnemen, als ik me er maar uit alle macht op
concentreerde.

Ik lag er op mijn rug naar te staren terwijl Kyle zich bezighield met een nogal puberachtig gestoot waar hij om de paar
seconden mee ophield, in een martelende poging om een zaadlozing te voorkomen. Hij deed zijn ogen dicht en vertrok zijn
gezicht terwijl ik hem voelde kloppen... 'Ik vind het niet erg!'
zei ik tegen hem, vurig wensend dat hij het maar zou laten gebeuren, maar hij was blijkbaar zo ontstemd over zijn verrichtin-
gen dat hij dat niet deed... 'Nee, nee, het gaat wel, wacht even!'
zei hij telkens. 'Ik hou... ik hou het nog wel... wacht...'

'KOM IN JEZUSNAAM KLAAR!'

Had ik dat gezegd? Ik keek naar Kyles samengeknepen ogen,
die hij bij deze woorden ontsteld opensperde, en het kloppen
hield op, want hij had zijn concentratie en daardoor zijn zelfbe-
heersing verloren. Hij bleef op me liggen, keek me in de ogen,
draaide vervolgens zijn hoofd negentig graden naar links, en
zag Sarah naast hem staan.

Ik was het niet die het had gezegd. Het was Sarah.

'Godzijdank, Kyle, nog even en die meid moest kotsen!' zei
ze. Haar stem was effen, maar had een scherpte die een duister,
angstaanjagend terrein in dook.

We veerden op van schrik, bedekten ons, deden alles wat ze
in films ook doen.

Maar Sarah hield zich totaal niet aan haar rol. Ze sloeg niet, schoot niet, schreeuwde niet, smeet niet met de deur en liep zelfs niet weg. Ze ging zachtjes op het voeteneind zitten en begon met onderwijzeressenstem te spreken, zonder dat haar lip zelfs maar trilde.

'Het geeft niet, maak je geen zorgen. Hier komen we wel uit. We moeten het gewoon rationeel aanpakken.'

Mijn reactie: 'Sarah! Het spijt me vreselijk!'

Kyles reactie: 'Ik wilde je niet kwetsen. Dit is nooit mijn bedoeling geweest.'

'Jullie luisteren niet, hè? Ik ben niet boos. We komen er wel uit. Krissie, jij en ik hebben allebei iets wat de ander wil.'

'Waar heb je het over?'

'Jullie kunnen elkaar krijgen. Dat maakt me niet uit.'

Kyle en ik waren verbijsterd.

'Hoe bedoel je?' vroeg ik.

'Jullie kunnen elkaar krijgen, maar er zit een voorwaarde aan vast.'

Ik keek haar met grote ogen aan. Ze glimlachte, bijna vriendelijk.

'Ik krijg Robbie.'

Ik was zo geschokt dat ik me niet kon verroeren.

Daarna veranderde mijn geschoktheid in woede. Het kon me niet schelen dat ik samen met Sarahs man naakt onder een nylon laken zat. Ik was razend. Ik stapte uit bed en begon me aan te kleden.

'Je bent gestoord!' zei ik.

Ik trok pal voor hun neus mijn slipje aan. Ritste mijn spijkerbroek dicht. Strikte mijn veters. Trok de moeilijk te ontwarren sportbeha aan, vervolgens mijn T-shirt. Ik pakte mijn rugzak, bond de tent eraan vast en propte al mijn spullen erin. Het duurde een eeuwigheid en het was gênant, en het verbaasde me dat Sarah en Kyle voortdurend bleven toekijken, maar dat deden ze nu eenmaal: ze zaten beiden op het bed in mijn hotelkamer toe te kijken tot ik de deur uit liep.

Sarah liep me achterna naar de lounge, waar Matt en zijn knappe serveerster stonden te tongen op de dansvloer. Hun monden waren grimmig en onophoudelijk in beweging, als die van tieners.

'Waar ga je heen?' schreeuwde Sarah.

Matt en zijn liefje hielden even op om naar adem te happen.

'Hoe durf je, Sarah!'

'Jij bent wel de laatste die verontwaardigd zou moeten zijn. Je hebt Robbie krijsend in je appartement achtergelaten terwijl je een nummertje maakte met die klojo van beneden. En je hebt net met mijn man geneukt.'

Matt en zijn liefje grinnikten in elkaars schouder, en hervatten hun gekauw.

Ik stormde de lounge uit en smeet de deur achter me dicht. De koude nachtlucht sloeg in mijn gezicht en ik begon te lopen. Ik wist niet waarheen en het kon me ook niet schelen. Zolang ik maar wegkwam. Van Sarah. Van Kyle. Van wat ik daarnet had gedaan. Van wat ik was. Een afschuwelijk mens. En Sarah had gelijk. Ik was een beroerde moeder.

Ik begon gaandeweg te rennen en haastte me een stijgend pad op. Het licht van het hotel maakte plaats voor maanlicht, en dat was voldoende om te kunnen zien dat het pad smaller en moeilijker begaanbaar was geworden, dat het langs een rotsrichel omhoogkronkelde en almaar steiler werd. Ik struikelde over rotsblokken, raakte van het pad af en klom als een bezetene in het aardedonker, uiteindelijk zelfs op mijn knieën, om maar te ontsnappen.

21

Ik moet ongeveer een uur hebben gelopen, want uiteindelijk bereikte ik de top van een heuvel. Ik ging hijgend en trillend op mijn rug liggen. Was ik zo slecht dat Sarah werkelijk kon denken dat ik Robbie zomaar zou overdragen, alsof het niets was? Ja, dat was ik. Ik was slecht, en moest gestraft worden.

Ik sloeg mijn handen voor mijn ogen om niet meer naar de rondtollende sterren te hoeven kijken, en toen ik mijn handen weghaalde, schreeuwde ik het uit, want Sarah stond over me heen gebogen.

Ze stak haar hand uit en trok me overeind. Daarna greep ze mijn arm zo stevig vast dat het pijn deed. Dit was erg angstaanjagend. Ik was nog nooit met een vrouw op de vuist gegaan, laat staan met mijn beste vriendin, die ik al sinds mensenheugenis kende. Ik had er zelfs nooit behoefte aan gehad. Ik was enig kind, met ouders die van elkaar hielden en zelden schreeuwden, dus agressie en geweld waren me vreemd.

De pijn in mijn arm was ondraaglijk en ik was zo geschokt dat ik niet wist hoe ik moest reageren. Toen ik overeind kwam, had ik me voorgesteld dat ik me zou verontschuldigen voor mijn onvergeeflijke daad van zo-even, en dat zij het me betaald zou zetten met een blik die tot in de krochten van mijn katholieke ziel zou doordringen, maar dat we er op de een of andere manier, na verloop van tijd, wel overheen zouden komen. Mis.

'Hoe durf je de benadeelde uit te hangen? Je bent een slet en je verdient je kind niet,' schreeuwde ze me toe.

'Wat?'

'Je bent de slechtste moeder die ik ooit heb gekend, en je bent nog een hoer ook!'

'Sarah!'

'En dat na alles wat ik voor je heb gedaan! Ik heb me helemaal voor je ingezet. Sinds die keer toen we klein waren, heb ik voortdurend op je gelet, en dit krijg ik ervoor terug, ondankbare, achterbakse slet.'

'Hoe bedoel je, "die keer toen we klein waren"?'

'Doe maar niet net of je het niet meer weet,' krijste Sarah.

De lucht die uit haar neus kwam was messcherp, en ze perste haar lippen zo stevig opeen dat ze waren doorgroefd met blauwe rimpels. Ze liep op me af en ik verstijfde van angst. Wat was ze van plan? Me een vuistslag verkopen? Vast niet.

Ja. Ze was van plan om me een vuistslag te verkopen. Ze balde haar gemanicuurde vuist en bewoog vakkundig haar elleboog naar achteren, alsof ze haar pijl en boog spande.

Ik verschool me als een klein kind achter mijn handen terwijl ze de ene na de andere slag op mijn hoofd liet neerkomen. Het ging maar door. Het zou nooit ophouden. Ik zou op mijn hoofd geslagen worden tot ik als een spijker in de rotswand verdween. Ik moest iets doen.

Ik haalde mijn handen voor mijn gezicht weg en incasseerde in de tussentijd een kaakslag.

'Je weet het heus nog wel! Je bent een leugenaar! Ik heb me sinds die keer voorgenomen dat ik je nooit iets akeligs zou laten overkomen, en ik krijg stank voor dank,' schreeuwde Sarah, terwijl ze me opnieuw in mijn gezicht sloeg.

Ik duwde haar met inspanning van al mijn krachten opzij. Ik kan me niet herinneren dat ik zag wat er gebeurde, want ik had uit schaamte mijn ogen dichtgedaan. Het enige wat ik nog weet is dat ik na die duw mijn ogen opendeed en Sarah er niet meer was.

Ik schudde mijn hoofd, kneep mijn ogen stevig dicht en deed ze langzaam weer open. Ik stond nog steeds op de rand van een afgrond, met een pijnlijk hoofd en zonder Sarah.

'Sarah?'

Niets.

'Sarah!'

Ik draaide me om, om te zien of ze achter me stond, haar eekhoornsvuist klaar om weer op me in te beuken, of dat ze op de loer lag in de beschutting van het rotsblok naast me. Ik sloop in het donker over de top van die steile rots en kamde het hele gebied uit, maar ze was nergens te bekennen.

Ik was nog steeds doodsbang dat ze me plotseling zou bespringen, en ik riep: 'SARAH! HET SPIJT ME, KOM ALSJEBLIEFT TEVOORSCHIJN! ALSJEBLIEFT! HET SPIJT ME HEEL ERG!'

Ze gaf geen antwoord en ik begon in paniek te raken. Ik sloeg een kruis en bad dat ik haar niet had verwond. Ik klauterde rond om haar in het struikgewas te zoeken, en hoopte dat ze terug was gegaan naar Kyle. Toen boog ik me over de rand van de rots heen en keek naar beneden.

De maan en de sterren waren zo helder dat ik kon zien dat de rotswand bijna verticaal was en minstens honderd meter hoog…

… en dat aan de voet ervan een lichaam lag.

Omdat ik wist dat er geen tijd was om hulp te gaan halen, zocht ik de rand van de rots af, en uiteindelijk vond ik een richel die minder steil naar beneden liep, zodat ik kon afdalen. Ik concentreerde me op elke stap die ik zette en voetje voor voetje bereikte ik ten slotte de bodem. Ik rende langs de voet van de rots naar het gekromde hoopje dat ik van bovenaf had zien liggen. Ze kón nog in leven zijn, maakte ik mezelf wijs. Ze kón ongedeerd zijn.

Maar dat was ze niet. Toen ik haar vond, lag ze voorover in de hei. Ik draaide haar om en schreeuwde het uit.

Haar ogen waren dicht, maar ik zag dat ze dood was.

Ik schreeuwde en huilde, schudde haar door elkaar, sloeg om me heen, sprong op en neer, huilde opnieuw en ging trillend zitten, met mijn handen voor mijn gezicht. Toen ik mijn handen even later weer van mijn gezicht haalde, zag ik dat ze onder het bloed zaten.

'O god, o god, Sarah, het spijt me. Wat heb ik gedaan? O nee, o god, het spijt me. Alstublieft, alstublieft, alstublieft, help me. HELP ME!'

Blijkbaar kwam ik weer enigszins bij zinnen, want ik probeerde het alarmnummer te bellen. Ik rende heuvels op en af en ging bij de rand van hoge rotswanden staan om te proberen ontvangst te krijgen. Uiteindelijk kreeg ik een zwak signaal te pakken. Daarna lichtte het scherm op en zag ik Robbies foto. Die had ik genomen op de dag dat ik met Marco had geneukt. Dat was de eerste dag geweest van mijn goede-moeder-plan. Ik zou veel tijd met Robbie doorbrengen, met hem spelen op woonkamervloeren, kerstmanbaarden maken in schuimbaden en grappige stemmetjes opzetten als ik een verhaaltje vertelde voor het slapengaan. Ik zou een onzelfzuchtige, standvastige moeder worden. Terwijl ik naar zijn afbeelding op de display keek, smolt ik voor het gezichtje van die kleine vreemdeling. Hij was een plaatje, zoals hij daar bij de eendenvijver lag te dommelen in zijn buggy, zich nergens van bewust. Hij had me nodig. Ik kon de politie niet bellen. Dan zou ik hem kwijtraken.

Het was bijna alsof ik een knop had omgedraaid toen ik dat opeens besefte. Ik stond weer in de rationele stand. Wat waren mijn opties? Vluchten en Sarahs lichaam laten waar het was? Haar ergens begraven? Teruggaan en het aan Kyle vertellen en afwachten wat hij me zou aanraden?

Ik keek weer naar Robbies gezicht. Keuzes waren er niet. Ik moest haar verstoppen.

De zon kwam op en ik zag hoe hoog en afgelegen de plek was waar ik me bevond. Ik had het gevoel dat ik mijlenver van de bewoonde wereld was, omringd door woeste, boomloze bergen. Ik ging terug naar de plek waar ik Sarahs lichaam had zien liggen en begon af te dalen. Er zaten holen en spleten in de rotswand, en toen de wand wat minder steil werd, begon ik naar een geschikte opening te zoeken. Het duurde even – de meeste waren te groot, te smal of te hoog – maar uiteindelijk vond ik er een die precies goed was. Hij was zo'n dertig meter verwijderd van de richel waarlangs ik was afgedaald en van onderaf bijna niet te zien, laat staan van bovenaf. De voorkant was bedekt met blauwgroene heide en pas als je het struikgewas opzij duwde, zag je de opening. Het was ideaal.

Ik liep terug naar Sarah, raakte haar haar aan, en begon te huilen. Sarah. Voor wie niemand ooit had gezorgd. En die door mij was vermoord.

Ik klauterde terug naar de plek waar ik mijn rugzak had achtergelaten en haalde de tent eraf. Ik gooide hem naar beneden en verbleekte toen hij op Sarahs lichaam terechtkwam. Shit! (Te moeilijk om nu over na te denken, hield ik mezelf voor.)

Met een bonkend hoofd als gevolg van een kater in combinatie met Sarahs vuistslagen, rende ik weer naar beneden, en aan de voet van de rotsspleet vouwde ik de tent uit op de grond. Ik haalde de stokken eruit, gooide ze opzij, en begon toen het lijk van mijn beste vriendin te verplaatsen van de heide naar het paarse gore-tex.

Het was allemaal heel onwerkelijk. Ze was nog steeds Sarah, niet een lijk. Ik ging geschokt zitten en begon te trillen en te huilen. Toen ik weer wat bekomen was, pakte ik Sarah in als een cadeautje, waarbij ik haar telkens omrolde totdat ze omwikkeld was met alle stof, en met een nette envelopsluiting bedekte ik ten slotte haar hoofd.

O, god.

Na veel geploeter lukte het me uiteindelijk haar lichaam de spleet in te hijsen. Het enige probleem was dat haar linkerarm steeds losraakte uit de stof en uit de kloof kwam te hangen. Ook al duwde ik hem terug, hij viel er telkens weer uit.

Uitgeput gaf ik het voor even op en sprokkelde keien bijeen om de opening te bedekken, maar toen ik weer aan de slag ging met de arm, weigerde hij nog steeds te verdwijnen.

Ik kreeg opnieuw een adrenalinestoot toen ik besefte dat het binnenkort licht zou worden. Ik liep het gevaar betrapt te worden door wandelaars, die de politie zouden bellen. Ik dacht weer aan Robbie, pakte een kei en brak Sarahs schouderblad. Het knarste en kraakte.

Ik schoof de ontwrichte arm achter Sarahs nek. Het was net alsof die arm volstrekt niets te maken had met het in de tent gewikkelde lichaam: een losse arm in een belachelijke houding.

Nadat ik de laatste kei voor de opening van de spleet had gelegd, viel mijn oog op de tentstokken. Een voor een duwde ik ze met mijn voet de grond in.

Daarna klom ik terug naar de top, greep mijn rugzak en liep terug naar het hotel in de diepte.

Toen ik halverwege was, trillend op mijn benen en met betraande wangen, kwam ik een groepje Duitsers tegen. De dag brak net aan en de eerste glimp van de zon kleurde het landschap grijs-paars. Ik liet mijn hoofd hangen en probeerde niet op te vallen. Ook de Duitsers hadden een kater na de voetbaloverwinning van de vorige avond, en ze gromden een groet zonder mijn tranen, mascaravlekken, gebibber, blauwe plekken en ongetwijfeld duivels moordlustige ogen op te merken. Ik prevelde een dankgebedje en hief mijn hoofd weer op, om tot de ontdekking te komen dat Matt in zijn kenmerkende plunje voor me stond.

'Shit!' Ik veerde op van schrik.

'Wat is er aan de hand?' vroeg hij.

'Niks, ik voel me prima,' zei ik, hoewel ik er bepaald niet prima uitzag.

'Heeft die klootzak je iets gedaan?'

'Nee, nee, hij heeft me niets gedaan.'

'Moet je horen, het is nooit mijn bedoeling geweest om... je weet wel, aan te dringen.'

'Het geeft niet, Matt,' zei ik, en ik liep door.

Hij riep me iets achterna. Dat ik die Kyle maar moest laten weten dat hij verrekte goed op moest passen, of iets in die trant. Boontje komt om zijn loontje, zei hij geloof ik.

De rest van de weg heb ik gerend.

Toen ik het hotel bereikte, hadden zich daarbuiten wandelaars verzameld met landkaarten en thermosflessen, klaar voor de zwaarste dag van de tocht, en was het personeel binnen bezig met het ontbijt. Ik rende de lounge door en de trap op naar mijn kamer.

Nadat ik de deur achter me had dichtgedaan, zakte ik in elkaar.

Ik weet niet hoe lang ik daar heb gelegen voordat ik de douche in kroop, druipend van het bloed en de tranen. Het vertrek vulde zich met stoom.

Toen hoorde ik Sarahs stem.

'Krissie! Kriss!'

Langzaam schoof ik het douchegordijn open. Ik zag geen hand voor ogen. Maar opeens kwam er een golf frisse lucht binnen waardoor de stoom enigszins oploste, en haar gezicht doemde op.

Ik slaakte een ijselijke kreet.

'Shit, sorry, Kriss,' zei Kyle. 'Ik dacht dat je dood was. Ik heb eeuwen staan kloppen.'

Ik greep een handdoek.

'Je hebt bloed op je hoofd!'

'O, dat is van het dansen. Niets aan de hand.'

'Alles goed?'

'Nee, en dat weet je ook wel!'

Ik begon te huilen en Kyle zette me op een stoel en sloeg zijn arm om me heen.

'Moet je horen. Het is al heel lang voorbij tussen Sarah en mij. Dat wisten we allebei. We hebben al maanden geen seks meer gehad. Ik weet dat dit naar is, maar het moest gebeuren.'

Ik huilde met veel gesnuf en uit al mijn gezichtsopeningen stroomde vocht, maar hij liet zich er niet door afschrikken.

'Je begrijpt het niet,' begon ik.

'Ik begrijp het wel. Heel goed zelfs. Ik geloof dat ik al jaren van je hou. Misschien zelfs vanaf het allereerste moment dat ik je zag. Herinner je je dat nog? Je had een zwarte visserspet op.'

Ik pakte de halflege fles wijn van de vorige avond en sloeg de inhoud achterover.

'Kun je er nog een voor me halen?' vroeg ik. Hij vloog naar beneden en kwam even later terug.

Ik ging op bed liggen toen hij terugkwam, niet met de wijn waarom ik had gevraagd, maar met wodka, en ik wist onmiddellijk waarom. Seksdrank. En hoewel ik niet van plan was om weer met hem naar bed te gaan, om deze man aan te raken wiens vrouw ik zojuist had vermoord, kon het me niet schelen. Het was alcohol, en ik had er behoefte aan.

Ik goot de wodka naar binnen en haalde beverig adem. 'Sarah…' begon ik.

'Ze zal wel naar ons vakantiehuisje zijn gegaan,' zei hij, terwijl hij voor me stond. 'Ze is gisteravond vertrokken en niet teruggekomen. We kunnen dus niets doen.'

'Ik moet met je praten,' zei ik, maar hij bracht zijn vinger naar zijn lippen om me tot zwijgen te brengen en kwam naast me op het bed zitten.

'Zij wilde ermee kappen. Dit uitstapje was een laatste wanhoopspoging. Mijn idee... stom! Dus we hoeven ons niet schuldig te voelen. We zouden opgelucht moeten zijn. Ik ben opgelucht.' Hij legde teder zijn hand op mijn wang.

'Kyle, je begrijpt het niet, je moet weg.'

'Nee hoor.' Hij streek mijn haar uit mijn gezicht. Ik sloeg zijn hand weg.

'Hé,' zei hij, terwijl hij opnieuw met mijn haar speelde. 'Maak je geen zorgen.'

'Kyle, hou op!'

Ik gaf hem zo'n harde duw dat hij bijna van het bed viel.

'Jezus!' zei hij, en hij stond op.

'Rot op, idioot!' schreeuwde ik.

Hij bleef staan en keek me aan: eerst verbijsterd, en vervolgens alsof hem een licht was opgegaan. Met een dun fluisterstemmetje zei hij: 'Derek had gelijk. Jullie zijn allemaal één pot nat.'

22

Kyle zat in de tweepersoonskamer naast die van Krissie te huilen. Hij wist niet precies waarom hij huilde, maar er waren verscheidene mogelijkheden.

Zijn huwelijk was voorbij.

Hij had onbedoeld zijn vrouw gekwetst.

Hij was in een roes te ver gegaan met een van hun oudste vriendinnen.

En hij was niet bij machte om ook maar iets van het bovengenoemde te veranderen.

Kyle had op zeer jonge leeftijd al geleerd dat hij zijn emoties moest bedwingen. Als peuter had hij zijn emoties leren bedwingen tijdens de vele avonden die hij doorbracht op de tweede tree van het stoepje voor zijn vrij riante huis in West End. Als tiener had hij zijn emoties leren bedwingen tijdens lange, slapeloze nachten in de slaapzaal. En als echtgenoot had hij zijn emoties zo lang bedwongen dat ze waren verdwenen.

Het was een opluchting om te huilen, maar hij beschikte niet over de behaaglijke gezichtsuitdrukkingen van een doorgewinterde huiler, en toen hij zichzelf in de spiegel zag, beviel de aanblik hem niet en besloot hij zijn aandacht te richten op dingen die hij wél onder controle had. Hij droogde zijn tranen en nam de hoorn van zijn hoteltelefoon van de haak...

'Mama, mag ik een tijdje bij jullie komen logeren?' vroeg hij, op de een of andere manier gerustgesteld toen hij zich een voorstelling maakte van zijn moeder aan de andere kant van de lijn.

Een goedgeklede drieënzestigjarige zat in haar vrij riante huis in West End van een kop thee te nippen. 'Natuurlijk, Kyle. Alles verder goed?'

'Ja, prima,' antwoordde Kyle, en ze vroeg niet door, want ook zij had haar gevoelens achter slot en grendel gedaan.

Beiden waren opgelucht toen het gesprek ten einde was, en beiden stonden op, slaakten een korte, gedecideerde zucht en gingen over tot de (herziene) orde van de dag.

Voor Kyles moeder betekende dit: de opslagkamer voor oude, in onbruik geraakte meubels in zijn oude staat herstellen, zodat hij weer dienst kon doen als slaapkamer van haar enige zoon.

Voor Kyle betekende dit: pakken en zo snel mogelijk wegwezen. Hij zou niet meer met Krissie praten en hij zou zijn verontschuldigingen aanbieden aan zijn vrouw, maar in de veronderstelling dat verdere discussies via advocaten zouden lopen.

Hij had zijn rugzak nog niet gepakt (zonder iets op te vouwen), of hij zag het allemaal wat minder somber in. Het was onvermijdelijk geweest. Het was niet fraai verlopen, maar dat hoorde er nu eenmaal bij, en nu kon hij tenminste zijn leven weer oppakken.

Sarah had zich altijd geërgerd aan Kyles vermogen om zich te vermannen en opnieuw te beginnen. Als ze ruzie hadden, stormde zij steevast de deur uit, en pakte hij steevast zijn krant weer op. Dit irriteerde Sarah mateloos. Hij hoorde haar achterna te komen, of in ieder geval een paar minuten in berouwvolle stilte voor zich uit te zitten kijken, bedroefd dat ze een prettige avond hadden verspeeld. Maar nee, Kyle leek geen tijd nodig te hebben om zich te herstellen. Hij sloeg meteen de rubriek met ingezonden brieven op.

Kyle verliet de hotelkamer zonder te controleren of hij iets was vergeten. Hij deed de deur achter zich dicht zonder na te gaan of hij goed op slot zat. Hij liep door de gang zonder zowel Sarahs bagage als de zijne te dragen, betaalde de rekening zonder die te bestuderen, en pakte toen van elk van de kranten die op de salontafel in de lounge lagen een exemplaar mee, zonder zich af te vragen of hij ze wel zou mogen lezen.

Kyle liep met verende tred naar het station. Dat bestond uit één perron, een klein bord en een bank, en hij was de enige reiziger. Hij ging op de bank zitten en sloeg het reiskatern van de *Herald* op. Toen drong het tot hem door. Hij kon zijn baan opgeven en gaan reizen. Sarah en hij zouden het enorme huis in Glasgow en het vakantiehuisje aan Loch Katrine verkopen, en hij zou het bedrag van naar schatting 233.000 pond dat hem bij de echtscheiding zou toekomen meepakken en afreizen naar plaatsen die hij nog nooit had bezocht. Hij was zo enthousiast dat hij zijn vriend Derek belde om hem het nieuws te vertellen.

'Ik ga naar Bulgarije!' zei hij. 'Je had gelijk. Vrouwen zijn allemaal hetzelfde, en reken maar dat ik naar Bulgarije ga. Laten we het vanavond vieren in de pub!'

'Kon ik dat maar,' zei Derek na kort zijn medeleven te hebben betuigd. 'Ik heb beloofd dat ik naar het tuincentrum ga om een plantenrek te kopen.'

Kyle hing enigszins ontmoedigd op, maar dacht: wat dondert het ook! Als ik alleen naar Bulgarije kan, kan ik ook wel alleen naar de kroeg.

Net toen hij zich afvroeg wat hij zou aantrekken naar de kroeg, kwam Krissie aanlopen. Ze zag er bleek en ziek uit.

'Hoi,' zei ze.

'Hoi,' antwoordde hij, en hij richtte zich weer op het reisartikel.

Ze slaagden er op de een of andere manier in om verder hun mond te houden totdat de trein zestig seconden later aan kwam rijden. Ze namen elk in een andere wagon plaats.

Krissie had Kyle het hotel uit zien huppelen en had gewacht tot ze de trein zag komen aanrijden door het dal voordat ze zelf op weg ging naar het perron.

Ze had een plan, een plan dat haar op de hotelkamer in een flits was ingevallen. Een helder, slim en verstandig plan.

Ze zou naar huis gaan, Robbie ophalen en er dan het beste van hopen.

Wat moest ze anders doen?

Kyle of de politie inlichten zou haar niets opleveren, maar wel alles kunnen kosten, dus ze zou naar huis gaan, doorgaan met haar leven en er maar het beste van hopen.

Terwijl ze daar op het perron stond, besefte ze ergens wel dat het een onuitvoerbaar plan was, een plan dat tot stand was gekomen in een waas van katerigheid en paniek. Het was niet verstandig, slim of moreel juist, en de praters in haar hoofd waren er druk over aan het bekvechten:

Zeg het!

Zeg het niet!

Zeg het nou maar gewoon.

Nee, niet doen.

Ik heb Sarah vermoord!

Hou je mond.

Maar ik heb haar vermoord!

Ze stond op het punt om het eruit te flappen, toen de trein aan kwam rijden. Net op tijd.

Krissie ging in haar wagon zitten en keek naar buiten terwijl de trein sneller ging rijden. Ze drukte haar neus tegen het raam en keek met samengeknepen ogen achterom naar de Duivelstrap, een onbeduidende kronkel op een onbeduidende heuvel. Ze zag daar iets: een spikkeltje paars misschien? Het paarse goretex van een tent, dat tevoorschijn piepte uit een spleet in de rotswand? Een hand te midden van het paars, die zich graaiend aan het leven probeerde vast te klampen, die smeekte om gevonden te worden en daar alsjeblieft niet te worden achtergelaten?

'Plaatsbewijzen!'

Krissie gaf zo'n onverwachte gil dat de conducteur zijn evenwicht verloor.

'Sorry!' zei hij, en hij ging met een vertrokken gezicht rechtop staan en verbaasde zich over de aanblik van de reizigster. Haar ogen waren rood en haar haar was net zo woest als het uitzicht.

Krissie gaf hem haar kaartje en keek weer achterom naar de heuvel. Er was niets te zien.

De trein reed door het ongenaakbare Crianlarich naar het Loch, en daarna langs boerderijen en stokerijen. Het wandelpad waar ze zo lang over hadden gedaan zoefde wazig voorbij en plotseling bevond ze zich tussen de huizen van haar stad. Glasgow. De stad, vochtig en donker als hij was, omarmde haar, en ze voelde zich veiliger. Ze zou erin opgaan en het wel redden.

Toen de trein langzaam het centraal station in reed, zette Krissie haar mobiele telefoon aan. Ze zou haar ouders bellen en zeggen dat ze blaren had of zoiets, en daarna Robbie mee naar huis nemen. Op de een of andere manier had ze het gevoel dat de aanwezigheid van Robbie haar zou beschermen. Ze kon haar daad goedmaken als moeder; ze kon zich veilig nestelen in de warmte van Robbies afhankelijkheid en alles vergeten. Het zou immers zelfzuchtig zijn om Robbies welzijn in gevaar te brengen door er telkens aan terug te denken.

Krissie wachtte tot de trein langs het perron tot stilstand was gekomen, drukte op de knop om de deur te openen en stapte uit. Met haar rugzak op haar rug liep ze door het draaihek.

Haar mobiele telefoon ging. Ze werd er zo angstig van dat ze midden in het station roerloos bleef staan. Zou het de politie zijn? Terwijl honderden mensen op een kluitje omhoog stonden te kijken naar de flikkerende elektronische dienstregeling, haalde Krissie langzaam en voorzichtig haar telefoon uit de zak van haar spijkerbroek.

Het schermpje was wazig. Ze werd duizelig toen ze erop keek en kon niet goed lezen wie er belde, maar terwijl het belsignaal steeds luider werd, dacht ze dat ze 'Sarah mobiel' op de display zag staan.

Krissie plofte op een bank neer terwijl een stem met een Brits accent aankondigde dat de volgende trein uit Stirling om 14.43 uur zou aankomen op perron 14.

Ze hapte naar adem, drukte op 'terugbellen' en wachtte tot er werd opgenomen.

Het enige wat er gebeurde, was dat de trein uit Stirling zoals voorspeld om 14.43 uur kwam binnenrijden en dat haar telefoon aangaf dat de batterij bijna leeg was. Meer niet.

Ik word gek! dacht ze bij zichzelf. Ik zie spoken.

In de taxi op weg naar haar ouderlijk huis bleven er vreemde, dissonante gedachten in Krissie opkomen, zoals: één ding is zeker, een vrouw die van nature gebukt gaat onder schuldgevoelens en daarnaast lijdt aan een postnatale depressie, kan maar beter niet een verhouding aangaan met de man van haar beste vriendin en daarna de beste vriendin vermoorden. Dat is niet bevorderlijk. Sterker nog, het maakt alles er alleen maar oneindig veel erger op. Als die hele verhouding/moordgeschiedenis zich niet had voorgedaan, zou Krissie nu al behoorlijk aan de beterende hand zijn geweest.

Zoals het er nu voor stond liep ze verdwaasd rond, geplaagd door schuldgevoel en verdriet, zonder te weten welk van die twee ze voorrang moest geven. Ze had iemand vermoord; ze had haar beste vriendin vermoord. Ze was een moordenares en ze zou naar de hel gaan. Krissie had lange tijd niet in de hel geloofd, maar nu deed ze dat wel, en ze zou er tot in eeuwigheid moeten blijven.

Krissie liet haar gedachten gaan over het moment waarop alles veranderde, het moment waarop ze de dochter van de duivel was geworden. Het gebeurde toen Sarah zei dat ze een leugenaar was of iets in die trant, en Krissie haar een duw had gegeven.

Die duw in een fractie van een seconde had haar van een normaal, doorsnee mens met aanvaardbare tekortkomingen zoals drankzucht, een tikje ijdelheid en een grote mate van ongeduld, in een moordenares veranderd. Een duw in een fractie van een seconde, en alles was voorgoed veranderd.

Ze dacht bij zichzelf dat dit misschien wel de reden was waarom verliefd zijn net zo voelde als verdriet hebben, want in beide gevallen zet één aanwijsbare gebeurtenis alles op zijn kop. Je ligt net lekker op koers en plotseling (met een kus, of met een duw) neem je een scherpe bocht naar links of rechts, neerwaarts naar de hel.

Terwijl Krissie in de taxi door Glasgow reed, deed alles haar aan Sarah denken: de Burger King waar ze als schoolmeisjes briefjes aan jongens hadden doorgegeven, het ondergrondse perron waar Sarah de wacht had gehouden terwijl Krissie bakstenen telde, de taxistandplaats waar ze hadden geflirt nadat ze een avondje naar de disco waren geweest. Krissie zag Sarahs gezicht in elke winkelruit, bij elke bushalte, bij het wijkgebouw waar ze samen padvindster waren geweest, in het park waar ze op de wip hadden gezeten, bij de patatkraam waar ze de patat hadden overgoten met liters kerriesaus, bij het ziekenhuis waar Sarah had gewerkt, in de straat waar Sarah was opgegroeid. Sarah. De vriendin die ze had gedacht altijd te zullen hebben, altijd te zullen koesteren, de vriendin die ze had vermoord.

23

Toen de taxi voor de deur van het mooie huisje van mijn ouders stopte, het huis waar ik ben opgegroeid, en mama zei: 'Kriss, is er iets gebeurd, lieverd? Waarom ben je al terug?' flapte ik er bijna uit: 'Mama, ik ben thuisgekomen omdat ik Sarah heb vermoord!' Gelukkig deed ik dat niet. Gelukkig zei ik: 'Ik heb blaren en we hebben ruzie gekregen!'

Mama keek me bevreemd aan, zoals iedereen die dag had gedaan, en vroeg toen of ik zachtjes wilde doen.

'Hij slaapt...' zei ze, '... eindelijk. Krissie, ik wilde je niet ongerust maken, maar hij is niet lekker.'

Hij had oorontsteking. Mama was de avond daarvoor met hem naar het ziekenhuis gegaan nadat hij de hele avond onrustig had liggen huilen, en hij had paracetamol en antibiotica voorgeschreven gekregen. Het zou allemaal weer in orde komen, als we er maar voor zorgden dat hij geen koorts kreeg en zijn antibioticakuur werd afgemaakt. Ik rende naar mijn oude slaapkamer boven aan de trap. Een mooie, vierkante kamer met een hoog plafond en een dakraam dat uitzicht bood op de grotere, chiquere, met meer groen omgeven woningen van Pollokshields. Robbie lag puffend in het wiegje midden in de kamer, met open mond en een rood gezicht. Ik herkende hem bijna niet. Een piepkleine vreemdeling in het wit.

Ik stormde weer naar beneden.

'Hoe is het mogelijk dat jullie me hierover niet hebben gebeld!' schreeuwde ik tegen mama. 'Ik ben godbetert zijn moeder! Ik zou zijn teruggekomen.'

'Ssst, Krissie, straks maak je hem nog wakker, liefje!' zei papa, terwijl hij de deur van de woonkamer dichtdeed.

'We hebben geprobeerd je te bellen, lieverd... Je nam niet op.'

Een woedeaanval had ik al heel lang niet meer gehad. Ik had al heel lang niet meer gestampvoet, mijn vuisten gebald of gekrijst. Bij deze gelegenheid trok ik alle registers open en wierp ik hun kinderachtige beschuldigingen voor de voeten, zoals: dat ze me niet vertrouwden, dat ze vonden dat ik hem niet verdiende.

Ik graaide medicijnen en kleren bij elkaar en toen Robbie (onvermijdelijk) wakker werd, belde ik een taxi.

Projectie, noemen ze dat. Terwijl ik me schuldig had gemaakt aan overspel en moord, hadden mijn ouders zich schuldig gemaakt aan het feit dat ze mij niet vroeg genoeg terug hadden laten komen om overspel en moord te vermijden. Het was beter om je op het laatste te concentreren, had mijn onderbewustzijn besloten; veel beter.

Terwijl ik op de taxi wachtte, staarden papa en mama me met een bezorgd gezicht aan.

'Blijf logeren,' zei papa.

Ik gaf geen antwoord.

'Je bent er te slecht aan toe, lieverd,' zei mama.

Ik gaf geen antwoord.

'Zal ik anders met je meegaan?' stelde papa voor.

'Dit slaat nergens op, Krissie. Je gedraagt je volstrekt onredelijk.' Mijn moeder werd boos. Het was maar goed dat de taxi voorreed voordat haar boosheid een eind maakte aan mijn puberale stilzwijgen.

Terwijl de taxi invoegde op de Clydeside-autoweg zag ik dat een politieauto – die een aantal auto's achter ons reed – ook invoegde. Hij reed met zestig kilometer per uur de brug af en de invoegstrook op, en volgde ons over de oever van de Clyde, langs het Tall Ship en het tentoonstellingscentrum en het uitgebrande antiekdepot. We namen drie rotondes en de auto's tussen die van de politie en die van ons sloegen af.

Ik werd achtervolgd.

Mijn hart ging tekeer toen we over Dumbarton Road reden en vervolgens afsloegen naar de steile Gardner Street met zijn rijen huurwoningen. Ik wierp een blik door de achterruit en zag dat de politieauto op Dumbarton Road was gestopt en daar stond te wachten.

Ik betaalde zo snel ik kon en bleef met Robbie voor mijn appartementengebouw staan. Het rode zandsteen verhief zich dreigend boven mijn hoofd. Ik had geen zin om naar boven te gaan, maar toen de taxi wegreed zag ik tot mijn afgrijzen dat de politieauto de heuvel op kwam.

Ik maakte snel de deur naar het gemeenschappelijke trappenhuis open, liep moeizaam met mijn loodzware, inmiddels krijsende kind naar boven, ging mijn woning in en deed de deur op slot.

Ik had verwacht dat mijn appartement op de een of andere manier een afspiegeling zou zijn van mijn gemoedstoestand, maar het zag eruit zoals ik het had achtergelaten: schone, frisse houten vloer, persoonlijke kunst aan de muren, gezellige eetkeuken met talloze specerijen, comfortabele banken en zeeën van licht. In de tijd dat ik nog gelukkig was, slaakte ik telkens wanneer ik de deur naar mijn eigen domein opendeed een zucht van tevredenheid en genot. Dan gooide ik de ramen open en liet ik de frisse lucht binnen.

Ditmaal deponeerde ik Robbie op zijn Baby Gym en mijn

bagage naast de buggy in de gang, en rende ik het huis door om alle jaloezieën dicht te doen. Vanuit de woonkamer had ik een goed uitzicht over de straat en de hoofdweg die daar loodrecht op lag. Ik tuurde door een spleet in de houten jaloezieën en zag hem daar staan.

De agent.

Ongeveer een meter zeventig, pet op, portofoon, en van het mannelijke geslacht. Hij stond naast het café op de hoofdweg en deed net alsof hij daar zomaar stond, om geen argwaan te wekken.

Zonder succes. Ik wist dat hij me in de gaten hield. Ik wist dat hij wachtte tot hij onopvallend een blik omhoog kon werpen om na te gaan of ik nog thuis was. Ik wist dat hij op gewapende versterking wachtte om mijn huis binnen te kunnen vallen, mij in de boeien te slaan en me door het trappenhuis en over straat te sleuren, terwijl mijn zieke kind toekeek en het trauma zijn geest bevlekte als rode biet.

Hij wierp een blik op me, precies zoals ik had verwacht, en ik draaide de houten lamel van de jaloezie snel weer naar beneden.

Ik moest mijn plan herzien.

Ik vermoedde dat Matt Sarah had gevonden. Misschien had ik iets achtergelaten op de rots, of waren er sporen op de plek waar Sarah naar beneden was gevallen. Hoe dan ook, hij had waarschijnlijk haar lichaam gevonden en meteen de politie ingelicht.

In dat geval kon ik twee dingen doen: alles opbiechten, Robbie verliezen en voorgoed de gevangenis in gaan, óf niets opbiechten, Robbie niet verliezen en niet voorgoed de gevangenis in gaan.

Ik koos voor optie B, en dat hield in dat ik op de loop moest voor de politie.

Ik was nog nooit op de loop geweest voor de politie en door

mijn gebrek aan ervaring waren de voorbereidingen die ik trof willekeurig en ontoereikend.

Eerst bestelde ik via internet twee vliegtickets naar India. Ik zou Robbie meenemen naar Goa, omdat ik zulke goede herinneringen had aan de tijd die ik daar met Chas had doorgebracht. We zouden in een huis aan het strand gaan wonen, waar we onbereikbaar zouden zijn. De tickets kostten alles bij elkaar twaalfhonderd pond, wat ik met mijn creditcard betaalde.

Vervolgens nam ik de hoorn van mijn telefoon en intercom van de haak en zette ik de computer uit.

Daarna pakte ik de paspoorten in. Gelukkig had Robbie er een, na dat rampzalige uitstapje naar Italië. Dat had in ieder geval iets positiefs opgeleverd: we konden niet alleen op de loop voor de politie, we konden nog vliegen ook.

Ik propte wat kleren, toiletartikelen en pijnstillers in mijn rugzak.

Toen schreef ik een brief aan mijn ouders. Ik verscheurde hem, schreef een nieuwe, en verscheurde die ook. Wat kon ik hun zeggen?

Ik keek weer door de spleet in de jaloezieën en zag de agent daar staan. Het drong tot me door dat ik niet gewoon via de voordeur kon vertrekken. Ik bestudeerde de achteruitgang. Marco was bezig bij de vuilcontainers. Ik zou op een andere manier uit het gebouw moeten ontsnappen.

Ik herinnerde me dat er ooit via de zolder was ingebroken in het appartement van het oude mens dat tegenover me woonde. De man was naar binnen gekropen door de kleine, vierkante opening in de gemeenschappelijke gang en had zich door het plafond van de badkamer gebeukt.

Ik besloot dat ik dat ook zou doen: dat ik over de zolders van deze met elkaar verbonden gebouwen zou kruipen, via een ander mangat een andere gemeenschappelijke gang zou binnengaan en het gebouw uit zou lopen. Simpel.

Robbie was tot bedaren gekomen. De pijnstiller die mama hem had gegeven was gaan werken, en hij lag lustig op de gewatteerde deken van zijn Baby Gym te spartelen en sloeg glimlachend met zijn knuistjes tegen eendjes en piepballetjes. Ik liet hem achter in de woonkamer om de vluchtroute te gaan verkennen.

Ik deed de voordeur open en ging na of er niemand was. Daarna verwijderde ik het houten luik van het mangat en ik trok mezelf op naar de zolder. Het was een stoffig, houten vertrek met isolatiemateriaal, her en der stukken triplex en een kunstkerstboom. Ik kroop tussen de balken door, langs lichtvlekken, maar de ruimte liep algauw dood. De boel was dichtgemetseld. Ik kroop de andere kant op, terwijl ik een schatting maakte van de afmeting van mijn appartement en die van het appartement tegenover me, en het drong tot me door dat de zolders helemaal niet met elkaar in verbinding stonden. Ze werden van elkaar gescheiden door de schuinte van de heuvel en door bakstenen.

Ik sprong terug in de gemeenschappelijke gang, gevolgd door stof en isolatiemateriaal. Het geluid alarmeerde het oude mens aan de overkant van de gang, en ze kwam naar haar voordeur om door het glas naar me te turen. Ik bracht snel het luik weer aan, rende mijn woning in en deed de deur dicht.

Er was geen ontsnappingsmogelijkheid. Ik zou er via de achterzijde van het gebouw tussenuit moeten knijpen.

Robbie lag nog steeds te spelen op zijn mat en had zich op zijn buik gedraaid. Hij hield trots en opgewonden zijn hoofd omhoog, en schopte met zijn beentjes tegen de vloer.

Ik vermomde me zoals beroemdheden dat doen – jas, zonnebril, hoed, sjaal – hing mijn rugzak om, pakte Robbie en verborg hem onder mijn jas. Hij vond het één groot feest, en begon met zijn natte tandvlees vastberaden op de riemen van mijn rugzak te kauwen.

Ik liep door het trappenhuis en was op weg naar de achterdeur toen Marco terugkwam van de vuilcontainers.

'Krissie? Wat doe je?' vroeg hij.

'Ben op weg naar buiten voor een ommetje.'

Ik draaide me om en liep naar de voordeur. Het zou wat al te vreemd overkomen als ik de achteruitgang zou nemen.

Toen ik de deur naar de buitenwereld opendeed, zag ik de agent. Hij stond bij een buitentafeltje koffie te drinken. Ik zette er de pas in en ging de tegenovergestelde richting op.

Loop stevig door, zeiden mijn praters, blijf niet staan, kijk niet om, ga via Gardner Street naar de taxistandplaats op Dumbarton Road, loop door, in een stevig tempo, blijf niet staan.

'Krissie!'

Ik deed alsof ik het niet hoorde en liep stevig door, zonder te blijven staan.

'Krissie Donald!'

Ik rende de heuvel af. Maar de agent ook. En hij was snel. Hij haalde me in.

'Krissie!'

Zijn arm greep de mijne en ik had geen keus. Ik moest stilstaan. Nog even en de tranen zouden vloeien, de penitentie zou worden volbracht. Ik draaide me om, om de confrontatie aan te gaan.

'Je gaat me toch niet vertellen dat je me niet meer kent?'

'Sorry?' zei ik, verbaasd dat een agent die een moordenares inrekende zo'n vertrouwelijke, ontspannen, bijna enthousiaste toon kon aanslaan.

'Ik ben Johnny, agent Johnny Wallace!'

Bij deze woorden besefte ik dat ik niet in de nesten zat, dat ik veilig was en niet naar India hoefde te vluchten om nooit meer terug te keren. Maar helaas had ik geen idee wie Johnny Wallace was.

'O, hallo!' zei ik, met mijn hoofd een beetje schuin om te zien of hij me vanuit een andere gezichtshoek wél bekend zou voorkomen.

'Herken je me echt niet?'

Ik verontschuldigde me zo aanbiddelijk mogelijk en hij boog zich naar me toe en fluisterde in mijn oor: 'Bij Clatty Patty's, en toen bij jou thuis, weet je nog?'

'Ah,' zei ik, terwijl ik nog steeds mijn hoofd schuin hield en mijn ogen samenkneep.

Het was zonneklaar dat ik hem niet herkende, en geïrriteerd veranderde hij van toon. Tot dan toe had er in zijn stem doorgeklonken: hé, kijk mij eens, ik ben agent! Vanaf dat moment zou erin doorklinken: pas jij maar op je tellen, dametje!

Nu hij deze toon had gezet deed hij een stap achteruit en zei hij: 'We hebben twee keer seks gehad en 's ochtends heb je een taxi voor me gebeld omdat ik de eerste zin van *Anna Karenina* niet wist.'

Ik herinnerde me weer wie hij was! De seks was prima geweest, maar hij was niet al te snugger. 'Dat was een gesublimeerde ervaring,' had hij triomfantelijk gezegd nadat hij was klaargekomen.

'O,' zei ik, 'wat dom van me! Natuurlijk. Je ziet er fantastisch uit! Leuk om je te zien. Maar ik moet er nu echt vandoor.'

Hij trok zijn wenkbrauwen op en speelde dreigend met zijn knuppel terwijl ik gedag zei en terugliep naar mijn appartement.

'Juffrouw Donald!' riep hij me na.

Ik verstijfde en achter mijn rug zei een kinderachtig meisjesstemmetje tegen me: '*Gelukkige gezinnen zijn allemaal eender; elk ongelukkig gezin is op zijn eigen manier ongelukkig...*'

Ik draaide me om, probeerde tegen hem te glimlachen, en liep weg om de deur naar mijn trappenhuis open te maken. Terug in mijn appartement legde ik Robbie weer op zijn Baby

Gym, en hij draaide zich onmiddellijk op zijn buik. Dit was nieuw, dit krachtige omrollen, en hij maakte de indruk erg met zichzelf ingenomen te zijn. Na negen maanden lang niet veel meer te hebben gedaan dan er als een zoutzak bij liggen, was het waarschijnlijk erg spannend om je op je buik te kunnen draaien, dacht ik vluchtig.

Ik ging de badkamer in om mijn gezicht te wassen. In de spiegel zag ik een vrouw met rode ogen, zwerfstershaar en zeer eigenaardige kleren. Wie was ik? En wat haalde ik me in mijn hoofd? Er het beste van hopen? Ontsnappen? Ik kon dit niet ontvluchten, mijn schuld niet ontvluchten – nooit. Ik moest alles opbiechten.

Ik stond op het punt om de politie te bellen toen ik een oorverdovende dreun in de keuken hoorde. Ik rende het donkere vertrek in en keek om me heen. Alles stond nog op zijn plaats. Vlak nadat ik me had omgedraaid om de keuken weer uit te lopen, hoorde ik nóg een luide dreun. Het was het raam. Het raam had het gedreun veroorzaakt. Ik liep er langzaam naartoe en schoof voorzichtig een van de jaloezielamellen omhoog. Ik drukte mijn oog tegen de lamel en keek naar de avondlucht en daarna naar het gazon met de waslijnen onder me, waar ik Sarah zag staan, gekleed in een vormeloze paarse tent. Haar witte, ontwrichte arm sleepte achter haar aan.

Ik liet de lamel snel zakken en rende naar de voordeur om te controleren of die wel op slot zat. Hij zat potdicht. Ik schoof de deurketting in zijn slot en rende de slaapkamers door om de ramen te controleren. Ze waren allemaal dicht, maar het gedreun begon weer.

Boem. Boem. Boem. Het gebonk galmde na in mijn hoofd, en kwam ditmaal bij de voordeur vandaan. Boem. Boem. Boem.

Het was shakespeareaans. Sarah probeerde blijkbaar binnen

te komen. Haar geest kwam me te grazen nemen.

Ik rende de woonkamer in om Robbie te halen en bleef stok-stijf staan voor het gewatteerde matrasje van de Baby Gym waar hij een paar seconden geleden nog op had gelegen.

Hij was er niet meer.

Ze had hem meegenomen. Sarahs geest had mijn zoon mee-genomen.

'Robbie! Robbie, waar ben je? Robbie!' gilde ik doodsbang.

Ik rende het appartement door. In de badkamer keek ik ach-ter het douchegordijn, in de keuken onder de tafel en in de voorraadkast. Daarna holde ik hysterisch huilend de slaapka-mer in, terwijl het gedreun op de voordeur aanhield. Ik keek in de kledingkast, achter de gordijnen en onder het bed.

Daar was hij. Hij lag stofvlokken te eten onder mijn kingsize bed. Ik keek hem aan en hij glimlachte, met een stofvlok op zijn onderlip, en plotseling kroop hij met een oogverblindende grijns naar me toe.

Mijn baby kroop!

Ik nam hem in mijn armen en liep de gang weer in. Het ge-dreun was opgehouden.

Toen ik opnieuw door het keukenraam naar buiten keek, zag ik een grote doos waarin een Apple-Mac had gezeten bij de vuil-containers staan, en achter de doos wapperde gescheurde nop-penfolie in de wind. Ik zag spoken. Ik was gek.

Ik liep van de keuken naar de gang en tot mijn afgrijzen be-gon de voordeur te bewegen en werd het gedreun hervat, dit-maal in een hogere versnelling.

Ik stopte Robbie onder mijn lila fleecetrui terwijl de deur bonkte en schudde. Ik liep achteruit naar de muur van de woon-kamer en gleed berustend met Robbie in mijn armen naar de grond. En daar bleven we ineengedoken zitten wachten, als een hoopje jammerend paars.

We keken toe hoe de onderste scharnier uit de sponning

vloog, hoe de schroef van het deurkettingslot losraakte en op de grond plofte, hoe de bovenste scharnier plotseling afbrak en hoe de bevestiging van het inlaatslot van de muur scheurde.

De deur viel vlak voor ons op de grond, als in slow motion, met een zoevend geluid, een klap en een luchtvlaag.

Toen ik opkeek, zag ik de deur plat voor me liggen, en daarachter zag ik een paar benen. Ik liet mijn ogen langzaam omhoogglijden: langs de in spijkerstof geklede benen waarvan ik zeker wist dat het de benen van de geest van Sarah waren... naar een buik waarvan ik zeker wist dat het de buik van de dode Sarah was... naar een gezicht dat in geen geval dat van Sarah was.

Want het was het gezicht van Chas.

24

Nadat hij die dag bij Krissies ouders was vertrokken, was Chas naar Edinburgh gegaan, waar hij had geprobeerd Krissie te bereiken op haar mobiele telefoon. Omdat ze niet opnam, belde hij Krissies moeder om te controleren of hij wel het goede nummer had. Anna vertelde hem dat de vakantie een flop was geweest. Ze was teruggekomen. Ze hadden ruzie gehad. En Chas hoorde aan Anna's stem dat ze behoorlijk van streek was.

'Ik weet gewoon niet meer wat ik met haar aan moet,' zei ze tegen Chas. 'Het lijkt wel alsof we helemaal geen vat op haar kunnen krijgen. Dave probeert me nu over te halen om er een nachtje tussenuit te gaan, zodat we alles eens op een rijtje kunnen zetten. Hij heeft een of andere weekendaanbieding gevonden.'

'Het zou goed voor je zijn,' zei Chas.

'Ik moet haar in de gaten houden.'

'Ik houd haar wel in de gaten,' zei Chas. 'Ga jij nou maar even weg om uit te rusten.'

'Weet je het zeker?' zei Anna uitgeput. 'Misschien is dat wel een goed idee... Misschien reageert ze beter op jou... maar bel ons. Laat ons weten hoe het verloopt.'

Tijdens de treinreis van vijftig minuten terug naar Glasgow dacht Chas aan Krissie. Hij was al jaren verliefd op haar. Vanaf het moment dat hij haar met haar handen curry had zien eten in een strandtent in Goa, waarbij ze nonchalant en geroutineerd probeerde over te komen, maar het ondertussen helemaal verkeerd deed. Vanaf het moment dat ze elkaar in de ogen hadden gekeken, om precies te zijn. De hare waren felblauw en doordringend, en ze straalden van levenslust en nieuwsgierigheid. Hij hield van haar pit, haar vastberadenheid, haar figuur, haar knappe gezicht, haar intelligentie, haar spijkerbroek, de boeken die ze las, het werk dat ze wilde gaan doen, alles.

Hij herinnerde zich dat hij met haar had gewindsurft op Loch Tay. Ze was er niet erg goed in, maar ze bleef het proberen. Keer op keer viel ze in het ijskoude water en trok ze de mast weer overeind. Hij bood aan haar te helpen, maar ze genoot van het geploeter. Tenminste, totdat de wind zomaar de mast tegen haar neus aan blies en hem kraakte als een noot. Chas had bijna moeten kotsen, maar Krissie had kalm geglimlacht terwijl ze zich naar de wal begaven, en had op weg naar het ziekenhuis grapjes gemaakt om zichzelf ervan te weerhouden haar gebroken bot en afgeschaafde huid in de spiegel te bekijken. Dat had hij fantastisch gevonden.

Hij herinnerde zich het appelhappen met Halloween. Krissie was geblinddoekt en al met haar hoofd in de emmer gedoken. Ze nam het spelletje serieus en kwam uiteindelijk triomfantelijk weer tevoorschijn met een appel in haar mond. Hij had nog nooit meegemaakt dat een vrouw een spelletje als appelhappen zo serieus nam, en ook dat had hij fantastisch gevonden.

Maar op de een of andere manier werd ze zich nooit bewust van zijn gevoelens voor haar, en bleef ze maar klootzakken uitkiezen, mannen die deden alsof ze haar onafhankelijkheid en feminisme leuk vonden, maar die als puntje bij paaltje kwam steevast van mening veranderden. Omdat Chas zijn eigen glazen niet had willen ingooien, wachtte hij rustig af, en ze werden dikke maatjes. Wel had hij haar een keer in een taxi gezoend, maar hoewel hij het mateloos opwindend had gevonden, had zij 'Getver!' gezegd, en daarom had hij er maar een lolletje van gemaakt en haar zwarte, lakleren pump met naaldhak uit het raampje gegooid.

Toen Chas naar Krissies appartement toe liep, zag hij dat er iemand thuis was – het licht was aan- en uitgegaan, de jaloezieën waren omhoog- en naar beneden gegaan – maar Krissie nam haar intercom, haar vaste telefoon en haar mobieltje niet op en beantwoordde haar e-mail niet.

Chas belde aan, maar er werd niet opengedaan. Hij gooide herhaaldelijk een steentje tegen het keukenraam. Daarna drukte hij op alle bellen bij de gemeenschappelijke ingang. Een jonge man reageerde uiteindelijk en liet hem binnen.

Toen hij op de bovenste verdieping aankwam, stond de oude dame aan de overkant van de gang door de ruit van haar voordeur te kijken. Chas glimlachte flauwtjes naar haar en klopte verscheidene keren bij Krissie aan. Er kwamen vreemde geluiden uit het appartement, maar er werd niet opengedaan.

'Wees voorzichtig,' zei de buurvrouw, die haar appartement uit kwam om zich bij hem te voegen. 'Het zou een inbreker kunnen zijn. Er is een tijdje geleden bij mij ingebroken, moet je weten. Ze hebben mijn diamanten broche gestolen, die mijn overgrootmoeder uit Portree mijn oma cadeau had gedaan… Moet ik de politie bellen?'

'Nee, laat me maar even,' zei Chas, die er zo kort na zijn vrijlating met recht voor terugdeinsde om de politie erbij te betrekken.

Chas legde zijn oor tegen de dubbele deur. Hij hoorde haar daarbinnen rondrennen en haar zoontje roepen, en hij raakte in paniek en trapte de deur in, terwijl de oude dame ontsteld toekeek. Dat intrappen was niet zo een-twee-drie gebeurd; hij deed er eeuwen over en zijn rechtervoet en onderrug raakten lelijk bezeerd.

Toen de deur neerging, zag hij Krissie daar ineengedoken en huiverend met haar zoontje in haar armen zitten. Het duurde even, maar toen ze hem uiteindelijk herkende, ademde ze diep uit en begon ze te snikken.

Chas nam hen allebei in zijn armen. Zijn lieve Krissie en haar wolk van een zoon.

'Sarah! Ze is in het paars!' mompelde ze telkens.

Ze ijlde, sloeg wartaal uit. Hij bracht haar naar de slaapkamer en stopte haar in bed.

Chas liet de buurvrouw weten dat er geen inbreker was en de politie niet gebeld hoefde te worden. Hij zette de deur rechtop en liet daarna Robbie met een fles in slaap vallen in zijn armen. Chas ging terug naar Krissies slaapkamer, waar ze met haar ogen dicht op bed lag. Het was nu donker buiten en Chas deed het bedlampje uit zodat Krissie kon slapen.

'Sarah!' zei ze opnieuw.

'Je bent ziek, meisje, je slaat wartaal uit. Ga nou maar slapen!'

Toen deed ze haar ogen open en zei: 'Chas, hoe voelde het om iets heel slechts te doen?'

'Ik heb nooit iets heel slechts gedaan.'

'Hoe kun je dat nu zeggen?'

'Doet er niet toe, vooruit, slapen jij.'

Krissie dommelde in en toen ze wakker werd, zag ze Sarahs gezicht aan het voeteneind van haar bed. Bloed en dood met een weeë glimlach.

'Krissie! Kriss! Kanjer,' zei Sarah door haar bloederige mond.

Krissie schrok wakker en dommelde weer in. Ze mompelde in haar slaap: 'Ik ben met Kyle naar bed geweest! Het spijt me zo, Sarah. Kyle!'

Terwijl Chas naar de woelende Krissie keek, besefte hij dat ze behoorlijk in de nesten zat. Ze had blijkbaar geen fatsoenlijke kerel ontmoet, en was met de man van haar beste vriendin naar bed geweest. Ze zag er haveloos uit en als het zo doorging, dacht

Chas bij zichzelf, zou alles wat hij zo leuk aan haar vond als sneeuw voor de zon verdwijnen.

Toen haar bewuste wereld eindelijk weer in zicht kwam, schoot Krissie overeind en deed voor de zoveelste keer Chas' hoop vervliegen met de woorden: 'Kun jij even op Robbie passen? Ik moet naar Kyle toe.'

Ze kleedde zich snel en paniekerig aan en rende het donker in.

Toen ze weg was, ging Chas naast Robbie zitten en bekeek zijn gezichtje. Zijn onderlip ging schuil onder zijn bovenlip, zijn handjes lagen gebald onder zijn kin en zijn wimpers waren zo lang en donker dat het nauwelijks te geloven was dat hij geen mascara ophad. Hij leek sprekend op zijn moeder.

Net toen Chas terugdacht aan die dag dat Krissie hem op de grond had gekieteld en hij tegen haar had gezegd dat ze de mooiste vrouw van de wereld was, ging er buiten een alarm af.

In de gevangenis had Chas een angst voor het geluid van alarminstallaties opgelopen. Het was halverwege zijn straf gebeurd. Op een avond was er na bedtijd een alarm afgegaan en dat bleef maar rinkelen. Hij lag op het bovenste stapelbed, tijdelijk zonder celgenoot. Hij bleef op zijn rug liggen, maar toen hij het geschreeuw van cipiers en het geklingel van sleutels hoorde, kwam hij langzaam overeind. Hij daalde af naar de betonnen vloer en keek door zijn piepkleine, vierkante kijkgaatje naar buiten. De deur van de cel tegenover hem stond open, en er bungelde een man aan het bovenste bed. Zijn spijkerbroek zat strak om zijn nek, zijn knieën sleepten over de vloer en zijn hoofd was pimpelpaars. De heen en weer zwaaiende, dode man draaide naar het kijkgaatje toe en zijn uitpuilende ogen keken recht in die van Chas. Een cipier stond hevig te braken in de emmer verderop in de gang en iemand meldde: code blauw, code blauw.

Toen Chas naar zijn stapelbed terugkeerde, was het alsof de

paarse, dode man zijn intrek had genomen onder hem, om nooit meer te worden vrijgelaten.

Vandaar dat Chas met bonkend hart opsprong toen hij dit alarm hoorde. Hij schoof de voordeur opzij, ging de gang op en liep de trap af. Het alarm werd steeds luider toen Chas door de ruit van de gemeenschappelijke voordeur de straat bekeek en de deur opendeed.

Hij stapte de verlaten straat op en zag dat het alarm uit een auto kwam. Hij bestudeerde de auto een tijdje. Zou het alarm gewoon maar blijven loeien? Zou niemand iets doen? Hoe ging het hier in zijn werk?

Toen viel de voordeur dicht.

Hij greep de deurknop vast en probeerde de deur open te maken.

In het slot gevallen.

'Shit!'

Chas rende naar de achterkant van de appartementen en klom over de stenen muur van de gemeenschappelijke tuin. Een lamp met bewegingsdetector floepte aan zodat hij de achterdeur niet goed kon zien, maar uiteindelijk vond hij hem toch, en hij draaide aan de deurknop.

Het alarm was zo luid dat het hem bijna omverblies, en in de acht appartementen boven hem gingen een voor een de lampen aan. Hij riep naar de gezichten in de ramen: 'Laat me erin... de baby is boven,' en was opgelucht toen de slome jongen die hem al eerder binnen had gelaten, zijn raam opendeed.

'Wat is er?' vroeg Marco.

'Laat me erin. In het appartement boven je is een baby helemaal alleen.'

'In Krissies appartement?'

'Ja, ja. Laat me er nou in.'

Marco dacht even na, deed het raam dicht en belde de politie.

25

Ik stapte uit de taxi, liep naar de deur toe, klopte aan en bleef even in het donker staan wachten. Terwijl de lijsterbes een regen van bruin en geel liet neerdwarrelen in het briesje, meende ik gefluister te horen.

'Krissie! Krissie!'

Ik draaide me om, keek naar de vallende bladeren en dacht opeens dat ik Sarah zag – haar wit-rode lichaam – vlees en bloed.

'Krissie! Krissie.'

Kyles stem deed me opveren van schrik en ik draaide me met stokkende adem om.

Er stond een aantal halfingepakte koffers in de gang.

'Krissie!'

Ik keek om naar de boom. Sarah stond er niet, alleen een boomstam.

'Ik moet met je praten,' fluisterde ik.

Hij liet me binnen en we liepen opgelaten naar de keuken.

Kyle zei dat hij Sarah niet had gezien, dat ze waarschijnlijk nog in het huisje bij Loch Katrine was en niet reageerde op zijn telefoontjes, en dat hij een tijdje bij zijn ouders ging logeren zodat ze rustig thuis kon komen als ze dat wilde en...

'Ze is niet bij Loch Katrine,' viel ik hem in de rede.

'Heb je haar gesproken?'

'Nee.'

'Wat bedoel je dan?'

Ik flapte het er zo snel mogelijk uit, om het maar achter de rug te hebben: dat ze me die nacht achterna was gekomen, dat we ruzie hadden gekregen en dat ze me had aangevallen, dat ik haar een duw had gegeven, dat ze dood was, dat ik haar had verstopt...

Hij stond onvast op zijn benen en zijn ogen vulden zich met dikke tranen. Hij haalde de hand weg die hij voor zijn mond had geslagen, waarbij hij zwaar en eigenaardig ademde. Daarna vertrok zijn gezicht van verdriet, en met een doordringend gekerm viel hij op zijn knieën.

Ik probeerde hem aan te raken, boog me voorover om hem te omarmen, maar hij sloeg me weg en opnieuw veranderde zijn gedrag.

'Moordzuchtig kutwijf!'

Hij kwam overeind en begon op mijn borst te timmeren. Ik incasseerde het, en zei ondertussen: 'Het was een ongeluk en ik ben in paniek geraakt. Ik heb het niet met opzet gedaan!'

Hij hield op met slaan en begroef zich in me, onbedaarlijk snikkend tegen mijn borst.

'Het spijt me zo verschrikkelijk,' zei ik huilend.

Over zijn schouder zoomden mijn ogen in op het kookeiland, waar de zilveren telefoon stond te wachten.

Ik nam zijn gezicht tussen mijn handen en keek hem in de ogen.

'Ik ga nu de politie bellen,' zei ik.

Hij was vlekkerig en kletsnat en staarde me aan, tot er iets oplichtte van de huisarts die hij was: 'Nee! Krissie, nee! Je mag de politie niet bellen.'

Hij besloot dat we het beter konden verzwijgen. Vanwege onze verhouding zou men aannemen dat hij bij de moord betrokken was. Hij zou alles verliezen en ik zou Robbie kwijtraken. Daarom kon hij beter een dag vrij nemen, met het benodigde gereedschap naar Glencoe rijden en zich fatsoenlijk van Sarahs lichaam ontdoen. Hij zou meteen nadat hij de voorbereidingen had getroffen vertrekken, zorgen dat hij voor zonsopgang de klus had geklaard en op tijd thuis zijn voor zijn werk. Tegen die tijd zou hij me een sms'je sturen. Ik mocht in geen geval contact met hem opnemen en we mochten elkaar nooit meer zien.

Ik probeerde hem om te praten. Het had geen zin om dit te ontvluchten. Het zou er altijd zijn en ons blijven achtervolgen. Maar hij hield voet bij stuk, en nogal vinnig ook. 'We komen allebei in de gevangenis terecht. Ze hebben ons in het hotel met elkaar zien dansen, hebben jullie tweeën horen ruziën in de lounge, iedereen wist waarschijnlijk dat we een verhouding hadden, verdomme! Hoe denk je dat dat overkomt? We krijgen allebei levenslang!'

Hij rende door het huis om spullen te verzamelen, en vroeg of ik hem precies wilde beschrijven waar de rotsspleet was. Hij deed alsof ik lucht was toen ik in de weg stond bij het aanrechtkastje, waar hij driftig op zoek ging naar zwarte vuilniszakken...

'Neem geen contact met me op!' zei hij, terwijl hij me meevoerde naar de achterdeur.

'Ik stuur je een sms'je als het achter de rug is, met de tekst "ja", meer niet, alleen "ja", en dan weet je het. Ga nu.'

Hij duwde me de achterdeur uit.

'Ga achterom,' zei hij. 'Zorg dat niemand je ziet!' En daarna smeet hij de deur achter me dicht.

Ik stond in de achtertuin van Sarahs huis, waar we een paar weken daarvoor nog hadden gebarbecued. We hadden varkensworstjes met appel en couscoussalade gegeten en over eierstokken gepraat. Ik kon onze stemmen bijna horen weergalmen over het gazon. Ikzelf had geen oor gehad voor de ellende die Sarah doormaakte, en had in plaats daarvan gepiekerd over dwaze dingen als acht uur slaap, terwijl mijn vriendin het gevoel had dat haar huwelijk liefdeloos was geworden en ze nog steeds diep in de put zat over haar onvruchtbaarheid. Niet lang daarna zou ze verraden en vermoord worden – door mij.

Ik rende via het hek naar het donkere achterom, waar ik tegen een rolemmer aan liep. Vlakbij klonk een enorme knal, en ik schrok me wezenloos. Het drong tot me door dat het de buurtkinderen waren, die vuurwerk afstaken. Guy Fawkesavond is in aantocht, dacht ik bij mezelf, en ik holde de vijf kilometer terug alsof Sarahs geest me al die tijd achtervolgde.

Het was een uur of tien 's avonds toen ik mijn appartement bereikte. In de meeste gebouwen in de buurt werd het licht uitgedaan voor de nacht, maar het leek wel alsof in het mijne alle beschikbare lampen aan waren. Alle acht appartementen, twee op elke verdieping, waren felverlicht en vol leven. Ik ging het gemeenschappelijke trappenhuis binnen en hoorde een enorm geroezemoes. Terwijl ik naar boven liep werd het steeds luider en verscheidene voordeuren stonden open.

Het oude mens van de overkant stond weer door haar deurruit te turen en mijn deur leunde niet langer hachelijk tegen de muur, maar lag plat op de grond. Ik stapte eroverheen en hoorde een aantal mensen praten in de woonkamer. Ik liep Robbies kamer in om na te gaan of alles goed was met hem – hij lag als een roos te slapen in zijn wieg – en liep toen de woonkamer in.

Daar, op de twee gemakkelijke stoffen banken, zaten Chas, agent Johnny Wallace en de te knappe agente die de week voor de vakantie voor mijn deur had gestaan, plus een maatschappelijk werkster met twinset en parelketting, en haar bleke, homoseksuele stagiair.

'Wat is er aan de hand?' vroeg ik.

Achteraf gezien waren ze zeer beleefd, maar het schoot me in het verkeerde keelgat. Ze waren door Marco gebeld nadat Chas zichzelf had buitengesloten terwijl Robbie binnen was. Ze hadden buren ondervraagd die 's avonds gedreun en geschreeuw hadden gehoord, me over de zolder hadden horen kruipen, hadden gezien hoe ik er vreemd uitgedost vandoor probeerde te gaan via Gardner Street, en ten slotte een man hadden gezien die naar boven schreeuwde dat er een baby helemaal alleen in het appartement was. En het was niet de eerste keer dat ik het kind alleen had gelaten, bracht de jonge agente naar voren. Een week daarvoor was er ook al zoiets voorgevallen.

'Ik heb u verteld dat ik gecontroleerd huilen toepaste!' protesteerde ik zielig. 'Trouwens, ditmaal paste Chas op hem!'

'Meneer Worthington heeft het gebouw verlaten,' zei de agente.

'Ik ben even naar buiten gegaan toen ik een alarm hoorde afgaan! De deur viel dicht!' voerde Chas aan.

Ik kon hem wel vermoorden.

'Beseft u wel dat meneer Worthington net op vrije voeten is en voorwaardelijk is vrijgelaten?' Dit kwam van de maatschappelijk werkster met de parels.

'Jazeker. Oké!' zei ik, en ik ging zitten in een poging dit verstandig te benaderen. 'Ik ben zelf maatschappelijk werkster, bij de kinderbescherming. Ik werk daar al jaren, dus ik begrijp volkomen waarom u hier bent. Ik oefen toezicht uit op talloze kinderen die werkelijk in gevaar zijn, kinderen van wie de ouders werkelijk niet in staat zijn voor hen te zorgen. Maar dit is anders. Ik weet wat ik doe. Ik ben van goede afkomst! Ik heb een paar zware dagen achter de rug, en het spijt me verschrikkelijk, maar ik ben er weer, en Robbie maakt het prima, dus als u het niet erg vindt, laat ik u nu uit…'

26

Als maatschappelijk werkster had ik talloze malen aan de andere kant gestaan. Ik had me negatief opgesteld ten opzichte van tieners die thuis niet onder de duim gehouden konden worden en had verslag uitgebracht over hun vorderingen in beoordelingscentra of gesloten afdelingen. Ik had rapporten geschreven over moeders die niet voldoende hun best deden om van hun heroïneverslaving af te komen en had vaders te kennen gegeven dat ze geen contact meer mochten hebben met hun kinderen omdat ze ditmaal te ver waren gegaan.

En nu bevond ik me zélf aan de kant waar de klappen vielen. Meestal zitten de arme mensen van Glasgow aan die kant, tegenover klootzakken uit de middenklasse die beslissingen nemen over hun leven en dat van hun kinderen, op basis van de boeken die ze hebben gelezen, de informatie die ze hebben vergaard, de bezoeken die ze hebben afgelegd, en hun interpretatie van alles wat je tegen hen hebt gezegd.

'Zo eenvoudig is het niet, vrees ik,' zei Parels hooghartig.

Ik slaakte een zucht. Op dat moment drong het tot me door dat ik behoorlijk in de nesten zat. Dit stelletje was aan het beoordelen of ik wel geschikt was als moeder. En toen ze me de redenen van hun bezorgdheid voorlegden, had ik algauw geen poot meer om op te staan.

Ik had Robbie al eerder alleen gelaten, en dat ik nu weer met het argument van gecontroleerd huilen op de proppen kwam, was niet overtuigend.

Ik had verlof opgenomen vanwege overspannenheid, ontdekte Parels na een paar telefoontjes te hebben gepleegd, dus mijn argument dat ik een competente maatschappelijk werkster was, was niet overtuigend.

Ik rook naar drank en er stonden dertig lege wijnflessen in de keuken, en mijn argument dat ik ze had opgespaard en binnenkort allemaal tegelijk naar de glasbak zou brengen, was niet overtuigend.

Iedereen behalve Parels praatte enigszins plat, dus mijn argument dat ik 'van goede afkomst' was, viel bepaald niet goed.

Ik had blijkbaar schimmige kennissen, suggereerde Parels terwijl ze nadrukkelijk naar Chas keek, en mijn argument dat Chas ondanks zijn strafblad en het feit dat hij daarnet een kind had verwaarloosd, een goede jongen was, was niet overtuigend.

Ik had een wilde blik in mijn ogen, en mijn argument dat ik gewoon slaap nodig had, was niet overtuigend.

Mijn ouders namen hun telefoons niet op, en ik had verder geen familie in Glasgow, dus mijn argument dat mijn familie altijd telefonisch bereikbaar was, was niet overtuigend.

En het voorstel van de agente om contact op te nemen met mijn vriendin Sarah van het vorige voorval en haar vannacht hier te laten logeren, maakte het er niet beter op, want: 'Ik heb echt geen idee waar ze is. Geen flauw idee! Hoe moet ik weten waar ze is?'

'Maar als we haar kunnen bereiken, zou u het dan goedvinden dat Sarah hem van u overneemt totdat u zich beter voelt?' vroeg ze.

'Natuurlijk,' zei ik.

Ze pleegden een aantal telefoontjes, ik gaf hun een aantal telefoonnummers en daarna barricadeerde ik Robbies slaapkamer toen Bleke Miet en Parels die richting op liepen.

Het is alleen voor vannacht, zeiden ze, u hebt rust nodig, het is maar tot u weer wat bent gekalmeerd. U hoeft zich totaal geen zorgen te maken.

Ik hield hen tegen met mijn armen toen ze naar binnen probeerden te gaan.

We zullen uw moeder en Sarah proberen te bellen, zeiden ze, we zullen het blijven proberen, u hoeft zich vannacht geen zorgen over hem te maken, hij gaat naar een veilige plek.

Ik ging voor de wieg staan toen ze hem probeerden te pakken.

We zullen morgen een noodhoorzitting inlassen, zeiden ze, dan komen we er wel uit.

Ik klampte me aan Robbie vast toen ze me hem probeerden te ontfutselen.

Het is alleen voor vannacht, zeiden ze, tot u nuchter bent geworden en ondersteuning hebt geregeld.

Ik huilde met open mond toen ze de gang door liepen.

We zullen uw vriendin Sarah en uw moeder blijven bellen.

Toen ze over de platliggende deur liepen, riep ik: 'U hebt zijn medicijnen vergeten! Hij heeft oorontsteking! Zijn koorts moet onderdrukt worden, anders heeft hij ondraaglijke pijn!'

Parels nam het zakje van de apotheek aan en liep met mijn mooie zoontje in haar paarlen armen de trap af.

Ik zeeg neer op de grond van mijn rommelige gekkenappartement, stinkend naar alcohol en zweet, met rode huilogen, één bonk hysterie, en zei tegen mezelf: natuurlijk moesten ze hem meenemen. Ze hadden geen keus… Ik zou het ook hebben gedaan!

Daarna keek ik op en zag Chas daar schaapachtig staan.

'Je moet gaan,' zei ik.

Hij verzette geen stap.

'Ga weg!' schreeuwde ik. 'Ga weg!'

Mijn geschreeuw overtuigde hem ervan dat hij beter kon vertrekken. Hij liep de gang uit, zette de kapotte deur weer hachelijk rechtop en liet me achter met mijn verwoeste, lege, klo-televen.

Ik moet urenlang op de vloer van de gang hebben gezeten, voor-dat ik mezelf overeind hees en de woonkamer in liep. Wezen-loos keek ik naar de foto's op mijn schoorsteenmantel: Sarah en Kyle in de universiteitskapel; mijn ouders die glimlachend aan het wandelen waren in de Pyreneeën; Robbie in het wiegje in het Queen Mother's Hospital. Dingen die zekerheden waren geweest in mijn leven, dingen die er niet meer waren.

Waar moest ik het eerst gek van worden?

Dat ik Robbie kwijt was?

Dat ik Sarah had vermoord?

Chas?

Kyle? Die reed inmiddels noordwaarts met een zaag, een stel messen en een aantal grote afvalzakken in zijn achterbak. Om-dat hij me liever nooit meer onder ogen kreeg, zou hij me een sms'je sturen met de tekst 'ja' om te laten weten dat het achter de rug was. Ik kon dus – voorlopig – niet meer doen dan de piep af-wachten.

En toen schoot het me te binnen. Ik had mijn telefoon niet opgeladen. Ik stak de stekker in het stopcontact en wachtte tot de telefoon weer tot leven kwam. Toen dat gebeurde, zag ik dat ik maar één telefoontje had gemist, niet van de politie, niet van Kyle, maar van mijn ouders.

Ik keek op de klok. Het was zes uur 's ochtends. Kyle zou nu wel ter plekke zijn. Hij hakte nu waarschijnlijk haar lichaam in stukken, om het in de onschuldige vuilniszakken te stoppen. Hij sneed nu waarschijnlijk haar arm af…

Jezus, hier moest een eind aan komen. Er moest een eind aan komen. Ik belde hem, maar hij nam niet op. Ik bleef het probe-ren. 'Deze telefoon is uitgeschakeld,' zei een eentonige stem keer op keer. 'U kunt een…'

Ik nam een besluit. Of hij het nu goedvond of niet, ik zou een douche nemen, me aankleden en me voorbereiden op een bekentenis op het politiebureau van Drumgoyne. Robbie zou bij mijn ouders beter af zijn.

Ik liet mijn ogen voor de laatste maal door de kamer glijden. Overal in het vertrek waren tekenen te bespeuren van een gelukkig leven: de Baby Gym, souvenirs van vakanties in Spanje en Italië, een foto van papa en mama op hun trouwdag, mijn doopfoto, Chas en Kyle en ik als studenten, Sarah en ik op haar trouwdag, Robbie en ik op de schommel in de tuin van mijn ouders. Terwijl ik om me heen keek naar al deze relikwieën van geluk, besefte ik dat me het mooiste leven was geschonken dat een mens maar kon hebben.

En terwijl ik naar al die aandenkens zat te kijken en over mijn volmaakte leven nadacht, vroeg ik me dan ook af: hoe had ik het klaargespeeld om er zo'n puinhoop van te maken?

27

Chas had Krissies vraag kunnen beantwoorden. Hij wist het.

Hij zat op het stoepje voor de voordeur van Krissies appartementengebouw te wachten tot ze was gekalmeerd, en bedacht intussen hoe hij zich zou verontschuldigen en zijn plan van aanpak zou bijstellen. Hij kon nauwelijks geloven dat hij in zo'n korte tijd zoveel schade had aangericht, en hij was woedend op zichzelf, want als er iemand was die wist dat Krissie steun nodig had in plaats van problemen, dan was hij het wel.

Toen Chas had besloten zijn studie geneeskunde eraan te geven, waren zijn ouders uit hun vel gesprongen. Zijn zus, die inmiddels advocate was in Edinburgh, kwam over en probeerde het hem uit het hoofd te praten, maar hij wilde niet luisteren. Zagen ze dan niet in dat dit een juiste beslissing was? Hij vertelde hun dat hij de wereld wilde zien. Dat hij iets creatiefs wilde doen. Schrijven of schilderen? Dat wist hij nog niet precies. Het enige wat hij wist, was dat hij geen arts wilde zijn. Hij had geen behoefte aan bakken met geld. Hij had geen behoefte aan een lidmaatschap bij de golfclub, een investeringsobject, of een Aga-fornuis. Hij had er behoefte aan om zoveel mogelijk te zien en te ondergaan, en alles te zijn wat hij maar kon zijn, en uiteindelijk zou hij wel weer thuiskomen, maar niet voordat hij werkelijk had ervaren wie hij was.

Eigenlijk was Kyle degene geweest die het akeligst reageerde.

Hij was boos geworden op Chas omdat hij er de brui aan gaf. 'Wat zonde! Wat een slappeling.'

Maar Krissies moeder, Anna, was het juiste recept voor de gesjeesde dokter geweest. Ze was met een fles wijn en een paar zakken chips komen aanzetten en had een buffet opgezet in de serre.

'Weet je, Chas, soms zijn mensen domweg bang voor de reactie van anderen: of ze hun ouders zullen teleurstellen, of hun vrienden hen nog wel zullen respecteren. Als je blijft waar je bent en doet wat iedereen zegt, zul je op een dag wakker worden en beseffen dat je dood bent.'

Ze hadden die avond urenlang gepraat. Kyle was toen op vakantie geweest en Krissie was de hort op met een onguur type uit Aberdeen, dus ze hadden het huis voor zich alleen gehad. Anna vertelde hem dat zij gekke dingen had gedaan voordat ze een geregeld leven ging leiden en dat ze daar verdomd blij om was, want nu hoefde ze nergens spijt van te hebben en niets te bewijzen. Alles aan haar leven en haarzelf beviel haar, met uitzondering misschien van haar gegroefde hals.

Chas praatte met Anna over schilderen, en vertelde haar dat hij gelukkig werd als hij een penseel in zijn hand had. Sinds hij met zijn studie geneeskunde was gestopt, had hij drie baantjes tegelijk gehad om te sparen voor de reizen die hij wilde gaan maken, en elke vrije minuut was hij op zijn kamer bezig geweest met schilderen. Toen het gesprek op het onderwerp 'relaties' kwam, zei Chas: 'Jij en Dave zijn zo gelukkig, zo ontspannen. Zou ik mogen vragen...' Hij aarzelde.

'Je wilt me vragen waarom Krissie niet zo is.'

Ze had gelijk, dat was precies wat hij haar wilde vragen. Krissie was het toppunt van levenslust. Als ze de kamer in kwam, gaf ze licht. Ze was de smeerolie voor een stroef feest, het oppepmiddel voor een gedeprimeerde vriend in nood. Maar wat relaties betrof was ze een ramp.

Anna keek hem ernstig aan.

'Je bent verliefd op haar, hè, Chas?'

Hij had zin om in huilen uit te barsten.

Na een korte stilte vertelde Anna Chas een verhaal dat de daaropvolgende tien jaar zijn leven zou bepalen, zoals het dat van Krissie vanaf haar zesde had bepaald.

De dingen die Anna hem vertelde brachten Chas tot razernij. Plotseling viel alles op zijn plaats.

'Ga nou geen domme dingen doen!' zei Anna. 'Denk om Krissie.' Hij beloofde haar dat hij dat niet zou doen en zei haar na dat niemand er iets mee opschoot als hij het heft in eigen handen zou nemen.

'Ze heeft gewoon tijd nodig,' zei Anna. 'Geef haar de tijd.'

De volgende dag verliet Chas Glasgow voor zijn tweede grote reis. Hij werkte in cafés, tekende in het Himalayagebergte, ontmoette de dalai lama, reed op een kameel door Rajasthan, schilderde in Maleisië, schreef in Vietnam, schilderde op Bali en daarna bij Ularu en in Kathmandu.

Op elke tekening die hij maakte was zij aanwezig: achter een deur, op een rots, zwemmend in zee – altijd was ze er, de vrouw die hij de tijd gaf.

En toen kwam hij weer thuis. Als schilder. Niet bang voor de wereld, wetend wat hij was en wat hij wilde doen, en van plan om dat te delen met de vrouw die hij aanbad.

28

Kyle vertrok rond elf uur 's avonds uit Glasgow. Hij had al het gereedschap dat hij nodig had bij zich in zijn nood-artsentas en reed in minder dan drie uur rechtstreeks naar Glencoe. Hij wist dat het moeilijk zou worden in het donker, dus hij had verschillende zaklantaarns meegenomen. Hij was van plan om een van de bagagewagentjes van het hotel achterover te drukken, Sarahs in stukken gehakte lichaam daarin naar zijn auto te vervoeren en alles te lozen in de mijn in de buurt van Crianlarich waar ze langs waren gelopen.

Toen hij bij het hotel aankwam, stond de deur open en was er niemand in de lounge. Hij sloop naar binnen en wierp een blik om zich heen, maar de bagagewagentjes waren nergens te bekennen. Hij keek of hij er een kon vinden in de stalen keuken, en rende toen de trap op naar de eerste verdieping, waar hij er een meegriste dat bij de lift stond. Hij sleurde het de trap af en de lounge uit en ging toen het pad op.

Het bagagewagentje was geen goed idee geweest. Kyle had nog nooit met een baby in een buggy of een invalide in een rolstoel over kinderkopjes gewandeld. Als hij dat wel had gedaan, had hij geweten dat wielen en hobbelige paden niet samengaan. Het hossebossende wagentje stribbelde om de haverklap tegen, en na vijftig meter dankte hij het af. Hij zou nu misschien twee keer op en neer moeten lopen, maar het was nog maar dertien over drie, dus hij had zeeën van tijd. Hij liet het wagentje bij de bergflank staan en liep verder, terwijl de zwakke lichtrondjes van zijn zaklantaarn het pad kietelden.

Toen Kyle ongeveer halverwege was, verliet hij volgens Krissies instructies het pad, en hij klauterde recht omhoog tot hij niet verder kon.

Hij zag de richel aan zijn rechterkant en daalde af in die richting, net als Krissie had gedaan. Algauw zag hij de eerste grot die ze had beschreven. Zoals ze had aangegeven, legde hij nog eens dertig meter af en daarna begon hij de rotsspleet te zoeken.

Hij zag een kleine grot en wierp er een blik in. Krissie had niets gezegd over een tweede grot, maar in deze grot zat een spleet die met grote keien was gevuld.

Toen Kyle een kei uit de spleet probeerde te wrikken, moest hij een beroep doen op al zijn kracht, vastberadenheid en adrenaline om het te kunnen volbrengen. Zijn kuiten waren tot het uiterste gespannen, zijn armen waren als die van Popeye na de spinazie, zijn ademhaling was krachtig en gericht, en zijn zweetklieren draaiden op volle toeren.

Toen het langzaam tot hem doordrong dat deze kei in zijn geheel vastzat aan de rotswand, sprongen er drie reusachtige spinnen vanaf de bovenkant van de grot in zijn nek.

Kyle sprong op en neer, schudde zijn haar uit, rukte zijn shirt uit en rende op zijn tenen in het rond, terwijl hij zich met zijn handen afklopte.

Toen hij eenmaal wat was gekalmeerd, kwam hij tot de conclusie dat de rotsspleet waarschijnlijk ergens anders was.

Er ging nog een uur op aan zoeken. Toen was het vijf voor halfvijf, dus hij had niet veel tijd meer, en hij besefte dat hij Sarahs hele lichaam in één keer zou moeten meesjouwen. Zo nu en dan hoorde hij onverklaarbare geluiden boven zijn hoofd en dan verschool hij zich in de hei, en tot driemaal toe stond hij aan keien te rukken die niet van plan waren mee te geven.

Angst vlamde in hem op toen hij een luid gekrab hoorde. Vast een vogel, hield hij zichzelf ter geruststelling voor, terwijl hij om zich heen keek en vaststelde dat er niemand was. Het gekrab hield aan en aangezien hij nergens een vogel – of wat voor beest dan ook – kon ontwaren, kneep hij zijn ogen samen en volgde hij het gekrab over de grond tot het zo luid was geworden dat het leek alsof het onder zijn voeten vandaan kwam. Hij knielde neer en schraapte wat aarde weg, maar het geluid verdween. Hij schudde zijn hoofd. Hij werd malende. Hij ging rechtop zitten en liet zijn hoofd tegen de rotswand leunen.

Terwijl hij daar met zijn hoofd tegen de rots zat, begon het gekrab weer. Hij sperde zijn ogen open. Drie tellen lang bleef hij met wijd open ogen roerloos zitten, en daarna bracht hij zijn hoofd langzaam opzij, tot zijn zaklantaarn rechtstreeks gericht was op de met hei bedekte en met keien gevulde rotsspleet die Krissie had beschreven.

Het gekrab werd luider toen hij opstond en aan de grootste kei begon te trekken, die vastzat aan de onderkant van de opening. De kei viel met een plof op de grond.

Kyle staarde een ogenblik in het duister; het geluid was nu zo krachtig dat het door het dal leek te galmen. Zijn hartslag was bijna net zo luid als het gekrab, en toen het gekrab ophield, was het alsof ook zijn hart stilviel. Geen ademzucht, geen geluid, niets, alleen duisternis en stilte.

Maar dat duurde niet lang, want net toen Kyle zich begon te ontspannen, sprong er een rat uit de rotsspleet naar hem toe, zodat zijn hart weer in beweging werd geslingerd.

'Jezus!' riep hij, en hij kwam wat tot bedaren toen de rat de bosjes in schoot. Een rat, godbetert!

Er daalde iets spookachtigs neer op het dal. Hij draaide zich om en keek naar het zwarte gat waarin de rat huisde. De duisternis ervan was angstaanjagend, en trillend kwam hij met zijn zaklantaarn dichterbij om een blik naar binnen te werpen. Langzaam, centimeter voor centimeter, liep hij naar voren… hij was er nu bijna, bijna…

De hand schoot in een flits op hem af. Een witte, magere, knokige hand, die zijn gezicht vastgreep. Lange nagels boorden zich in zijn vlees.

Kyle slaakte een gil van pure doodsangst terwijl hij de levenloze hand van zich afsloeg zoals hij de spinnen van zich af had geslagen. Maar nadat hij de arm had teruggeworpen naar de rotsspleet, drong het tot hem door dat deze hand niet levenloos was.

Deze hand leefde.

Kyle verwijderde met bijna bovenmenselijke kracht de rest van de keien. Toen de laatste op de grond viel, sloeg de stank uit de afgesloten ruimte hem in het gezicht en hij kokhalsde. Hij bedekte zijn mond en neus en tuurde in de rotsspleet. Zijn vrouw deed haar ogen open en keek terug. Ze was bleek en bloederig en ze stonk. Haar lichaam en één arm waren in de paarse tent gewikkeld. De andere arm was niet ingepakt, en zag eruit alsof hij niet bij haar hoorde.

'Sarah. Stil maar. Ik kom je halen. Het is al goed,' zei hij, terwijl hij haar uit de rotsspleet trok, haar zo snel mogelijk uitpakte, en nogmaals kokhalsde toen de onderste helft van haar lichaam aan de lucht werd blootgesteld.

Hij controleerde haar ademhaling en haar polsslag, liet haar toen rechtop zitten en nam haar huilend in zijn armen.

'O, godzijdank, Sarah. Je leeft nog. Sarah, mijn Sarah. Godzijdank. Mijn lieveling.'

29

Het waren drieëntwintig lange, folterende uren geweest voor Sarah, maar ook bijzonder therapeutische, zoals uiteindelijk bleek.

Ze had veel over zichzelf en haar verleden geleerd en een aantal verstandige plannen gemaakt voor de toekomst, als ze die tenminste nog had.

Ongeveer twee uur nadat Krissie bij haar was weggegaan, kwam Sarah bij. Het was aardedonker en ze reageerde heel normaal voor iemand die bij bewustzijn kwam en vervolgens ontdekte dat ze gewond was, in een tent was gewikkeld, onder het bloed zat, in een rotsspleet was geduwd en was achtergelaten om te sterven. Toen ze wat bekomen was van de eerste schok, begon ze te huilen, te trillen en te schreeuwen.

Het verbaasde Sarah dat ze haar hysterie zo lang kon volhouden. Ondanks allerlei belemmeringen – ze kon zich niet bewegen, ze kon niets zien en ze kon zich niet verstaanbaar maken vanwege de snijwonden en zwellingen in haar mond – was haar paniekreactie onovertroffen.

'Ik ga dood, ik ga dood, ik ga dood,' zei ze telkens, minstens twee uur lang.

Ze had behoorlijk wat oefening gehad, dat stond vast. Vanaf haar zesde had ze regelmatig paniekaanvallen gehad, die meestal ontstonden wanneer ze zich in een kleine ruimte bevond. Ze was zich daar bewust van geworden op het feestje ter gelegenheid van de zesde verjaardag van Marie Johnston, toen ze tijdens het verstoppertje spelen naar boven rende en via een klein deurtje de donkere vliering van het huis op klom. Nadat ze het deurtje dicht had gedaan, had ze een paar minuten zitten giechelen, totdat ze merkte hoe donker en stoffig de vliering was, en ze besefte dat ze beter kon maken dat ze wegkwam. Maar dat kon niet. Want Marie en haar broer Willie blokkeerden de deur.

'Laat me eruit!' had ze geschreeuwd.

Maar dat deden ze niet. Ze vonden het wel grappig. En Sarah maakte iets mee wat een zesjarige niet zou mogen meemaken. Ze dacht werkelijk dat ze dood zou gaan.

Uiteindelijk was Maries moeder naar boven gekomen om te zien wat al dat gegiechel te betekenen had, en toen ze de deur opendeed trof ze Sarah aan, die badend in het zweet heen en weer zat te wiegen en aan één stuk door 'Ik ga dood, ik ga dood, ik ga dood' prevelde.

Vanaf dat moment controleerde Sarah overal en altijd of er vluchtroutes waren. In de bioscoop ging ze op de achterste rij zitten. Ze ging nooit met de lift, zat nooit op de achterbank van de bus, nam nooit de metro, en telkens wanneer ze ergens kwam waar ze niet eerder was geweest, was ze het eerste halfuur bezig met het opsporen van de uitgangen.

Toen ze een paar avonden daarvoor 'confrontatie' hadden gespeeld bij het meer, was het niet tot Krissie en Kyle doorgedrongen dat ze geen moeite had met de slaapzak. Ze had de rits in haar hand gehad. Ze hoefde er maar aan te trekken en ze kon ontsnappen. Tijdens dat kwartier in de slaapzak had ze geen moment gedacht dat ze dood zou gaan. Er was een vluchtroute.

Deze angst voor afgesloten ruimtes was een van de redenen waarom ze naar de therapeute was gegaan. Ze wilde er niet door geplaagd worden als ze eenmaal kinderen zou hebben, en de eerste paar sessies waren erg waardevol voor haar geweest omdat ze haar zelfgesprekken had leren ombuigen. In plaats van een put van wanhoop en angst voor zichzelf te graven door te zeggen: 'Ik ga dood, ik ga dood,' leerde ze te zeggen: 'Het komt wel goed, ik red het wel.'

Maar na de eerste paar sessies besloot de therapeute dat ze erachter moest zien te komen wanneer het allemaal begonnen was. Zij geloofde niet dat het op Marie Johnstons vliering begonnen was, omdat Sarah toegaf dat ze een jaar daarvoor soortgelijke angsten had gehad. Zij geloofde dat het thuis begonnen was, en de daaropvolgende tien gesprekken probeerde ze stukje bij beetje de waarheid uit Sarah te trekken.

Maar Sarah brak niet.

Toegegeven, haar moeder was altijd de hort op geweest toen ze klein was, maar ze had wel elke avond bij het slapengaan iets voorgedragen door de telefoon.

Toegegeven, haar vader lustte een borrel, maar hij was ervandoor gegaan.

Toegegeven, haar ouders waren uit elkaar gegaan toen ze vijf was, maar Sarah was dol geweest op haar nieuwe stiefvader. Hij was filmproducer, kon zalige chocolademelk met marshmallows maken en had haar een gesigneerde poster van John Mellencamp cadeau gedaan.

Niets bijzonders. Een doorsnee verknipt gezin, zoals er zoveel waren.

Na afloop van de laatste sessie was Sarah beladen met goede raad de kamer uit gelopen. Ze moest zichzelf en anderen vergeven en van zichzelf en anderen houden, bla, bla, bla. Ze kwam tot de conclusie dat het voornamelijk een hoop dure leuterkoek was, en toen ze er zelf wat onderzoek naar deed, ontdekte ze dat het niet eens nuttig was om de oorzaak van claustrofobie te achterhalen. Waar het om ging was dat je tactieken ontwikkelde om het de baas te worden.

Na de eerste vlaag van boosheid en paniek in de rotsspleet, was Sarah weer bewusteloos geraakt.

Toen ze wakker werd, was er acht uur voorbijgegaan sinds haar val, en ze wist niet zeker of ze haar ogen nu open had gedaan of niet, want wat ze ook deed met haar oogleden, het bleef donker. Het duurde even voordat de afgrijselijke waarheid tot haar doordrong, en het was onmogelijk om niet in hysterie terug te vallen. Ze was zo stevig ingepakt dat ze niet in staat was om haar hand, haar teen of welk lichaamsdeel dan ook te bewegen. De ruimte was zo klein dat haar neus de rots boven haar raakte, de vochtige, koude rots. Haar benen waren zijwaarts gebogen, wat een marteling was voor haar heupen, en ze had een folterende pijn in haar schouder.

Ze was levend begraven en ze zou doodgaan. Elk orgaan kwam in opperste staat van paraatheid, elke ledemaat kreeg een adrenalinestoot OM TOT ACTIE OVER TE GAAN. Maar ze kon zich niet bewegen, kon niet tot actie overgaan, en daarom stuiterde de adrenaline door haar lichaam om een uitweg te vinden, als een bij in een pot.

Ze viel waarschijnlijk keer op keer flauw, en telkens wanneer ze wakker werd viel de bij, inmiddels een gezworen vijand, haar opnieuw aan. Ze raakte zo doordrongen van zijn aanwezigheid dat ze zijn baan door haar heen bijna kon volgen, en kon voelen hoe hij snelheid minderde, van duizenden kilometers per uur naar honderden, naar tientallen, naar nul.

Sarah deed een beroep op de tactieken die ze tijdens de eerste paar sessies met haar therapeute had geleerd.

Opbouwende zelfgesprekken.

Ze sprak door haar gezwollen mond en haar stem joeg haar angst aan. Het klonk alsof ze een koptelefoon ophad.

'Het komt wel goed. Ik red het wel. Ik moet logisch nadenken.'

Ze stelde en beantwoordde hardop alle vragen die ze maar

kon bedenken, alsof ze een dokter was die informatie verzamelde om een diagnose te kunnen stellen.

Kan ik mijn benen bewegen?

Nee, ze zijn vastgebonden of in de tent gewikkeld, geloof ik.

Kan ik mijn tenen op en neer bewegen?

Ja, ik kan mijn tenen op en neer bewegen.

Is er voldoende zuurstof?

Er zitten minstens drie spleten tussen de keien. Maak je daar maar geen zorgen om.

Wat is dat in godsnaam?

Een arm.

Ik ga dood. O, god.

Je redt het wel.

Wiens arm?

Mijn god, het is mijn arm. Wat doet die daar? Ik ben verloren. Ik ben levend begraven.

Je bent niet verloren. Je arm is ontwricht, maar dat geeft niet. Het komt wel goed.

Toen het negende uur aanbrak, wist ze inmiddels dat ze tot aan haar nek in een tent was gewikkeld. Ze wist dat ze haar armen en benen niet kon gebruiken om de keien te verplaatsen, ook al leken die niet erg stevig in de spleet vastgezet te zijn. Ze wist dat haar keel snakte naar water, en dat ze vreselijk nodig moest poepen.

Om dat laatste uit haar hoofd te zetten, besloot ze een plan op te stellen. Een maand daarvoor had ze toevallig een documentaire gezien over een man die op de Everest voor dood was achtergelaten. Hij kroop dagenlang met een gebroken been door het ijs en de bergen, en wist uiteindelijk thuis te komen. De methode die hij had gevolgd was als volgt: alles stapje voor stapje doen.

Als ik die rots maar kan bereiken.

Als ik die richel maar kan halen.

Als ik die kloof maar in kan glijden.

Dat was dus wat Sarah de daaropvolgende vijf uur deed. De eerste taak was: haar arm uit de tent bevrijden.

Als ik me maar enigszins los kan wurmen uit de tent.

Als ik mijn heup maar twee keer naar rechts kan wringen.

Als ik mijn heup maar twee keer naar links kan wringen.

Dus ze wrong.

En wrong.

Opnieuw.

En nogmaals.

Zo nu en dan maakte ze zichzelf wijs dat ze vooruitgang had geboekt, maar ten slotte moest ze toegeven dat er tegenover elke wringende beweging die de tent losser had gemaakt, een wringende beweging was geweest die hem strakker had getrokken.

Ze lag al uren in de donkere stilte toen haar telefoon plotseling begon te schallen. Het melodietje was 'Scotland the Brave'.

Hark when the night is falling
Hear the pipes are calling
Loudly and proudly calling
Down through the glen

There where the hills are sleeping
Now feel the blood a leaping
High as the spirits
Of the old highland men

Towering in gallant fame
Scotland my mountain hame
High may your proud standards
Gloriously wave

Land of my high endeavour
Land of the shining river
Land of my heart forever
Scotland the Brave

Het was doordringend, blikkerig en eindeloos, en het kwam uit haar jaszak.

Na de eerste schrik deed ze opnieuw haar best om logisch na te denken.

Een van haar armen was ontwricht en lag achter haar nek. Ze kon met deze arm niet bij de beltoets.

De andere arm was zo strak omwikkeld met de opgerolde stof van de tent, dat ze hem nooit zou kunnen loswrikken.

Ze lag in de stabiele zijligging, met licht gebogen knieën, maar na een aantal pogingen om haar knieën naar haar borst te brengen, besefte ze dat ze dat wel kon vergeten. De grot was te klein, het omhulsel rond haar benen was te strak, en haar tieten waren goddomme te groot.

Toen het telefoonsignaal ophield, staakte ze haar pogingen en ze barstte in tranen uit. Haar enige hoop was in rook opgegaan.

Niet lang daarna ging de telefoon opnieuw, en het geluid overspoelde haar als een vloedgolf. Ze herhaalde alle bovengenoemde pogingen en gooide ditmaal ook haar kin in de strijd. Als ze haar hals maar kon buigen, dieper, dieper, om op de toets te drukken.

Het lukte niet.

In de daaropvolgende twee uur werd er nog tien keer gebeld. Sarah raakte vertrouwd met alle rouwstadia en deed ze stuk voor stuk eer aan, terwijl het liedje door haar borst en om het hol heen kabbelde. Ze krijste van frustratie, probeerde zich verwoed in allerlei bochten te wringen, riep, schreeuwde en jammerde in haar 'mountain hame', werd kotsmisselijk en hoorde ten slotte zo kalm mogelijk aan hoe het liedje ophield, telkens op hetzelfde moment, tijdens de tweede herhaling...

There where the hills are sleeping
Now feel the blood a leaping
High as...

Het was bijna een opluchting toen er niet meer werd gebeld, en ze kon uitrusten.

Sarah had ooit geholpen bij een bevalling, voordat ze zich specialiseerde in intensive care. Tot haar verbazing was de kraamvrouw vastbesloten geweest zichzelf niet te schande te maken. De vrouw perste er een kind uit, schreeuwde moord en brand, zei dingen als: 'Klootzak, kom terug om mijn hand vast te houden,' maar was vastbesloten om zichzelf niet te bevuilen, en ze smeekte de vroedvrouw haar te waarschuwen als dat dreigde te gebeuren.

Sarah had dat enigszins belachelijk gevonden. Wat kon het je schelen als de houdbaarheidsdatum van je waardigheid toch al ruimschoots verstreken was?

De vroedvrouw zei uiteraard geruststellend tegen de vrouw dat het nog lang niet dreigde te gebeuren, en ondertussen verwijderde ze snel en onopvallend een luier vol stront.

Maar nu Sarah daar lag, strak ingepakt in haar doodskist van tentdoek, begreep ze het. Je darmen in bedwang houden is het laatste beetje respect dat je jezelf kunt betonen en je bent zodanig geprogrammeerd dat je de boel niet laat lopen. Maar de energie en concentratie die het vergde om alles op te houden waren een marteling. Afknijpen, ademhalen, de pijn wegtellen, vasthouden, afknijpen en ademhalen. Af en toe was er een korte verlichting, en dan huilde Sarah van opluchting, om meteen weer aan het werk gezet te worden. Afknijpen, ademhalen.

Uiteindelijk werd ze erdoor overvallen toen er geen houden meer aan was, en ze huilde terwijl ze verslapte en haar laatste beetje zelfrespect losliet.

In je eigen stront liggen is niet prettig. Daar word je kotsmisselijk van.

In je eigen stront en braaksel liggen is niet prettig. Daar word je opnieuw kotsmisselijk van.

Na een hopeloze cyclus van uitdrijvingen besloot Sarah telkens kleine hapjes lucht te nemen, en toen viel de stank haar niet langer op. Ze begon te ijlen en met de spin in de hoek te kletsen.

'Hallo, kleintje, hallo Charlotte. Kun je me helpen? Nee, hè? Weet je wat? Ik ga deze met mijn voorhoofd wegduwen.'

Sarah gaf met haar voorhoofd kleine duwtjes tegen de kei aan de rechterzijde. Ze duwde, rustte uit, duwde, rustte uit, en toen het bloed langs haar neus haar mond in stroomde, likte ze het op en gaf ze nog één duw, voordat ze opnieuw bewusteloos raakte.

Wat was dat?

Sarah hoorde gepraat. Een man die iets zei en een meisje dat lachte.

Ze zei onwillekeurig: 'Ik ga dood ik ga dood ik ga dood.' Maar toen Sarah haar eigen stem hoorde, wist ze dat dit een droom was, want die stem was de stem van haar als zesjarige. Ze was klein, en ze wiegde prevelend heen en weer. De deur van deze donkere plek zat op slot en de man en het meisje voor de deur vielen stil. Daarvan raakte ze in paniek en ze begon onafgebroken op de donkere, afgesloten deur te bonken.

'Nee! Hou op! Laat me eruit!'

Ze werd wakker en was bijna opgelucht toen ze besefte dat ze zich in de rotsspleet bevond en niet op die andere plek. Ze keek glimlachend naar de spin.

'Dit lukt zo niet, hè? Misschien zijn die piepkleine, overzichtelijke stapjes bruikbaar in Nepal, maar niet in de Hooglanden.

Ik ga een lijstje maken van dingen die gedaan moeten worden, met een aantal buitensporig ambitieuze plannen. Nummer één: ik zal je eens alles uit de doeken doen over Kyle McGibbon.'

Terwijl ze daar omringd door spinnen in die pikdonkere, angstaanjagende ruimte lag, scharrelde er na verloop van tijd een rat via haar bovenlijf omhoog naar haar gezicht. Ze keek ernaar, zonder zich te verroeren, en hun glinsterende ogen ontmoetten elkaar.

'Hallo,' zei Sarah met een vervormde, zware stem. 'Ik heet Sarah.'

Lang voordat de rat verscheen waren de plannen, de zelfgesprekken, de poging om de uren te tellen en de zorgen over stront en braaksel al vervaagd. Sarah had in een wereld van wervelende dagdromen gelegen, een wereld waarin een klein meisje huilde, een wereld zonder God. Het was een op zichzelf staande wereld, die op een bijna troostende manier van de realiteit verwijderd was, en Sarah ervoer het dan ook als een wrede onderbreking toen de kei die besmeurd was met het bloed van haar voorhoofd met een plof op de grond viel.

Sarah was bang. Ze voelde zich zoals het meisje in het donkere vertrek zich had gevoeld, al die keren dat haar stiefvader eindelijk de deur van het slot deed.

Sarahs stiefvader heette Mike en hij had de opwindendste baan ter wereld. Hij had jarenlang films gemaakt in Hollywood voordat hij naar het Verenigd Koninkrijk verhuisde om aan een opwindend nieuw televisieproject te gaan werken. Hij was voor de borsten van Sarahs moeder gevallen en naar Glasgow verhuisd om bij hen te zijn.

Een jaar lang was Sarah zielsgelukkig. Haar oude vader die haar in de steek had gelaten was vervangen door een spiksplinternieuwe, die dol op haar was en haar de hele week gruwelijk verwende. Mike gaf haar geld en snoepjes en maakte de lekkerste chocolademelk van de wereld voor haar. Als hij daarmee bezig was, zat ze aan de eetbar toe te kijken hoe hij zorgvuldig de melk opwarmde in een klein pannetje, de cacao in een kopje vermengde met een beetje warm water, het kleverige chocolademengsel aan de melk toevoegde en alles voorzichtig doorroerde. Daarna schonk hij de chocolademelk in een grote, witte beker, zette die voor haar neus neer en keek toe hoe ze glimlachte terwijl hij drie dikke, roze marshmallows in het drankje liet vallen. Telkens wanneer ze de marshmallows zag wegsmelten in de warme, bruine melk werd ze overspoeld door een zalig gevoel van tevredenheid. Tot op de dag van vandaag was dat haar allerfijnste herinnering.

Mike nam haar ook regelmatig mee naar de bioscoop, las haar verhaaltjes voor bij het slapengaan, paste op als haar moeder met vriendinnen uitging en stond toe dat ze naar tv-films keek, ook al waren ze niet geschikt voor alle leeftijden. Het enige wat ze voor hém hoefde te doen, was haar vriendinnetjes vaak thuis uitnodigen en daarna zelf braaf in de aangrenzende kamer blijven.

Toen de kei op de grond viel, wilde Sarah bijna zeggen: 'Dank je wel, Mike,' zoals ze vroeger had gedaan wanneer hij de deur van de aangrenzende kamer van het slot deed, maar ze was in de afgelopen drieëntwintig uur veranderd, en zou voortaan lak hebben aan goede manieren. Dus stak ze haar hand uit om het voor haar opdoemende gezicht vast te grijpen, en deed ze haar uiterste best om het met haar nagels aan flarden te krabben. Sarah was waarschijnlijk weer flauwgevallen, maar toen ze wakker werd gaf Kyle haar iets te drinken en duwde hij met een krakend geluid haar schouder weer in de kom. Hij liep methodisch haar lichaam langs. Ze kon haar gezette arm bewegen, waaraan wonderlijk genoeg verder niets bleek te mankeren. Ze kon haar vingers bewegen. Ze kon knikkend beamen dat ze Sarah heette en dat ze in Schotland was en dat Tony Blair de premier van Groot-Brittannië was. Ze kon beide benen bewegen.

'Je gezicht is gezwollen, en er zijn twee ribben gebroken… maar dat komt wel weer in orde, je bent verder gezond en wel.'

Sarah lag daar nog een minuut of zestig terwijl Kyle haar voedde, medicijnen toediende en haar ribben verbond. Ze kon niet praten, wilde niet praten, wist niet wat ze moest zeggen, dus ze kwam zwijgend weer een beetje op krachten.

Na verloop van tijd kon ze weer scherp genoeg nadenken om te beseffen dat ze boven op de punt lag van een van de tentstokken die Krissie had begraven, en scherp genoeg zien om te beseffen dat er in Kyles tas met spullen ook zagen en vuilniszakken zaten, en dat hij hiernaartoe was gekomen om haar in stukken te zagen.

Haar woede laaide zo snel op en was zo allesverterend dat ze de tentstok onder zich vandaan trok, rechtop ging zitten en het ding dwars door een van Kyles helderblauwe ogen stootte, diep zijn hersenen in.

Hij spartelde. Hij hoorde niet te spartelen. Hij hoorde ter plekke morsdood neer te vallen. In plaats daarvan zwaaide hij woest met zijn armen en kwam hij overeind. Sarah had niet de kracht om achter hem aan te rennen. Ze stond op in haar met pis en stront besmeurde broek, trok een andere tentstok tevoorschijn en liep Kyle langzaam achterna. Hij strompelde zielig naar de richel en probeerde om hulp te roepen. Ze hoefde maar een meter of tien te lopen voordat hij zo traag was geworden en zoveel bloed had verloren dat ze hem kon inhalen. Ze keek hem aan in het oog waar geen tentstok uit stak, hield hem vast bij zijn schouders en doorboorde toen zijn linkeroogkas met staal.

Sarah duwde Kyle voorover en beide tentstokken drongen met een zompig geluid verder zijn hoofd in.

Het was nog steeds donker, dus Sarah had genoeg tijd om Kyles lichaam op de plek te leggen waar zij de afgelopen drieëntwintig uur had doorgebracht. Ze vroeg zich af waarom Kyle haar zo nodig in stukken had willen zagen en haar had willen afvoeren. Dat was volstrekt niet nodig. Niemand zou hier ooit een lijk vinden. Nadat ze de ingezogen tentstokken eruit had getrokken, zijn hart een paar keer had doorboord en zijn beide armen had afgezaagd zodat hij netjes in de rotsspleet zou passen, was ze ervan overtuigd dat hij dood genoeg was om zich gedeisd te houden, en ze duwde hem de spleet in.

Daarna stak ze haar hoofd in de spleet om haar spin te zoeken voor de garnering.

'Hallo Charlotte,' zei ze terwijl ze hem uit het web plukte dat hij voor haar plezier zo zorgvuldig had geweven. Daarna keek ze naar Kyles gezicht met zijn gapende ogen. Ze drukte voorzichtig zijn zachte onderlip naar beneden, wrikte met haar vingers zijn tanden van elkaar, en gooide Charlotte in zijn mond.

'Dit is Kyle, de man over wie ik je heb verteld.'

Sarah begon de keien terug te leggen. Ze had toezicht gehouden op de restauratie van haar stenen muur bij Loch Katrine, dus ze wist er het een en ander van, en ze slaagde erin om de rotsspleet vakkundig te camoufleren, in tegenstelling tot Krissie, die (zoals gewoonlijk) slordig te werk was gegaan.

Daarna trok ze haar bevuilde broek uit en vinkte ze in gedachten het eerste onrealistisch grootschalige plan af dat ze in het donker had gemaakt.

Kyle vermoorden.

Wat een mazzel dat hij zomaar was verschenen. Als ze er ooit in zou zijn geslaagd zichzelf te bevrijden, zou het haar waarschijnlijk uren hebben gekost om lopend de veiligheid van de bewoonde wereld te bereiken, en vervolgens dagen om hem op te sporen.

Hij was niet alleen als een geschenk uit de hemel verschenen, hij had haar ook nog eens zodanig opgekalefaterd dat ze sterk genoeg was om hem onmiddellijk van kant te maken.

Krissie vermoorden zou niet tot Sarahs wraaknemingen behoren. Niet dat ze Krissie niet wílde vermoorden – ze kon zelfs nauwelijks bevatten dat haar vriendin haar zoiets had aangedaan – maar Sarah had lang geleden met God afgesproken dat ze haar vriendin nooit meer iets zouden laten overkomen.

Trouwens, Robbie in handen zien te krijgen – het kind dat haar in haar ogen rechtmatig toebehoorde – zou een afdoende wraak zijn.

Maar hoe?

Toen de telefoon ging in haar jaszak, schrok Sarah zich niet meer wezenloos. Maar ze was even de kluts kwijt, tot ze zich herinnerde dat ze haar hand in haar jaszak kon steken om de telefoon eruit te halen en op de toets te drukken. Fluitje van een cent.

Dat deed ze dus.

'Hallo, met Claire Smith. Ik bel voor Sarah McGibbon,' sprak een wat oudere stem in op Sarahs voicemail. 'Ik ben maatschappelijk werkster voor Gorbals en omgeving. Ik bel over uw vriendin, Krissie Donald.'

30

Ik had afscheid genomen van het prachtige leven dat ik had ver-
kwanseld en stond op het punt om naar het politiebureau te
gaan, toen de telefoon ging. Ik schrok ervan.

Het was mama.

'Mama! Waar zit je? Ze hebben Robbie ondergebracht in een
pleeggezin en ik heb iets heel ergs gedaan... Ik ben bang. Ik sta
op het punt om naar het politiebureau te gaan.'

Mama kon mijn hysterische pogingen om uit te leggen wat
er was gebeurd niet volgen, en bracht me eerst wat tot bedaren.
Daarna zei ze: 'Liefje, onderneem nog niets. Wacht tot we bij je
zijn. Neem een taxi naar Kenilworth, Kriss. We zijn zo snel mogelijk bij je.'

Mama had gelijk, ik kon dit niet alleen af. Nadat ze had opgehangen verlangde ik zo hevig naar haar dat het pijn deed. Ze
was mijn steun en toeverlaat. God, als ik dacht aan alles wat zij
en papa van mij hadden moeten pikken sinds ik Robbie had gekregen, schaamde ik me dood. Ze waren geweldig, en ik was
een nachtmerrie. En ze wisten het nog niet half.

Ik schoof de kapotte deur opzij en liep het trappenhuis in.

Ik struikelde bijna over Chas, die in de gemeenschappelijke
entree op het trapje naar de voordeur zat met rode ogen die van
me hielden, dat wist ik nu. Ook hij had het verknald en hij voel-

de zich vreselijk. Ik verontschuldigde me voor mijn eerdere woede en ging naast hem op de bovenste tree zitten.

Hij vertrok geen spier toen ik hem over Sarah vertelde. Na afloop legde hij zachtjes zijn hand op de mijne en liet hem daar liggen.

Na een tijdje zwijgend naar buiten gestaard te hebben door het raam dat uitkeek op het grasveld met de drooglijnen, namen we samen een taxi naar Kenilworth. Ik vond de huissleutel van mijn ouders op zijn geheime bergplaats in de garage en we gingen naar binnen. Het was zo'n vrolijk huis. Rommelig, gezellig en vrolijk.

In de wetenschap dat ik over niet al te lange tijd verwijderd zou worden van dit leven en mijn zoon, besloot ik de tijd goed te benutten en orde op zaken te stellen, om ervoor te zorgen dat Robbie zou opgroeien met een beeld van zijn moeder dat niet werd beheerst door overspel en moord. Aangezien ik Chas had gevraagd me wat privacy te geven om dit te doen, zonderde hij zich af in de keuken om te koken, want ik had al ruim vierentwintig uur niets gegeten en hij was vastbesloten daar verandering in te brengen, ook al was eten het laatste waar ik zin in had.

Ik pakte een van mama's grote gebloemde dozen uit haar hobbykamer. Ze had die kamer altijd gehad. Hij was gevuld met mooie dozen, stickers, interessant postpapier, boeken en waterverf. Ze trok zich daar elke dag in terug om 'lekker te rommelen'. Ze maakte verbluffend mooie boekjes voor Robbie, stelde prachtige fotoalbums samen en had bijna al die sentimenten keurig netjes geordend.

Ik pakte een lege gebloemde doos en voorzag deze van een van mama's zelfklevende etiketten, waarop ik 'Foto's voor Robbie' schreef.

Ik doorzocht de losse foto's op het bureau, downloadde een paar recente foto's van mama's camera en stopte alle kiekjes van Robbie en mij in de doos. Op de achterkant van elke foto schreef ik een verhaaltje…

Mama knipt voor het eerst je nagels. Wat waren ze klein!

Mama leert hoe ze je moet voeden. Daar was ze niet zo goed in!

Jij en mama in het park om de eendjes te voeren. Jij lag te slapen!

Oma, opa, mama en jij eten pasta aan het Comomeer.

Mama toen ze klein was, op weg naar buiten – waarschijnlijk om in bomen te klimmen.

Mama en haar beste vriendin Sarah…

Daarna schreef ik in mijn netste handschrift een brief.

Lieve Robbie,

Ik schrijf je dit bij oma en opa thuis. Je bent een nachtje uit logeren bij nieuwe kennissen, en binnenkort kom je bij oma en opa wonen. Ik zal er een poosje niet zijn omdat ik iets heb gedaan wat helemaal niet hoort en ik moet leren betere beslissingen te nemen.

Ik zal je zo verschrikkelijk missen! Het doet me veel verdriet dat ik je eerste stapjes niet zal meemaken, of de eerste keer dat je zelfstandig aan tafel zit, of naar de school gaat waar ik ook op heb gezeten. Ik wou dat ik het kon meemaken, maar weet dat ik elke dag aan je denk terwijl ik in het studiekamp voor betere beslissingen zit. Elke dag, Robbie, en ik zal de minuten aftellen tot ik weer naar huis mag en bij jou en oma en opa kan gaan wonen.

Ik zal je elke dag schrijven, jongetje van me!

Ik hou van je,
Mama
xxxx

Ik huilde. Het velletje was nat toen ik het wegborg in een envelop.

Daarna schreef ik een brief aan mama en papa.

Lieve mama en papa,

Ik weet niet hoe ik het heb klaargespeeld om er zo'n puinhoop van te maken. Jullie hebben alles goed gedaan en ik heb alles verkeerd gedaan. Ik weet dat jullie voor me op Robbie zullen passen, maar zorg er alsjeblieft voor dat hij me niet vergeet. Ik ben een hopeloze moeder geweest, maar ik hou wel van hem. En ik hou ook zielsveel van jullie. Het spijt me zo verschrikkelijk,

Krissie

xxx

Ik pakte nog een doos en vulde die met spulletjes die Robbie misschien aan mij zouden doen denken. Mijn deodorant (het was maar een roller van Nivea, maar zo rook ik nu eenmaal), mijn lievelingsboek van Enid Blyton en het pluchen konijn dat ik had gekregen toen ik drie was, en dat ik er even later weer uit haalde omdat het er – bij nader inzien – nogal angstaanjagend uitzag, met zijn akelige glazen ogen en opnieuw aangenaaide oren die te stevig en te dun waren.

Ik herinnerde me een ander pluchen speelgoedbeest, Geoff. Dat was een roze teddybeer die ik een aparte naam had gegeven omdat ik een 'interessant' kind was. Omdat hij niet in de hobbykamer lag, ging ik naar zolder.

Onze zolder had een vlizotrap en was piepklein. Nadat mijn vader er op een regenachtig weekend een lamp had opgehangen, was mijn moeder er spullen gaan opbergen die 'eigenlijk moeten worden weggegooid, Anna!'

Er stond een aantal plastic kratten vol met brieven. Ze schrijft wat af, mijn moeder. Ze houdt van mensen, en praat de hele dag over wat ze doen en zeggen en hoe het komt dat ze zo geworden zijn als ze zijn.

Mama's brieven zijn geweldig leesvoer.

Er zaten liefdesbrieven bij aan papa toen hij in Afrika werkte. '*Over honderddrieëndertig dagen zie ik je pas weer, Davie. Hoe kom ik die tijd door zonder je massages en pannenkoeken? Doe me in je brief maar een paar suggesties aan de hand.*'

Er zaten brieven bij aan mij toen ik in India zat. '*Jij bent mijn ster, Krissie. Ik weet nog hoe jij en Sarah in de regen naar school renden en ik bij mezelf dacht: daar gaan mijn sterren, met blauwe paraplu's. Kijk ze eens rennen en lachen in de regen.*'

En er zat een brief bij van mij die mama in een plastic hoesje had opgeborgen:

Lieve mama,

Ik zit op de tak van een boom in Goa en de zon gaat onder boven het water en het is zo mooi. Ik ben bevriend geraakt met een jongen die Chas heet en heb hem van alles over je verteld. Hij heeft de indruk gekregen dat je erg aardig bent, en zegt dat ik niet goed aangepast ben. Ik moet steeds maar aan thuis denken. 's Avonds op de wip zitten ouwehoeren, meegesleurd worden op rare weekendreisjes, ik mis het allemaal.

Kx

PS Maak je om mij maar geen zorgen. Het gekste wat ik doe is samen met een aseksuele Edinburger in een nogal ongemakkelijke boom zitten.

Er zat een kort verhaal bij dat mama jarenlang verborgen had gehouden – over een kale jongen die op een boot werd getreiterd. Het was steengoed.

Ik trof geen foto's van Sarah aan, maar wel twee raadsel-achtige dingen. Het eerste was een krantenartikel over een man die een boete van tweehonderd pond had gekregen voor een zedenmisdrijf. Hij was erin geslaagd om strafvermindering te bepleiten en werd uiteindelijk veroordeeld voor ordeverstoring, maar hij was – zoals de krant het formuleerde – een losgelaten beest.

BEEST LOSGELATEN

Een beestachtige zedendelinquent kreeg vandaag in de recht-bank van Glasgow een boete opgelegd van tweehonderd pond voor het molesteren van een zesjarig meisje. 'Het was altijd zo'n aardige man,' zei een van zijn buren, 'ik kan nog steeds niet ge-loven dat hij het heeft gedaan.' Andere buurtgenoten ver-klaarden woedend te zijn over het feit dat de pedofiel erin is ge-slaagd de aanklacht terug te brengen tot ordeverstoring. De man liep vanmiddag de rechtbank uit en is sindsdien niet meer gesignaleerd.

Ik haalde mijn schouders op en bleef door allerlei foto's blade-ren tot het tweede merkwaardige voorwerp opdook. Iets wat in een krant was gewikkeld. Ik wikkelde *The Observer* eraf en ving een glimp op van een prachtig sieradendoosje, dat versierd was met geborduurde roze bloemen en zilverkleurige glitter.

Ik begon spontaan te braken, zo over mama's brieven heen.

Toen ik weer naar het doosje keek, vroeg ik me af waarom ik zo plotseling had moeten braken. Ik tilde het dekseltje een klein eindje op, zag de tutu van een piepkleine ballerina en hoorde het getinkel van een droevig wijsje. Om te voorkomen dat ik opnieuw moest braken, deed ik met een klap het dekseltje dicht. Ik wikkelde de doos weer in de krant en ging naar bene-den om mama's brieven schoon te maken.

'Is er wat?' vroeg Chas toen ik de keuken in kwam.

'Ik moest braken toen ik op zolder een sieradendoosje zat te bekijken.'

Chas' gezicht werd om de een of andere reden nog witter dan het mijne.

'Weet je nog hoe je aan dat sieradendoosje bent gekomen?' vroeg hij.

'Nee,' zei ik, terwijl ik me afvroeg wat dat er in vredesnaam toe deed.

'Krissie…' Chas zag er doodernstig uit, maar hij kwam er niet aan toe zich nader te verklaren, want mama en papa stormden de keuken in en omhelsden me.

Ze hadden allebei gehuild, en verzochten me te gaan zitten en alles te vertellen.

Dat deed ik dus. Alles vertellen.

Hoe reageren ouders wanneer hun gewone, gelukkige leventje een salto maakt en daarna vanzelf in vlammen opgaat?

De mijne bleven kalm en stelden om de beurt een vraag.

'Weet je zeker dat het jouw schuld was, Kriss?'

'Ik gaf haar een duw en toen viel ze.'

'Maar was dat je bedoeling?'

'Ik weet alleen maar dat ik haar heb verborgen, en dat is al erg genoeg.'

'Soms zou ik willen dat je Sarah nooit had ontmoet,' zei papa.

31

Papa, mama en Chas zaten er zwijgend bij toen ik Kyle opnieuw belde. Nog steeds geen reactie. Daarna belde mama maatschappelijk werk op. Eerst bleek ze de afdeling voor ouderen en gestoorden aan de lijn te hebben. Vervolgens werd ze doorverbonden naar de afdeling voor slechteriken, waarop een reclasseringswerker haar weer doorverbond naar de afdeling voor jongeren, waar niet opgenomen werd.

Uiteindelijk reden we zelf maar naar het bureau. Chas en ik bleven zenuwachtig buiten wachten. Het duurde een eeuwigheid. Toen papa en mama eindelijk weer tevoorschijn kwamen, konden ze ons meedelen dat de maatschappelijk werkster momenteel bezig was met een onderzoek ten behoeve van de kinderbescherming. Ze nam haar mobiele telefoon niet op en het onderzoek zou weleens een hele dag in beslag kunnen nemen. De receptioniste zei dat ze een briefje voor me had achtergelaten waarin ze uitlegde dat ze er niet in waren geslaagd om overdag een hoorzitting te regelen: 'De hoorzitting vindt plaats in Bell Street, om zes uur 's avonds,' las de receptioniste voor. 'U kunt tot dan eigenlijk niets doen.'

Hoe vervelend we het ook vonden dat Robbie de rest van de dag bij vreemden zou doorbrengen, we stonden machteloos.

Papa bracht ons zwijgend in de auto naar Drumgoyne Road. Mijn hart ging tekeer toen we bij het bakstenen politiebureau uit de jaren zeventig parkeerden. We bleven allemaal een paar seconden zwijgend zitten. Als ik me niet had bewogen, zouden we daar allemaal voorgoed zijn blijven zitten, denk ik.

Ik liep als eerste naar binnen, met Chas, papa en mama in mijn kielzog.

'Kan ik een agent spreken?' vroeg ik aan de man achter de balie. 'Het is dringend.'

Ik kreeg te horen dat ik plaats moest nemen, en dat deed ik dus: ik nam plaats naast een stel autodieven en prostituees die zich daar volkomen thuis leken te voelen. Ze lazen aan de muur bevestigde brochures en hielden hun kinderen bezig alsof ze bij de tandarts zaten.

Toen we daar tien minuten zaten, begon mama te huilen, dus ik liep opnieuw naar de balie.

'Pardon, dit is zeer dringend' – ik keek naar zijn penning – 'brigadier Gallagher.'

'Ja, dat zal best,' zei de onbeschofte agent. 'Ga daar nu maar zitten, wij roepen u wel op.'

Ik ging zitten en toen ik zelf even later begon te huilen, liep ik weer naar de balie.

'Het gaat om moord! Ik heb iemand omgebracht. Wilt u dus alstublieft een agent halen zodat ik een schuldbekentenis kan afleggen?'

Zijn gezichtsuitdrukking veranderde. Ik was in één klap bevorderd van een tut uit de gegoede middenklasse die last had van luidruchtige buren tot een regelrechte moordenares.

'O, juist ja, natuurlijk… Eh, gaat u hier maar naar binnen, juffrouw.'

Ik werd meegenomen, weg van Chas' hand en de (nu vrijelijk stromende) tranen van mama en papa, naar een kamertje met een glazen wand, twee inspecteurs en een taperecorder. Ik verstrekte hun zoveel mogelijk bijzonderheden – tijden, data, plekken, verhoudingen, duwen, ontwrichtingen – en vertelde dat Kyle me alleen maar probeerde te helpen door haar lichaam te verwijderen.

Ik had de verklaring nog niet afgelegd, of ik werd in een politieauto gestopt en met hoge snelheid naar Glencoe gebracht. Ik had hun gesmeekt of Chas ook mee mocht, en ze lieten hem meerijden in de auto achter ons. We reden weg en lieten papa en mama achter in Glasgow voor de hoorzitting voor de kinderrechter om zes uur 's avonds.

Het moeilijkste van de rit was het feit dat ik Chas' hand niet in de mijne had, en zodra we bij het Kilmore Hotel aankwamen, greep ik zijn hand weer vast. De inspecteurs waren onverwacht aardig. Ze scholden me niet uit, deden me geen handboeien om en probeerden niet een interessantere bekentenis uit me te slaan. Ze stopten zelfs in Crianlarich om pijnstillers voor me te kopen tegen de hoofdpijn, en ze hielden me niet tegen toen ik bij aankomst Chas' hand vastgreep.

We parkeerden voor het hotel en liepen naar binnen. Bij het zien van het hotel waar het allemaal begonnen was, werd ik misselijk. Toen Kyle, Sarah en ik daar waren aangekomen, had ik al overspel gepleegd. Ik had Sarahs leven al verwoest. Maar in dit gebouw had één pijpbeurt opeens desastreuze gevolgen gekregen.

We liepen langzamer dan ik had gedaan toen ik hier voor het laatst was, en het enige vreemde dat we onderweg tegenkwamen was een achtergelaten bagagewagentje. We bereikten om een uur of drie de top van de berg. De inspecteurs liepen achter me aan naar de voet van de steile rots en bleven samen met mij voor de rotsspleet staan. Overal lag bloed. Had ze zo gebloed? God, dat was me niet eens opgevallen.

Ik had durven zweren dat dit niet dezelfde plek was waar ik twee avonden daarvoor was geweest. De rotsspleet was heel moeilijk te vinden. Hij was volmaakt gecamoufleerd. Hoe had ik dat zo keurig voor elkaar gekregen?

Ik ging zitten en wendde mijn blik af terwijl de inspecteurs aan de keien trokken. Ze leken er eeuwen over te doen en het geschraap en gekletter van de keien maakte zo'n herrie dat ik het gevoel had dat het binnen in mijn hoofd plaatsvond. Ten slotte hoorde ik een plof en daarna het geluid van iemand die kokhalsde, en even later wrikte Chas mijn handen van mijn betraande gezicht. Hij keek me rustig aan.

'Krissie. Je kunt beter even komen kijken.'

32

Op het moment dat Krissie in de gemeenschappelijke entree in Gardner Street alles opbiechtte aan Chas, kwam Sarah thuis in de auto die Kyle bij het Kilmore Hotel had laten staan. Ze had ongezien kunnen wegrijden en was opgewekt – zoals je dat kunt zijn als je onder het bloed en de stront zit en kierewiet bent. Ze haalde de reservesleutel onder de potplant op de veranda vandaan en deed de achterdeur van haar huis open.

Sarah had twee doelen: zowel de klootzak die haar gek had gemaakt als Robbie te pakken zien te krijgen. Ze was van plan geweest om Robbie tot het laatst te bewaren, maar toen ze het bericht van de maatschappelijk werkster ontving, besefte ze dat ze de boel enigszins moest omgooien.

Haar oorspronkelijke plan om Robbie de liefde en zorg te geven die hij zo duidelijk tekortkwam zou een uitdaging zijn geweest. Ze was van plan geweest om Robbie te ontvreemden door hem bijvoorbeeld 's nachts uit zijn wieg te grissen, of nog beter, terwijl Krissie erbij was, net als ze op de wc zat of haar tanden poetste.

Na het voorval met het gecontroleerd huilen had ze Krissie om een sleutel van haar appartement gevraagd ('voor het geval dat!'), dus dat zou een fluitje van een cent zijn geweest. Ze zou stiekem naar binnen zijn gegaan, zich in een kast of een hoek hebben verstopt, lampen hebben aangedaan en op deuren hebben gebonkt om haar de stuipen op het lijf te jagen, en daarna het kind hebben meegenomen dat haar rechtmatig toebehoorde.

Maar de uitdaging was weggenomen, en het enige wat ze nu hoefde te doen was een afspraak maken met een oude taart op het bureau voor maatschappelijk werk van Gorbals en daarna de touwtjes in handen nemen.

Sarah schonk nauwelijks aandacht aan de rode en bruine smurrie die gorgelend in de afvoer van de douche verdween. Ze dacht diep na. De irritante maatschappelijk werkster met de neusring, het kwellende weekend met het roodharige weglopertje en de eindeloze wachtlijst waren allemaal nuttig geweest. Nu zou de maatschappelijk werkster weten dat ze geschikt was om het jongetje te adopteren, omdat het zwart op wit stond dat ze geschikt was bevonden.

Voordat ze 'haar kind' ging ophalen, verbond Sarah haar ribben opnieuw en verzorgde ze haar wonden. Daarna vulde ze twee grote koffers met alle spullen die ze van Kyle niet had mogen meenemen bij het kamperen: haar steiltang, haar gezichtsreinigingsmelk en tonic van Clarins, en vijf paar schoenen. Bijna in trance haalde ze haar oude lijstje van dingen die gedaan moesten worden van haar ijskast en gooide het in de vuilnisbak. Ze sloot het huis af en reed naar het bureau voor maatschappelijk werk.

Toen ze daar aankwam, ging het bureau net open. Nadat ze vijf minuten bij de receptie had zitten wachten, verscheen er een vlezige vijftigjarige bij de balie die haar naam afriep. Ze zaten een paar minuten in een deprimerende kamer die naar geesteziekte en drugsverslaving rook. Sarah legde uit dat ze haar hoofd had gestoten tijdens het opzetten van een babyschommel in de achtertuin, en na een korte samenvatting en een paar vragen kreeg Sarah twee adressen: dat van de pleegouders en dat van de rechtbank waar de hoorzitting voor de kinderrechter werd gehouden, en waar ze Robbie die avond om zes uur naartoe moest brengen. Daarna ging de maatschappelijk werkster er haastig vandoor om een onderzoek te doen ten behoeve van de kinderbescherming.

Voordat Sarah haar autoportier openklikte, gooide ze een van de adressen in de vuilnisbak en bekeek ze het andere.

Een halfuur later parkeerde ze haar auto voor een rij dichtgespijkerde huurhuizen. Aan de overkant van de straat stonden bewoonde rijtjeshuizen. Sarah zocht nummer 21 op en drukte op de bel. Een vrouw van middelbare leeftijd deed open. De vrouw schrok een beetje van Sarahs geschramde voorhoofd en gezwollen lip, maar de maatschappelijk werkster had haar gebeld, dus ze wist dat Sarah zou komen.

Ook Sarah schrok, maar veel heviger: mochten mensen met een slecht gebit en een comedy-accent werkelijk zomaar de rol van pleegouder vervullen? Het huis bezat alle handelsmerken van de lagere sociale milieus: roze gordijnen met stroken en te veel volmaakt bij elkaar passende, fluwelen banken, om de standaard onbemiddelbare echtgenoot urenlang zitcomfort te bieden.

Sarah verveelde zich binnen twee seconden terwijl de vrouw aan één stuk door stond te leuteren. Robbie had om twee uur twee uur lang geslapen en daarna om acht uur negen uur lang, zijn gepureerde lievelingsgroente bleek wortel te zijn, en zijn luiergrootte was maxi voor Pampers maar maxi-plus voor Huggies.

Voordat de vrouw dieper in kon gaan op het feit dat Robbie zo had genoten van de dvd van *Thomas the Tank Engine* die ze voor hem had afgespeeld, kapte Sarah haar af met: 'Het zal wel lukken, dank u wel.' Ze pakte hem en zijn kleine tas op en nam hem mee naar de auto.

Sarah deed het portier open en op het moment dat ze besefte

dat ze geen autozitje had, kwam de arbeiderstroela er met een aanzetten, dat ze vervolgens vastsnoerde in de auto.

Toen de Land Rover met gierende banden wegreed, herinnerde de pleegmoeder zich dat Robbies medicijnen nog in de ijskast lagen.

Sarah besloot naar Perth te gaan. Niemand zou haar daar op het spoor komen en Paul de Sainsbury's-man was anders. Hij luisterde naar haar, vond haar leuk, hield misschien zelfs van haar, en ze kon hem vertrouwen. Het zou de juiste plek zijn om alles eens op een rijtje te zetten en na te gaan op welke manier ze het laatste, allerbelangrijkste punt op haar lijstje het beste kon afwerken.

Sarah deed er twee uur over om Perth te bereiken. Normaal gesproken zou het anderhalf uur vergen, maar Robbie huilde bijna aan één stuk door en dat zorgde voor oponthoud. Na een halfuur zette Sarah de auto stil om hem te knuffelen. Toen ze Robbie in het ziekenhuis voor het eerst had gezien, hadden zijn ogen haar in vervoering gebracht, haar aangesproken. Het waren ogen die haar liefhadden en begrepen.

Maar nu ze Robbie opnieuw in de ogen keek, zag ze geen spoor meer van begrip en liefde. Het waren samengeknepen, lelijke krijsoogjes en ze vroeg zich af wat Krissie het kind had aangedaan om deze verandering te bewerkstelligen. Door haar geknuffel hield hij even op met huilen, maar toen ze weer wegreed hief hij een gejammer aan dat haar er bijna toe dreef recht op het tegemoetkomende verkeer in te rijden.

Ze hief al rijdend een liedje aan:

'Train whistle blowin' makes a sleepy noise,
All bound for Morning Town many miles away
Underneath their blankets go all the girls and boys
Rockin' Rollin' Ridin'

Wat ís er nu in vredesnaam?

ALL BOUND FOR MORNING TOWN MANY MILES... Hóú je kóp!'

Maar deze benadering bracht hem niet tot bedaren. Hij hield alleen op met huilen toen hij met kracht Sarahs Land Rover onderkotste. Een tornado van braaksel raakte Sarahs achterhoofd en spatte uiteen tegen de voorruit. Ze gilde het mooie dorpje Dunblane bij elkaar en rende een café in.

'Mag ik het toilet gebruiken? Dit is een noodgeval!'

'Bij de vvv zijn openbare toiletten,' zei de barkeeper.

Sarah stapte weer in de auto waar Robbie nu op vol volume krijste, en reed almaar rondjes door het dorp. Waarom een dorp zo nodig eenrichtingsverkeer en veertien tegenstrijdige verkeersborden moest hebben, ging haar verstand te boven. Uiteindelijk stopte Sarah dan toch bij de vvv. Ze haalde Robbie uit zijn zitje, dat zo ingewikkeld in elkaar bleek te zitten dat je minstens gepromoveerd fysicus moest zijn om het los en vast te maken, en ze rende naar binnen.

'Ik moet naar het toilet!'

De vrouw aan de balie was met iemand in gesprek en vroeg of ze even wilde wachten, maar aangezien Sarah daar geen zin in had, riep ze onmiddellijk: 'Ik moet nú naar het toilet!'

De vrouw en alle anderen in het vertrek trokken synchroon hun wenkbrauwen op, en toen zag Sarah voor de zaak het bordje van de toiletten. Ze rende naar buiten en probeerde de deur open te krijgen, maar die zat op slot. Ze schopte er een paar keer tegenaan en zette een keel op totdat de geschrokken baliemedewerkster met de sleutel naar buiten kwam.

Na zich provisorisch gewassen te hebben, droogde Sarah haar haar met de handendroger en inspecteerde zichzelf in de spiegel. Ze voelde zich wat beter en ze kon er weer mee door. Ze kocht kleding voor Robbie in een liefdadigheidswinkel en voeding en luiers bij de drogist, en vervolgens belde ze Paul, de manager van Sainsbury's. Daarna vertrok ze. Robbie viel in slaap, zodat ze in alle rust kon rijden, en hij sliep nóg toen ze de bestrate oprit op reed van een kleine, nieuwe twee-onder-een-kapwoning in een voorstad van Perth. Er stonden honderden van die huizen in de straat, allemaal eender, allemaal blokkendozen.

Ze bracht de auto tot stilstand en controleerde het adres. Dit was niet bepaald een kasteel.

Ze klopte aan en Paul kwam glimlachend naar buiten.

'Waarom heb je tegen me gelogen?'

'Ik weet het niet.'

'Wilde je indruk op me maken?'

Sarah was altijd terughoudend geweest, niet geneigd om de eerste stap te zetten, netjes en beleefd. Maar dat was vroeger. In de tijd voordat ze dood was gegaan en weer tot leven was gekomen.

Ze keek Paul even aan terwijl ze daar op de drempel van zijn huis stond, trok vervolgens zijn gulp open, haalde zijn penis tevoorschijn en begon die langzaam van boven tot onder te likken, pal voor de ogen van al die kleinzielige mensen in al hun kleinzielige blokkendozen. Hij trok haar overeind, keek om zich heen of iemand het had zien gebeuren en sleurde haar naar binnen.

Sarah had geen zin in het soort seks waarmee baby's gemaakt worden. Het soort waarbij de man zijn penis in de vagina van de vrouw steekt en een zaadlozing heeft. Dat soort seks had ze jarenlang vruchteloos bedreven.

Dus toen Paul zijn penis in haar vagina probeerde te steken na de bijterige kus en het afrukken van kleren, duwde ze hem van de bank op de grond en ging ze onbeschaamd wijdbeens over zijn hoofd heen staan.

'Alleen maar kijken,' zei ze, en dat deed hij, hoewel het na een paar minuten wel wat saai werd. Hij stond op het punt om de touwtjes in handen te nemen en de zaak in beweging te zetten, toen Robbie in de auto wakker werd en het op een krijsen zette.

'Wat is dat?'

'Shit, dat is Robbie.'

'Wie?'

Het valt niet mee om moeder te zijn, om nooit eens iets spontaan te kunnen doen, dacht Sarah bij zichzelf toen ze Robbie het huis in droeg, om te ontdekken dat Paul de Sainsbury's-man haar bijzonder vreemd aankeek.

'Heb jij een kind?' vroeg hij.

'Jazeker.'

'Wil je een kop koffie?' vroeg hij, toen ze de Pampers maxi in de vuilnisbak gooide.

'Ja, graag,' zei Sarah, terwijl ze Robbie wat gepureerde wortel uit blik voerde.

'Jij geilt op buitenissig, hè?'

Hij begon weer opgewonden te raken. 'Je bent een vuile sloerie.'

Sarah staakte haar bezigheden even en hield oogcontact met Paul.

'Waar hoort deze?' vroeg Sarah, terwijl ze de lepel afdroogde waarmee ze Robbie zijn wortel had gevoerd.

Hij wees op de bestekla.

'Je kunt me niet zo achterlaten, zonder me te bevredigen.'

'Tuurlijk,' zei Sarah, 'ik zal hem even in de auto zetten.'

Ze zette Robbie terug in haar Land Rover, boos omdat ze – alweer – een leugen te horen had gekregen. Alweer was verraden. Paul hield niet van haar, mocht haar zelfs niet eens. Hij vond haar een vuile sloerie. Ze had gedacht dat Paul anders was, maar dat had ze ook van haar stiefvader en haar man gedacht… Ze waren geen van allen anders, dacht ze bij zichzelf toen ze het huis weer betrad, met een waanzinnige, woedende blik in haar ogen.

Paul had zijn wurmpje al klaar, met een sneu druppeltje pis

aan het uiteinde. Hij zat op de bank een poging te doen om een stijve te krijgen, terwijl zij de bestekla opendeed en de lepel erin legde. Haar oog viel op een glanzend mes in het vakje naast de lepels.

Ze liep naar Paul toe en trok haar broek uit.

'Op voorwaarde dat je tegelijkertijd iets voor mij doet,' zei ze, en ze ging boven op zijn gezicht zitten.

Daarna bukte ze zich om hem in haar mond te nemen, terwijl hij deed wat Kyle die avond in het hotel had gedaan voordat ze wakker werd en hem onder het uitroepen van 'Ga je tanden poetsen!' een dreun op zijn hoofd had gegeven. Het was eigenlijk best lekker.

Ze voldeed aan Pauls beleefde verzoek, maar het was verdomd saai, en verdomd irritant toen hij haar vroeg zijn harige ballen te likken. Nadat ze met haar tong over de leerachtige scheuten had gestreken en een paar zwarte haren tussen haar tanden vandaan had getrokken, haalde ze het glanzende mes tevoorschijn dat ze uit de bestekla had weggenomen, en ze streek ermee over zijn nietsvermoedende onderste. Ze genoot ervan om de scherpe kant van het koude lemmet rond te laten glijden en tegelijkertijd haar mond plagerig op en neer te bewegen, maar uiteindelijk vond ze het toch wat banaal. Ze kon wel wat fantasievollers bedenken. Ze verborg het mes onder de bank en bewerkte hem op een spectaculaire manier tot hij op het punt stond klaar te komen, en daarna deed ze een beroep op de vaardigheid die ze zich in de rotsspleet eigen had gemaakt, de vaardigheid die toen een zwakte had geleken. Ze herinnerde zich het urenlange, uiterst pijnlijke afknijpen, en de zalige bevrijding toen ze verslapte en het laatste beetje zelfrespect losliet.

Pauls orgasme werd in de kiem gesmoord door dat van Sarah, dat sensationeel en veelkleurig was.

'Gadverdamme! Vuile sloerie!'

Sarah stond op met het mes in haar hand en maakte een snee in zijn been.

'Aaah! Nee! Hou op!'

Ze hield het mes tegen zijn hals en smeerde haar uitwerpselen uit in zijn gezicht, mond, neus en oren.

Hij stond nog kokhalzend in de badkamer de plakkerige smurrie uit zijn haar te vegen en de verkleefde brokken uit zijn lichaamsopeningen te schrapen, toen hij haar auto toeterend afscheid hoorde nemen. 'GORE HOER!' schreeuwde hij, waarbij het bruine speeksel uit zijn mond spatte.

Dat is prima verlopen, dacht Sarah bij zichzelf, terwijl ze haar handen schoonveegde met babydoekjes van Pampers. De rust waarop ze had gehoopt had ze niet gekregen, maar het was stimulerend geweest en ze voelde zich energiek en geïnspireerd genoeg om het laatste punt van haar lijst af te werken.

Mike vermoorden.

33

Mike kocht een liter melk, *The Times*, een blik tomatensoep en drie verse broodjes.

'Ik heb je al een tijdje niet zien hardlopen, Mike,' zei de winkelier.

'Ik heb het te druk gehad met dik worden!' zei Mike, en ze lachten allebei toen hij de winkel uit liep.

'Morgen, schoonheid,' riep hij wuivend naar Netty, na te zijn overgestoken.

'Ik zie je om halfnegen!' zei Netty, die toezicht hield op Isla en haar vrienden, die van touw, krantenpapier en hout een Guy Fawkes-pop in elkaar knutselden voor het vreugdevuur.

Het park was een enorm succes. Er was dagenlang hard voor geploeterd, maar Mike had het geweldig geregeld. Voor de buurt het wist lag er een grote houten boot midden op het grasveld. Rondom en in de boot verschenen loopplanken, touwen, schuilplaatsen en glijtunnels, en daar kwamen vervolgens drommen kinderen op af, die ijverig rondrenden terwijl hun ouders en grootouders vrolijk aan de zijlijn zaten te roddelen.

Mike keek toe hoe de volwassenen met elkaar zaten te smoezen op het bankje in het park dat hij voor hen had geschapen. Wat zeiden ze tegen elkaar, die dames en die saaie stripverhalenman Jim? En wat probeerden ze daar bij de bank weg te moffelen? Iets vreemds, ter grootte van een stoel, en op een klunzige manier onherkenbaar gemaakt met een oud strandlaken.

Mike ontsloot de deur van zijn appartementengebouw en liep de trap op naar zijn zolderappartement. Hij las zijn krant, zette koffie, maakte de keuken schoon en ging toen achter de computer zitten. Zijn werkkamer was goed geordend. Eén hele muur werd ingenomen door boekenplanken, die volgepropt waren met videobanden.

Mike was al een week niet naar zijn stuk grond geweest. Hij had het uit zijn hoofd gezet als een dieet dat was misgegaan – het was zelfs niet langer een knagend schuldgevoel in zijn achterhoofd. Het stuk grond, het andere leven, de eenzaamheid en gezondheid, dat alles lag ergens in Ayrshire te verpieteren.

Het stuk grond in Ayrshire was de jongste van een reeks pogingen om zijn leven te veranderen. Hij had het met een huwelijk geprobeerd, maar hij kon de saaiheid en spanning die een gepaste relatie met zich meebracht niet aan. Hij had het een aantal keren met alcohol geprobeerd, maar dat had alleen maar tot gevolg gehad dat hij zich halsoverkop op zijn hobby had gestort. En hij had het met zelfmoord geprobeerd, maar daar had hij telkens op het laatste moment van afgezien. Hij was niet moedig genoeg.

De documentaire over geweld op school waar hij nu mee bezig was, verliep prima. Ze hadden nog drie filmdagen voor de boeg, en Mike had heel wat werk te verrichten voor de opnames van de volgende dag. Hij moest de locatiemanager bellen om zich ervan te vergewissen dat alles klaar was voor de klassengesprekken van de volgende dag, hij moest de rushes van de interviews van de vorige dag bekijken en hij moest zich bezighouden met Jane Malloy.

Alles op zijn tijd. Toen hij de locatiemanager aan de lijn

kreeg, verzekerde deze hem dat alles geregeld was voor de volgende dag en dat hij zich geen zorgen hoefde te maken, dus Mike hing op en ging door met de volgende klus.

De rushes zagen er goed uit. De week daarvoor was er in de toiletruimte met een mes gestoken – het zoveelste incident van de afgelopen tijd waarbij het ene kind het andere had verwond – en Mike had een briljant interview weten te maken met het zevenjarige slachtoffertje, Jane Malloy, en haar vriendin Beth. Ze spraken op een heldere manier over de beproeving en over wat volwassenen in hun ogen zouden moeten doen om de toestand te verbeteren. Mike had hun als dank voor hun inspanning elk twintig pond gegeven bovenop hun door Channel Four verstrekte toelage, en daarnaast een PlayStation-game. Janes moeder was zo in haar nopjes geweest met de respons dat ze het geen punt had gevonden om Jane de volgende dag naar zijn appartement te brengen voor een tweede interview.

Dat zou dus vandaag gebeuren.

De rushes gaven Mike de kick waar hij op uit was: die kinderen in de toiletruimte; die vuile kleedkamer, het lelieblanke vlees van Jane Malloy. Het was beter dan sommige dingen die hij onlangs had gedownload, indringender, en het werd steeds moeilijker om op internet precies te vinden wat hij zocht. Daar hielden zich smeerlappen op die van jongens hielden, zelfs van baby's, en soms kwam hij op portholes terecht waar hij kotsmisselijk van werd.

Overigens had hij die smeerlappen zo nu en dan wel materiaal bezorgd. Marie Johnstons broer, bijvoorbeeld, die maar niet wilde oprotten. Hij nam de onaangenaamheid voor lief omdat de foto's goede handelswaar waren.

Mike zette zijn regisseurspet op terwijl hij de rushes bekeek. Als hij deze invalshoek nou eens probeerde, of die, en zijde gebruikte, witte misschien, kon hij iets maken waarmee hij niet alleen zichzelf urenlang zoet kon houden, maar ook een ruilmiddel zou hebben dat hem in staat stelde zaken te doen met andere liefhebbers.

Hij moest de video en zichzelf uitschakelen toen de bel ging.

Janes moeder was een schoolvoorbeeld. Ze was zo onder de indruk van zijn cv en zijn vermogen om van haar dochter een ster te maken, dat ze reageerde zoals alle moeders steevast reageerden. Na een kopje koffie hechtte ze moeiteloos geloof aan het gebruikelijke verhaal dat de regisseur elk moment kon komen en dat Jane beter te interviewen was als ze een paar uur alleen werd gelaten.

Toen Janes moeder was vertrokken, voerde Mike het toneelstukje op dat hij zich had aangeleerd toen hij in de twintig was en sindsdien altijd had toegepast. Hij had in die tijd in Los Angeles gewoond – ook toen al een hoogvlieger – en was langzamerhand gaan beseffen dat het niet normaal meer was om zich tot kinderen aangetrokken te voelen, aangezien hij inmiddels een volledig ontwikkelde volwassene was.

Maar er was in Los Angeles weinig geweest dat hem tegenhield. Hij had geen rolmodellen gehad; zijn ouders waren gestorven toen hij een baby was, en al zijn vrienden die ook in het vak zaten snoven coke en neukten alles wat los en vast zat. Hij zou de regisseurs en acteurs met wie hij bevriend was nooit hebben verteld dat hij een voorliefde had voor meisjes onder de twaalf, maar als hij het wel had gedaan, zouden ze waarschijnlijk geen spier hebben vertrokken.

Hij was vertrokken uit LA toen de moeder van een van de kinderen met beschuldigingen kwam. Sindsdien had hij door het Verenigd Koninkrijk geslalomd. Aanvankelijk woonde hij in Londen, waar hij regelmatig met volle teugen van zijn recreatieve bezigheden genoot. Als hij zelfs maar dacht aan een tienjarig figurantje uit de eerste reeks van zijn sitcom kreeg hij al zin, en als hij zich een voorstelling maakte van het meisje dat hij in het park was tegengekomen en dat precies zoals hij het vroeg in het struikgewas was gaan zitten, deed het bijna zeer.

Daarna verhuisde hij naar Glasgow om bij Vivienne Morgan en haar kant-en-klare gezin te gaan wonen. Maar toen had Marie Johnston, een vriendinnetje van zijn stiefdochter, hem bij haar moeder verklikt.

Hij had het niet goed ingeschat. Het geld en de speelgoedbeesten waren niet voldoende geweest. Hij moest voor de rechter verschijnen, en hoewel haar broertje alles bevestigde, slaagde zijn advocaat erin om de aanklacht terug te brengen tot het prettig vage 'ordeverstoring'.

In die tijd hielden ze zedendelinquenten nog niet zo in de gaten als nu. Er was geen sprake van aanmelden bij de politie of wat dan ook, dus hij verhuisde doodleuk weer naar Londen en begon gewoon opnieuw. Maar omdat een of andere halvegare hem in de smiezen had gekregen, nam hij de wijk naar het noordelijke Drymlee, een schilderachtig, kindvriendelijk stadje op een halfuur afstand van Glasgow, en dat was ver genoeg om ongewenste confrontaties met kennissen uit het verleden te voorkomen.

Hij was zo blij met Jane. Ze was een toonbeeld van zuiverheid. Hij was verrukt over de manier waarop ze flirterig op de bank zat te giechelen terwijl hij zogenaamd een telefoontje pleegde met de zogenaamd verhinderde regisseur en haar vervolgens zogenaamd interviewde over de messteken, opdat ze dat aan haar moeder zou vertellen. Daarna ging hij de keuken in om vruchtensap in te schenken, en al doende wreef hij zich een paar keer op tegen de roestvrijstalen ijskast. Hij overwoog zich ertegen te verzetten. Het ging hem nu zo voor de wind – zijn baan, zijn park en zijn kneuterige buurvrouw met planten en kleindochter – en hij was de laatste paar maanden zo voorzichtig geweest. Hij had maar één relatie gehad, zoals hij het graag noemde, en wel met Isla, en ze had geen van de vier keren geklikt.

Wat kan het ook verdommen, dacht hij terwijl hij de rest van zijn whisky achteroversloeg en een lege videoband pakte in zijn werkkamer; hij verdiende het. Vandaag zou hij cassis morsen.

34

'Chas, dwing me alsjeblieft niet ernaar te kijken.'

Maar zijn tedere aanraking en de uitdrukking op zijn gezicht brachten me ertoe op te staan en achter hem aan naar de opening te lopen.

Het was donker, en even zag ik alleen maar zwart. Ik kwam naderbij, doodsbang voor de aanblik van mijn beste vriendin, de vriendin die ik had vermoord en op deze plek had achtergelaten. Ik stond er nu vlakbij, met mijn hoofd in het duister, en terwijl mijn ogen zich langzaam aan het zwart aanpasten, werd er iets zichtbaar, iets wits, roods…

'Krissie! Krissie, wakker worden, Krissie, kun je me horen?'

Chas en een van de inspecteurs kwamen draaiend in zicht boven mijn hoofd en de reusachtige hemel was blauw en onschuldig in de korte tijdsspanne tussen bewusteloosheid en werkelijkheid.

Ik schoot overeind.

'Jezus. Wat? Hoe…?'

Uit de uitdrukking op het gezicht van de inspecteurs kon ik opmaken dat we allemaal hetzelfde voelden, dat we allemaal wel konden schreeuwen van afgrijzen om de zee van bloed waar het lichaam in zwom, om de open mond waarin een acht centimeter grote spin op zijn volmaakte web zat, om de pezen die uit de afgezaagde armen slierden, en om de uitgestoken ogen van dokter Kyle McGibbon.

Het duurde even voordat Chas me ervan wist te overtuigen dat ik Kyle niet had vermoord, want ik kon er aanvankelijk gewoon niet bij. Hoe was Kyle anders in de rotsspleet terechtgekomen? Ik was na die verboden neukpartij tenslotte voortdurend kierewiet geweest. Misschien had ik Kyle een duw gegeven, in plaats van Sarah? Misschien was Sarah die avond niet eens op de rots geweest?

'Sarah is hier wel degelijk geweest,' zei Chas, terwijl hij me naar de rechercheurs toe draaide, die op dat moment damesondergoed in een plastic zak stopten.

'O god!' zei een van de rechercheurs, terwijl hij Sarahs bevuilde broek tussen twee in handschoenen gestoken vingers ophield.

Het politieonderzoek kwam goed op gang toen de hoofdinspecteur arriveerde. Ik keek toe hoe ze snuffelden en borstelden, en daarna werden we allemaal teruggebracht naar de plek waar alles was begonnen: het Kilmore Hotel – waar we hadden gezien hoe Duitsland Engeland had verslagen, waar ik onder Kyles kloppende lichaam had gelegen, en waar ik het donker in was gerend, als de dood dat Sarah gelijk had – dat ik verachtelijk was en het moederschap niet verdiende.

De politie nam haar intrek in het hotel en liet iedereen aantreden en plaatsnemen op een stoel in de lounge om een voor een verhoord te worden. Ik keek om me heen. De enige die ik me goed herinnerde was de blonde serveerster die de avond waarop het allemaal was begonnen met Matt had staan tongen op de dansvloer. Dat zette me aan het denken.

Matt. Hij was er geweest toen ik die ochtend wegliep. Hij had iets gezegd – dat Kyle moest oppassen, boontje komt om zijn loontje. Hij had zich aan me opgedrongen. Hij had me in Inverarnan en in ditzelfde hotel met onheilspellende ogen aangekeken. Hij had ons gestalkt. Misschien had hij Kyle wel vermoord. Misschien was hij zo pervers dat hij Sarahs lijk had meegenomen, en... O, mijn god, wat had hij met Sarahs lichaam uitgevoerd?

Ik rende de verhoorkamer in en vertelde hun over Matt en luisterde mee terwijl de inspecteur een bericht doorseinde naar het hoofdkwartier van de Hooglanden: 'We zijn op zoek naar een vijfentwintigjarige man, blauwe ogen, blond, slordig haar, wandeluitrusting, een tatoeage van het woord "love" op zijn linkerbovenarm, zeer grote handen, een rode tent boven op zijn grijsblauwe rugzak, waarschijnlijk gekleed in een kakikleurige korte broek en een felgeel T-shirt met in zwarte, cursieve letters het opschrift 'I AM NOT GAY!'

De radio bracht knetterend een onregelmatig gesis voort: 'Kan het specifieker?' vroeg de stem gniffelend.

Ik wachtte in de bar terwijl het personeel om de beurt werd ondervraagd. Ze keken me allemaal argwanend aan, vooral de blonde serveerster die Matt gezelschap had gehouden. Niet alleen argwanend, maar ook met een vuile blik, alsof ze wilden zeggen: 'Maniak-moordenares-bitch!'

De serveerster liep naar binnen om verhoord te worden, en voordat ze de kamer betrad keek ze om... 'Seriemoordenares-psychopaat-hoer' las ik in haar ogen.

Er leek geen eind te komen aan haar verhoor, maar uiteindelijk ging de deur open. Niet zij, maar de inspecteurs kwamen naar buiten, en in plaats van het volgende personeelslid op te roepen, liepen ze regelrecht naar mij toe. Wat zouden ze te zeggen hebben? Dat ze Matt gevonden hadden? Hem hadden gearresteerd? Kwamen ze me vertellen dat hij had bekend meer moorden op zijn geweten te hebben? Dat hij Sarahs lichaam had meegenomen naar zijn vochtige keldertje om uit haar dijbeenderen een stel koffiemokken te maken?

Ze kwamen naar me toe om me over Matt te vertellen. Hij had het gedaan. Ik wist het.

Dat wil zeggen, totdat een van de agenten me de provisorische verhoorkamer binnenleidde en me naast Matts serveersterliefje liet plaatsnemen.

'Krissie. Je zult beschuldigd worden van geweldpleging. Misschien van een poging tot verstoring van de rechtsgang. Maar je bent geen verdachte.'

'U hebt Matt gevonden,' zei ik, wetend dat ik gelijk had.

'Nee, Matt heeft zich nergens schuldig aan gemaakt.'

'Hoe bedoelt u?'

'Sarah McGibbon...'

'Ja?'

'Sarah McGibbon leeft nog.'

35

Ik belde mijn ouders. De hoorzitting was om zes uur en als we ons haastten, zouden we het kunnen redden. Sarah leefde nog. Ik had haar niet vermoord. Ze had kleine, bloederige voetafdrukken achtergelaten op de hei, waaruit op te maken viel dat ze hoogstwaarschijnlijk haar man had vermoord en de benen had genomen. En als er meer bewijs nodig was, dan was dat beschikbaar, want de leuke serveerster die Matt gezelschap had gehouden had haar als een bezetene het pad af zien rennen en in de zwarte terreinwagen zien stappen die op verdachte wijze midden in de nacht was opgedoken. Het snoezige meisje was zich een ongeluk geschrokken toen ze dit zag en had het verhaal tijdens de lunch aan verscheidene collega's verteld.

Maar ik had de dood van Kyle op mijn geweten. Als ik hem niet had gepijpt in de tent, niet met hem naar bed was gegaan in het hotel en Sarah niet van de rots af had geduwd, zou Kyle nog leven. Ik had hem de dood in gejaagd.

Tegelijkertijd voelde ik me opgelucht. Ik had niet daadwerkelijk iemand vermoord. Dank u, Heer, zei ik keer op keer terwijl het heuvellandschap plaatsmaakte voor boerenland, voor een landschapspark, voor de lelijke, grijze grindstenen muren van de Glasgowse bungalows. Ik had mijn beste vriendin niet vermoord. Ik hoefde niet met het schuldgevoel te leven, in een donkere, rokerige kamer, met griezelig uitdrukkingsloze ogen en verfomfaaid haar. Als ik de kans kreeg, zou ik nog kunnen proberen om een goede moeder te zijn voor mijn kind.

Het duurde even voordat ik de politie zover kreeg om me de hoorzitting te laten bijwonen, want ik was een belangrijke getuige en er moesten vragen beantwoord worden. 'Alstublieft,' zei ik. 'Hij is ziek en zal wel huilen... Laat me de hoorzitting voor de kinderrechter bijwonen. Het duurt maar een halfuurtje. Dan kunnen mijn ouders voor hem zorgen tot u mij niet meer nodig hebt.'

Ze lieten zich vermurwen, op voorwaarde dat zij me zouden vergezellen.

Toen we de rechtbank naderden, zette ik alles in gedachten nog eens op een rijtje. Positieve argumenten die de jury zouden kunnen beïnvloeden bij de beslissing of mijn zoon bij mij mocht blijven waren:

Ik was de moeder van het kind.

De andere argumenten zou ik straks nog wel invullen...

Negatieve argumenten die de jury zouden kunnen beïnvloeden waren:

Ik leed aan een postnatale depressie.

Ik was alcoholiste.

Ik had in het verleden drugs gebruikt.

Ik had het kind tweemaal alleen gelaten.

Ik was de grootste slet van de buurt – wat zeg ik, het hele land.

Ik had een getrouwde man verleid.

Ik had mijn beste vriendin in een afgrond geduwd en haar daarna voor dood achtergelaten, verborgen in een rotsspleet.

Ik moest optimistisch blijven, hield ik mezelf voor. Vandaar dat ik optimistisch terugging naar mijn eerste lijstje en daaraan toevoegde: maar het was allemaal een vergissing.

Als ik een rapport over mezelf had moeten schrijven voor de hoorzitting, zou het niet voordelig zijn uitgevallen. Sterker nog, het zou regelrecht vernietigend zijn geweest. Ik zou zinnen hebben gebruikt als:

Mevrouw Donald lijkt niet in staat te zijn om binnen haar chaotische levensstijl prioriteit te geven aan haar kind.

Er zijn weinig aanwijzingen waaruit op te maken valt dat mevrouw Donald haar zoon consistente en betrouwbare zorg kan bieden.

Mevrouw Donald heeft er geen blijk van gegeven inzicht te hebben in haar eigen gedrag en de invloed die dit gedrag zou kunnen hebben op haar kind.

Schrijfster dezes betwijfelt ten zeerste of mevrouw Donald wel kan samenwerken met de afdeling om haar opvoedkundige vaardigheden te verbeteren...

'Kijk me eens aan, Kriss.' Het was Chas, die me probeerde te kalmeren. 'Je hebt fouten gemaakt, maar je bent een goed mens en we komen er wel uit. Vertel hun gewoon maar hoe je je voelt.'

Terwijl de politieauto buiten bleef wachten, rende ik het gebouw in, met Chas en een van de rechercheurs achter me aan. 'Jullie blijven hier,' zei ik tegen Chas en de rechercheur, en daarna ging ik naar binnen en nam opnieuw plaats aan die afschuwelijke tafel. De achtentwintigjarige klootzak met de kuif die me er een paar maanden daarvoor (terecht) van had beschuldigd dat ik te snel met mijn oordeel klaarstond, zat met twee andere juryleden tegenover me. Mama, papa en de maatschappelijk werkster met de twinset en de parels zaten naast me en de rapporteur zat aan het hoofd van de tafel. Ze waren hier bijeengekomen om het bevel van de kinderbescherming te bespreken dat de avond daarvoor was uitgevaardigd, zei de rapporteur, en te besluiten wat het beste was voor het kind. Had ik nog iets te zeggen?

Ja, zei ik kuchend. Het woord bleef in mijn keel steken, geen arrogantie, geen agressie. Ik had inderdaad wel iets te zeggen.

Ten eerste wilde ik mijn verontschuldigingen aanbieden voor de fouten die ik had begaan: dat ik Robbie alleen had gelaten, dat ik iets te veel had gedronken, dat ik te hard had gewerkt, en – ik keek de man met de kuif aan – dat ik in het verleden te snel met mijn oordeel had klaargestaan. Moeder zijn is het moeilijkste wat er is, zei ik. Ik had me nooit gerealiseerd hoe moeilijk het wel niet was.

Daarna smeekte ik om hulp. Ik zou naar een therapeut gaan, stoppen met drinken, bij mijn ouders gaan wonen, mijn medicijnen innemen, wat dan ook. 'Maar alstublieft, alstublieft!' smeekte ik, 'laat mij degene zijn die voor hem zorgt.'

Parels stak een te lang betoog af in het plaatselijke maatschappelijk-werkersdialect dat Jargons heet, en toen was het aan de drie juryleden om een beslissing te nemen, alsof ze een talentenjacht jureerden.

'Ik ben tot een besluit gekomen en…'

Lange stilte.

'… en ik zou willen aanbevelen om het kind terug te plaatsen bij de moeder, met ondersteuning van maatschappelijk werk om haar weer op het goede spoor te zetten.'

Dit werd gevolgd door een identieke aanbeveling, en toen was de klootzak met de kuif aan de beurt. Hij keek me voor het eerst sinds die hoorzitting van veertien maanden daarvoor aan, en zei verrassend zachtmoedig: 'Dan zijn we het allemaal met elkaar eens. Robbie hoort bij zijn moeder.'

Ik was zo blij dat ik hem wel kon omhelzen, die zachtaardige lieverd die prima, eerlijk werk leverde waar hij niet eens voor werd betaald, en ik stond op het punt om het nog te doen ook toen de rapporteur aan het hoofd van de tafel zei: 'U kunt Robbie bij uw vriendin ophalen wanneer u maar wilt.'

'Hoe bedoelt u?'

'Uw vriendin, Sarah McGibbon.'

'Sarah McGibbon?'
'Ze heeft hem vanmorgen vroeg meegenomen.'

36

Ik zat op weg naar Sarahs huis aan één stuk door te hyperventileren. Ze was belogen, bedrogen, mishandeld en levend begraven. Ze had tentstokken in de ogen van haar man gestoken en zijn armen afgezaagd. En nu had ze mijn baby. Wat zou haar volgende stap zijn? Wat zou ze mijn zoontje aandoen?

Misschien wel niets, hield ik mezelf voortdurend voor. Misschien wel niets. Misschien zou ze voor hem zorgen, van hem houden. Een baby was tenslotte wat ze altijd had gewild.

'Zijn medicijnen!' zei ik. 'Probeer te achterhalen of ze zijn medicijnen heeft meegenomen!' Als ze Robbies antibiotica en paracetamol had meegenomen, dacht ik, zou dat erop wijzen dat ze op haar eigen, gestoorde manier toch het beste met hem voorhad.

Iedereen ging aan de slag om te achterhalen of Sarah Robbies medicijnen had meegenomen toen ze bij de pleegouders was vertrokken. Twaalf telefoontjes en zeven minuten later waren we erachter dat ze dat niet had gedaan.

O god, dacht ik bij mezelf, ze is totaal niet van plan om voor hem te zorgen.

De tochtdeuren van Sarahs zandstenen twee-onder-een-kapwoning zaten op slot. Er brandde geen licht en er stond geen auto op de oprit. Zonder te wachten tot we tot stilstand waren gekomen deed ik het portier open, om naar de plek te rennen waar de reservesleutel lag en de voordeur open te maken. Er was niemand thuis. Ik liep alle kamers na, maar die leken stuk voor stuk leger dan de vorige, vooral de kinderkamer die Sarah zo zorgvuldig had ingericht. Tiny Tears, negenentwintig jaar oud maar nog in onberispelijke staat, lag in de wieg.

Ik stapte snel weer in de politieauto en de sirene ging aan. Waar kon ze naartoe zijn gegaan?

Haar moeder?

Haar vader?

Loch Katrine?

Het vliegveld?

We reden met hoge snelheid dezelfde weg terug, en kwamen met piepende remmen tot stilstand voor het gebouw waar Sarahs moeder woonde.

Ik rende de auto uit en drukte op de zoemer waar 'Morgan' bij stond.

Geen reactie.

'Shit.' Ik probeerde het opnieuw.

Helaas. Een derde poging…

'Ja?' De stem die ik wilde horen.

'Mevrouw Morgan, met Krissie.'

'Krissie! Hallo.'

'Ik wil graag boven komen. Het is dringend.'

De zoemer klonk en ik stormde de trap op naar de derde verdieping.

Ze deed kalm de deur open.

'Is Sarah hier?'

'Nee.'

'Hebt u iets van haar gehoord?'

'Nee.'

'Moet u horen, Kyle is dood en ze is ervandoor met mijn baby.'

'O, mijn hemel!' zei ze. 'Waarom ik? Dat verdraaide kind! Krijg ik dan nooit rust?'

Ik had geen tijd voor haar zelfzuchtige, melodramatische gedrag.

'Mevrouw Morgan! Als u haar ziet moet u onmiddellijk het alarmnummer bellen!'

De agenten beantwoordden telefoontjes onder het rijden. Een andere agent liet ons via de radio weten dat Sarahs vader dronken in zijn huurflat lag en dat hij haar niet meer had gezien sinds hij haar twee jaar daarvoor om geld had gevraagd. 'Benepen trut,' had hij blijkbaar gezegd, voordat hij zichzelf nog een biertje inschonk.

Ze had niet geprobeerd het land te verlaten, liet het hoofdbureau ons weten. Ze hadden de vliegvelden gecontroleerd.

Ze had rond halfnegen 's ochtends geld opgenomen in Glasgow, maar had geen creditcards gebruikt.

Haar auto was gesignaleerd in de buurt van Aberfoyle, maar de omschrijving was weinig gedetailleerd. 'Ik geloof dat het een vrouw was…' had de eigenaar van het benzinestation gezegd. 'Absoluut een Land Rover.'

Aberfoyle – ze was waarschijnlijk op weg naar Loch Katrine.

We deden er veertig minuten over om er te komen, en toen we arriveerden, had de plaatselijke politie het huis al nagelopen. Hoewel ze geen sporen hadden kunnen ontdekken die erop wezen dat Sarah er onlangs was geweest, wilden ze ons wel iets laten zien.

Een agent stond ons bij de voordeur op te wachten. 'Zo te zien is er al een tijdje niemand geweest, maar jullie kunnen beter even binnen komen kijken.'

Ik ging naar binnen, en hij had gelijk. Het huis was afgesloten – elektriciteit uitgeschakeld, gordijnen dicht, een stapel reclamefolders bij de deur.

Ik liep achter de agent aan de slaapkamer in totdat hij voor een omgekiepte kast bleef staan. Daarachter bevond zich een stoffige alkoof.

Komt zoiets niet steevast voor in verhalen over gestoorde mensen? Een afgesloten, slecht verlichte kamer waarvan de muren bedekt zijn met foto's en krantenknipsels. In de regel stellen de foto's de potentiële slachtoffers voor en gaan de krantenknipsels over doden. Maar in dit geval maakte het heen en weer zwaaiende, enkele peertje foto's zichtbaar waarop een glimlachend gezicht stond:

De man krijgt in L.A. een onderscheiding uitgereikt.

De man stapt in Londen in zijn auto.

De man treedt in Glasgow in het huwelijk.

De man wordt gerecenseerd in *The Guardian*.

De man komt in Islington uit het ziekenhuis.

Alle foto's waren met een boze, zwarte pen bekrabbeld.

Wie de man in kwestie was? Mike Tetherton.

'Dat is Sarahs stiefvader,' zei ik.

Chas liep het vertrek in en zag de foto's. Zijn gezichtsuitdrukking veranderde en zijn hele lichaam verstijfde.

'Ik begrijp het niet,' zei ik, bang dat we geen aanknopingspunten meer hadden om mijn baby te vinden. Mike Tetherton had vanaf Sarahs zesde jaar geen deel meer uitgemaakt van haar leven. Ze had hem nooit ter sprake gebracht en hem zelfs niet uitgenodigd voor haar bruiloft.

Chas nam me mee naar de woonkamer en liet me op de bank plaatsnemen. 'Mike Tetherton is de man die ik heb mishandeld,' zei hij.

'Wat? Wat doet dat er nu toe? We moeten Robbie vinden.'

'Weet je nog dat je tussen je moeders spullen op zolder moest overgeven?'

'Toen ik naar het sieradendoosje keek, bedoel je?'

'Dat heeft Sarahs stiefvader je gegeven.'

Hij keek me gespannen aan, wachtend tot mijn ogen iets zouden prijsgeven, en daardoor raakte ik aanvankelijk in verwarring. Ten slotte zei hij: 'Toen je zes was, Krissie.'

Het was op zich zo'n onschuldig voorwerp, die doos, met zijn geborduurde roze bloemen en laagje zilveren glitter. Het was zo'n schattig popje, die witte ballerina. Het was zo'n mooi, triest wijsje – *Dr. Zhivago* – dat er tinkelend uit opsteeg.

Huiverend barstte ik in tranen uit, terwijl de herinneringen bovenkwamen.

Ik had nooit enig geloof gehecht aan al die onzin over onderdrukte herinneringen, en had het altijd stomvervelend gevonden als maatschappelijk werkers daarover doorzaagden. Het idee dat je iets kon begraven in je geest en het dan gewoon kon vergeten, was me bespottelijk voorgekomen. Echte ervaringen konden niet boven water worden gehaald door middel van een geur, een geluid of een voorwerp.

Het was verkeerd. Het was alsof een heel stuk van mijn leven tegen het raam op vloog, de ruit verbrijzelde en voor mijn voeten dood neerviel. Daar was het. Zeer onverwacht, zeer benauwend, en zeer afstotend.

Ik kon me herinneren dat hij zo aardig was geweest, Mike. Ik smeekte altijd of ik bij Sarah mocht spelen, omdat we chips kregen wanneer we maar wilden en zelfs een keer naar *Prisoner Cell Block H* hadden gekeken, waar ik van mijn vader niet naar mocht kijken omdat het 'zo'n ellendige lesbische serie' was. En zelfs na de eerste keer, toen we naar de logeerkamer gingen om Mikes kinderboeken te lezen terwijl Sarah in de aangrenzende badkamer verdween om te plassen, en hij per ongeluk een glas cassis over mijn kleren morste zodat hij me moest uitkleden om me met een handdoek af te drogen, zelfs na die eerste keer wilde ik daar nog steeds dolgraag spelen.

Pas na de tweede keer, toen er geen chips, geen cassis en geen kinderboeken waren geweest, begon ik van gedachten te veranderen. Sarah ging weer weg om te plassen en aangezien er geen lekkernijen waren om me af te leiden, viel het me op dat hij de deur naar de aangrenzende badkamer van buitenaf op slot deed en de deur van de slaapkamer van binnenaf, en dat hij niet zoals anders met vriendelijke, verleidelijke stem sprak, maar met een scherpe, die zei: 'Ga daar liggen en hou je mond.'

De logeerkamer stond vol speelgoed. Het logeerbed was erg mooi, met een donzige, lilaroze lappendeken. In de hoek stond een videorecorder klaar. Hoewel hij een man was, hield hij kennelijk van lilaroze en kinderboeken. Daar stond ik toen verder niet bij stil, een zesjarige stelt geen vragen over dat soort oninteressante dingen.

Ik vroeg wél of ik nog chips zou krijgen. Alleen als ik ging liggen en mijn mond hield, zei hij. Dat deed ik dus, en na afloop mocht ik de prachtigste sieradendoos die ik ooit had gezien mee naar huis nemen.

Niet lang daarna werd ik door mama zo'n beetje gedwongen een nachtje bij Sarah te gaan logeren. Ze was opgeroepen voor haar werk, en werd boos toen ik een driftbui kreeg en dwarslag.

Een uur nadat Mike zijn vrouw gul had weggestuurd om een avondje uit te gaan met haar vriendinnen, hoorde ik Sarah wel op de deur van de aangrenzende badkamer bonken, maar helpen deed ze niet.

Na afloop keerde tot mijn verbazing Mikes mooie, verleidelijke, gruizige stem terug.

'Ze heeft met Sarah twister gespeeld. Ik ben bang dat ze een blauwe plek op haar beentje heeft,' zei hij toen mama me kwam ophalen.

Het gebeurde nog één keer, en na afloop bleef het een beetje bloeden, zodat ik midden in de nacht moest opstaan om het bloed uit mijn nachtjapon te wassen. Daarna borg ik Mike Tetherton en zijn harde ding weg en dacht ik tot aan Loch Katrine nooit meer aan hem.

Ik zat nog steeds te huilen toen Chas uitlegde hoe het zat met het krantenartikel dat ik op zolder had gevonden. Het ging over Marie Johnston. Ook zij was daar voor die camera neergezet, voor die recorder, het bloempje. Ze had het aan haar moeder verteld, maar hij was er ongestraft mee weggekomen.

Chas vertelde me voorzichtig dat dit de reden was waarom mijn moeder het had laten rusten. Ze wilde niet dat ik doormaakte wat Marie had doorgemaakt. Wat had het voor zin? Marie was door maatschappelijk werkers, artsen en de politie onderzocht, ze had van haar moeder wekenlang niet buiten mogen spelen, haar vader had haar verboden ooit nog rokken te dragen en haar broer was zich vreemd gaan gedragen op school en niemand wilde met hen spelen.

Dus daarom had Sarah altijd op me gepast terwijl ik bakstenen telde in het centraal station, daarom had ze me toen ik studeerde geld gegeven wanneer ik dat nodig had, daarom maakte ze maaltijden voor me die ik kon invriezen, daarom had ze me meegenomen naar West Highland Way. Ze had me altijd beschermd, omdat ze het gevoel had dat ze dat toen niet had gedaan.

Ik keek naar Chas, die naast me op de bank zat.

'Hou op!' zei ik, toen ik eindelijk terug was in het hier en nu. 'We hebben hier geen tijd voor.'

'Maar snap je het dan niet?' zei Chas. 'Ze neemt wraak – door Kyle te vermoorden, Robbie te ontvoeren – het is alsof ze een lijstje afwerkt…'

Ik vulde zijn woorden aan: 'Ze is van plan om Mike Tetherton te grazen te nemen.'

37

Nadat Anna die avond in het appartement alles aan Chas had verteld, had ze hem gesmeekt het net als zij te laten rusten. Er was geen bewijs, het was informatie uit de tweede hand, en Krissie had al genoeg meegemaakt. Ze was gelukkig zolang ze het zich niet herinnerde, dus het was beter om het daar maar bij te laten. Anna had er talloze malen over getobd en ze had het grootste deel van haar leven haar man ervan moeten weerhouden de schoft te vermoorden.

Chas beloofde dat hij zijn mond zou houden. Hij beloofde dat hij Krissie tijd zou geven, en vertrok uit Schotland voordat hij van gedachten zou veranderen.

Toen Chas een paar jaar later weer thuiskwam, besteedde hij twee weken aan het inrichten van zijn appartement en studio, voordat hij Krissie ging bezoeken. Hij wilde haar imponeren, een overweldigende indruk op haar maken met zijn schilderijen, zijn nieuwe kapsel en zijn anekdotes.

Chas wist inmiddels dat hij aantrekkelijk was, want de drie voorafgaande jaren hadden vrouwen hem voortdurend belaagd. Waar hij ook kwam, overal was er wel een vrouw die hem begeerde. Hij bood meestal geen weerstand, want hij vond seks zo'n beetje het allerleukste wat er was, maar hij liet het nooit langer duren dan een week of twee. Hij was verliefd, zei hij tegen de een na de ander, en dan betrok hun gezicht van teleurstelling als hij hun vertelde dat hij niet verliefd was op hen, maar op een fantastische vrouw thuis in Glasgow, die Krissie heette.

Na zijn nieuwe appartement te hebben schoongemaakt, zijn nieuwe lakens te hebben gestreken en het portret van Krissie te hebben opgehangen dat hem in tranen had doen uitbarsten toen hij het in Pokhara had geschilderd, kwam Chas bij Krissies appartement aan, gekleed in zijn beste netjes-nonchalante spijkerbroek en zijn grijs-groene Billabong-T-shirt, en gewapend met bloemen, bonbons en een toespraakje: 'Krissie Donald, ik ben verliefd op je en dat ben ik al sinds je in Goa met je handen zat te eten. Je bent geweldig, slim, grappig, mooi en verrukkelijk, en ik wil de rest van de dag met je doorbrengen.'

Hij stelde zich zo voor dat ze hierop zou antwoorden: 'De dag?'

En dat hij vervolgens zou zeggen: 'Oké, mijn leven dan. Ik wil de rest van mijn leven met jou doorbrengen.'

Hij belde opnieuw aan en begon zijn toespraakje te herschrijven. Te veel bijvoeglijke naamwoorden. Hij haalde 'geweldig' eruit, veranderde 'slim' in 'intelligent' en 'mooi' in 'betoverend', en zette daarna 'geweldig' weer terug, ten koste van 'betoverend'. Hij begon ook door het grijze deel van zijn grijs-groene Billabong-T-shirt heen te zweten en vroeg zich af of hij wat van het tissuepapier dat om de lelies gewikkeld was zou gebruiken om zijn oksels droog te deppen.

Net toen hij een stukje tissuepapier losscheurde, ging de deur eindelijk open.

Hij ademde diep in.

Maar het was Krissie niet. Het was een reusachtige, harige, halfnaakte, bruinogige adonis.

'Kut!'

Ja, dat had hij hardop gezegd.

'Van hetzelfde,' zei Adonis.

'Sorry.'

'Zijn die voor mij?' Shit, Adonis was niet alleen een Griekse god, maar nog grappig ook.

'Nee.'

Er viel een stilte toen de man tranen zag opwellen in Chas' zielige oogjes.

'Je bent op Krissie uit.'

'Dat wás ik, ja.'

'Moet je horen,' fluisterde hij. 'Maak je niet dik. Het stelt niets voor. Ik ben getrouwd. Dus als je haar wilt, dan is ze van jou, maar hou je even afzijdig tot ik haar heb ingelicht.'

Voordat Chas zijn hand kon breken op de staalharde borst-kas van Adonis en berouw kon hebben van de pijn, dook Krissie achter hem op, gekleed in een T-shirt.

'Chas!' Ze pakte hem beet, omhelsde hem en keek naar de bloemen en de bonbons.

'Die zijn voor jou, een aardigheidje omdat ik er weer ben,' zei hij.

'Dank je!' zei ze, terwijl ze de geschenken aannam zonder ook maar even te beseffen dat hij ermee te kennen had willen geven dat het ware geluk voor hen beiden was aangebroken.

'Kom binnen! Wat heb je allemaal beleefd? Ik wil alles weten! Waarom heb je me niet geschreven?'

Chas hield vol dat hij niet binnen wilde komen, en ze stonden een poosje schutterig bij de deur te praten terwijl Adonis met zijn fantastische kont de badkamer in wiegde.

'Hij is mijn grote liefde,' zei Krissie. 'Ik heb me nog nooit zo gevoeld. Heb je die kont gezien?'

'Ik moet gaan,' zei Chas, en hij liep weg.

'Hè, dwarsligger,' protesteerde Krissie. 'Kom terug om een kop koffie te drinken. Chas! Kom nou hier.'

'Een andere keer misschien.'

Chas zou niet in de gevangenis terechtgekomen zijn als hij die avond niet op zijn neefje had gepast. De kleine Joey wilde niet slapen, dus hadden ze samen op de bank naar een eindeloze reeks geestdodend saaie kinderprogramma's liggen kijken. Een van de series heette *De boekenwurm*, en draaide om een rondreizende bibliotheek, een pratende/aan het stuur zittende reuzenworm, en tientallen zingende kinderen op verschillende locaties in het Verenigd Koninkrijk. Chas en zijn neefje waren al bijna in slaap gevallen toen de aftiteling over het scherm gleed en in grote, zwarte letters de naam van de producer verscheen: Mike Tetherton.

Chas belde Anna, en samen belden ze de politie en maatschappelijk werk, en na dagenlang wachten kregen ze te horen dat er niets gedaan kon worden. Meneer Tetherton werkte niet langer met kinderen aangezien er geen opdracht was gegeven voor nieuwe afleveringen, en hij stond niet als zedendelinquent geregistreerd.

Toen Chas de avond daarna boos *De boekenwurm* versneld vooruit- en terugspoelde en hij de gezichtjes bestudeerde van de meisjes die in de serie voorkwamen – blij? bang? bont en blauw? – klopte Krissie huilend bij hem aan.

'Hij is getrouwd!' zei ze.

Ze dronken samen twee flessen wijn. Chas kon op de bank eindelijk zijn arm om haar heen slaan, en wat was dat een fijn gevoel. Dit was het, dit was het moment waarop hij had gewacht, het moment dat Krissie zich zou laten liefhebben door iemand die werkelijk om haar gaf.

'Krissie…'

'Ja?'

Stilte.

'Krissie Donald…'

Terwijl Krissie met een verbaasd gezicht wachtte tot Chas zijn zin afmaakte, ging haar mobiele telefoon.

Ze luisterde en hing op, en toen de telefoon opnieuw ging, luisterde ze weer, maar zonder op te hangen. Ze trok haar arm uit die van Chas en werd helemaal sentimenteel en week, en daarna trok ze giechelend haar jas aan, en nog terwijl ze aan het telefoneren was, vormde ze met haar lippen geluidloos de verpletterende woorden: 'Moet gaan.'

Nadat hij de laatste druppel uit de tweede fles wijn had geperst, nam Chas de trein naar Londen. Hij wist eigenlijk niet wat hij zou doen. Hem uitkafferen? Hem tot rede brengen? Hem op heterdaad betrappen?

Hij belde de BBC en zei dat hij de vader was van een van de meisjes uit *De boekenwurm*, en dat zijn dochter graag nog eens aan een programma zou willen meewerken. De receptioniste van de BBC zei dat ze het bericht zou doorgeven.

Mike belde het mobiele nummer zodra hij het bericht had ontvangen, en ging ermee akkoord om vader en dochter bij hem thuis te ontmoeten, zodat ze een en ander konden bespreken. Tegen de tijd dat Chas bij het appartement aankwam, had hij een kater en was hij uitgeput. Mike deed glimlachend open.

'Meneer Worthington?'

'Ja, hallo,' zei Chas, waarna hij zenuwachtig uitlegde dat zijn dochter op school zat, maar dat ze dolgraag meer acteerwerk wilde doen.

Chas nam plaats, terwijl Mike koffiezette en zei dat hij haar opnieuw zou moeten spreken en auditie moest laten doen. Chas liet onderzoekend zijn ogen door het huis glijden: trendy, netjes, slaapkamerdeur dicht.

'Woont u alleen?' vroeg Chas.

'Onlangs in de steek gelaten! Beschrijf uw dochter eens, ik kan me haar niet herinneren.'

'Oké, even denken, ze heeft… bruin haar, ze is grappig en heeft een prachtige glimlach. Ze is mooi en heeft een geweldig Schots accent.'

'Uit Schotland?'

'Glasgow. Southside.'

'O ja?'

'Ja.'

Mike kwam binnen met de koffie en ging zitten.

'Vertel verder.'

'Even denken, ze is intelligent, en ze is… bang, staat niet toe dat iemand van haar houdt. Ze heet Krissie Donald, is negenentwintig jaar, en de beste vriendin van je stiefdochter Sarah. Herinner je je haar nu?'

De verleidelijke, gruizige stem veranderde in zuiver graniet. 'Wie ben jij?'

Chas stond op en liep naar de slaapkamer. Hij had weleens wat over pedofielen gelezen en wist waar je in hun huis op moest letten: kindervallen zoals speelgoed en snoep, en goed doordachte handigheden zoals sloten op deuren die normaal gesproken geen slot nodig hadden.

'Waarom heb je een slot op je slaapkamerdeur?'

'Als je niet weggaat, bel ik de politie.'

Chas liep de slaapkamer in.

'Oké, ga je gang, en verbind ze met mij door als je klaar bent.'

Chas haalde een van de vele teddyberen van het bed. 'Waarom heb je zoveel teddyberen? Waarom heb je dit bed?'

Mike was vuurrood geworden. 'Wat wil je van me?'

'Het liefste zou ik je vermoorden, maar dan zou ik mijn leven verpesten, en daar heb ik geen zin in, dus ik neem genoegen met een volledige bekentenis.'

Chas drukte op de opnameknop van de dictafoon die hij die dag in Kensington had gekocht.

Mike liep de slaapkamer uit, pakte zijn sleutels en verliet het appartement.

Chas liep achter hem aan de voordeur uit, de straat op.

'Hij is pedofiel!'

Chas volgde hem op de voet. De mensen op straat draaiden zich om en keken hen na, en een vrouw die net naar haar altijd zo behulpzame buurman had geglimlacht, keek verbaasd en geergerd toen Chas haar toeschreeuwde: 'Hij is een beest.'

Mike ging harder lopen, en bijna hollend bereikte hij de parkeerplaats van de supermarkt, waar het wemelde van de mensen.

'Beken wat je hebt gedaan, hier, ten overstaan van deze mensen. Zeg op!'

Voorbijgangers bleven als aan de grond genageld staan terwijl Mike zijn pas inhield, zich omdraaide en Chas in de ogen keek.

Mike bleef even roerloos staan en zag eruit alsof hij bereid was om te praten, terwijl de dictafoon sissend alles opnam. Toen fluisterde hij: 'O, zó heette ze dus.' Hij greep een winkelwagentje en duwde het tegen Chas aan om hem de weg te versperren. Hij stond er triomfantelijk bij terwijl de menigte zich verspreidde, en vervolgens nam hij de benen en verdween in een metrostation.

Chas sjorde het winkelwagentje opzij. Het was stuk en er kwam een metalen staaf los. Hij keek naar de gehavende staaf, greep hem stevig vast en rende toen de metrotrappen af om een daad te begaan die hem de volgende vier jaar van zijn leven zou kosten.

Was Chas maar in zijn opzet geslaagd. De klootzak castreren.

Maar helaas was dat niet het geval, en had Chas van een boze kinderverkrachter een nog bozere kinderverkrachter met een misvormde penis gemaakt.

In de Old Bailey liet Chas niets los. Hij wist dat het voor Krissie nog te vroeg was om ermee om te kunnen gaan, en met uitzondering van Krissies ouders wist men niet beter of Mike Tetherton was het ongelukkige slachtoffer geworden van een dope rokende nietsnut.

Mike verhuisde naar het noorden en dook een poosje onder in een zee van springtouwen.

38

Sarah had geen idee dat ze, als ze snel genoeg reed, de heldin zou kunnen worden, de vrouw die de slachtoffers op het nippertje van de gek zou redden. Terwijl ze daar zo reed, met oordopjes in om de herrie te weren van het kind dat misschien wel het allerlastigste kind van de wereld was, had ze geen idee dat er een meisje huilend op de lilaroze lappendeken lag.

Maar ze zou niet de heldin van dit verhaal worden en ze was niet op het nippertje ter plekke, want terwijl zij vijftien kilometer ten noorden van Drymlee stapvoets langs verkeerskegels reed, zei Jane: 'Hartelijk dank, meneer Tetherton,' en stapte ze bij haar moeder in de auto met een snoepketting die voorgoed een vieze smaak in haar mond zou achterlaten.

Toen Sarah in Drymlee aankwam, zat het jongetje achter in haar auto er rustig bij en probeerde hij niet langer met zijn gehuil haar aandacht te trekken. Hij was gloeiend heet en zo uitgeput dat hij met een wezenloze blik voor zich uit zat te kijken.

Sarah had verwacht dat ze het voormalige schoolgebouw direct zou vinden. Het dorp was maar klein en erg mooi, maar ze kon Wilkinson Court, waar Mike een verbouwde zolderverdieping huurde, niet vinden.

Ze zette de auto stil en raadpleegde haar landkaart, maar die was niet gedetailleerd genoeg.

'Meneer?'

De man die zijn hond uitliet deed net of hij haar niet hoorde.

'Hallo!' Ze stak haar hoofd nu uit het raam, bij de stoeprand van Wilkinson Place.

De man die zijn hond uitliet versnelde zijn pas.

Sarah gaf plankgas en zwaaide het trottoir op, waarbij ze de drieënvijftigjarige man die zijn hond uitliet bijna de banketbakkerij in drukte.

Sarah stak opnieuw haar hoofd uit het raam en de man die zijn hond uitliet werd overmand door de gedachte dat zijn einde nabij was.

'Ik wilde u alleen maar vragen waar Wilkinson Court is,' zei ze.

'Daar,' zei de man, en hij wees naar het reusachtige bord boven de weg waarop WILKINSON COURT stond.

'Dank u,' zei ze, terwijl ze achteruit de stoep af reed.

De man zakte ineen en dankte God voor het feit dat hij gespaard was gebleven.

Sarah parkeerde de auto voor Mikes appartementengebouw. Het was een schitterend, stenen gebouw met drie verdiepingen. Het bevatte minstens zes appartementen, en aan de overkant was een mooi speelpark. In de hoek van het park lag een reusachtige stapel hout klaar voor een vreugdevuur, met daarbovenop een van hout en papier gemaakte man.

Sarah keek een tijdje naar het gebouw en nam het goed in zich op. Daarna startte ze de auto en ging ze twee uur lang op zoek naar het gereedschap dat ze nodig had.

Sarahs wraakgevoel was allesverterend en hartstochtelijk. Ze had door de jaren heen een plan uitgebroed om zich te wreken, en dat in de rotsspleet verder bijgeschaafd. Nu was die wraak binnen haar bereik. Ze had haar tekst en handelingen gerepeteerd tot op een niveau dat een onderscheiding waard was. Zo dichtbij.

Maar toen Mike met zijn warme, gastvrije glimlach de deur opendeed, voelde ze zich volstrekt niet zo opgetogen als ze had verwacht. Ze voelde zich mat, verward, en er bleef niets over van de script- en regieaanwijzingen die ze uit haar hoofd had geleerd.

Het was de bedoeling geweest dat ze, nadat hij met een gastvrije glimlach had opengedaan, tegen hem zou zeggen: 'Mike Tetherton, je hebt mijn leven verwoest en je verdient het niet om te leven.'

Daarna zou ze hem een klap op zijn hoofd geven met de grote kei die ze voor dit doel in het park bij de hengelsportzaak had opgespoord, en terwijl hij bewusteloos was zou ze hem naar het bed slepen en hem erop vastbinden. Ze zou in het appartement op zoek gaan naar foto's die hij had gedownload, en naar de videobanden die hij door de jaren heen van al die kleine meisjes had gemaakt, en deze zorgvuldig naast het bed op een rij zetten.

Als Mike wakker werd, zou Sarah zich over hem heen buigen en haar toespraak vervolgen.

'Mike Tetherton, je hebt ook het leven verwoest van Krissie Donald, Marie Johnston en (wijzend naar de videobanden) van al deze meisjes, en je verdient het niet om een zachte dood te sterven.'

Vervolgens zou ze het keukenmes tevoorschijn halen dat ze sinds Perth had gekoesterd, en een snee van een paar centimeter in zijn bovenbeen maken. Hij zou ineenkrimpen en huilen als een klein kind, maar ze zou zich niet van de wijs laten brengen.

Ze zou langzaam de zak met maden tevoorschijn halen die ze bij de hengelsportzaak had gekocht en er een tussen haar vingers nemen. En terwijl het beest alle kanten op kronkelde, zou ze zeggen: 'Dit kereltje lijkt op jou. Hij voedt zich het liefst met vlees. Hij wurmt zich bij je naar binnen en begint te eten. Hij graaft en groeit, graaft en groeit, en blijft heel, heel lang daarbinnen zitten. Uiteindelijk verandert hij in iets anders, iets wat te groot is, iets wat wil vliegen.'

Daarna zou ze een van de pornografische foto's uit zijn verzameling omhooghouden, de foto van een meisje dat Miranda heette, of Julie, of (invullen wat van toepassing was), en de made in de snee in zijn been stoppen.

'Deze is voor Miranda.'

Sarah zou minstens vijftig sneeën maken, over zijn hele lichaam, en toekijken hoe hij zou kronkelen en schreeuwen terwijl de maden bezit van hem namen.

Het was een zeer bevredigend plan, een plan dat in alle opzichten geslaagd was.

Daar gaat-ie.

Maar toen Mike de deur opendeed, verstarde Sarah en deed ze alles verkeerd: 'Hallo Mike,' zei ze, en de toespraak, de klap met de kei en de val bleven uit. 'Ken je me nog? Ik ben Sarah, Sarah McGibbon, ik bedoel Morgan.'

'Sarah? Natuurlijk. Gaat het goed met je?'

'Nee, eigenlijk niet. Ik heb een afschuwelijke week achter de rug.'

'Kom binnen. En wie hebben we hier?'

'Dit is Krissies zoontje, Robbie.'

'Hij gloeit helemaal!' zei Mike. 'Hij heeft calpol nodig!'

Het was geen verrassing dat Mike elk middel en elke traktatie om kinderen te kalmeren in huis had, met inbegrip van calpol, die hij Robbie zorgvuldig toediende. Daarna legde hij Robbie op de bank, doorzocht Sarahs tas en haalde er de flesvoeding uit, die hij mengde, opwarmde en aan Sarah gaf, zodat ze Robbie kon voeden.

Vervolgens begon hij op het fornuis een pannetje melk op te warmen. Toen Robbie in slaap was gevallen, legde Sarah hem op bed en liep naar de ontbijtbar om Mike gade te slaan. Ze kreeg een warm gevoel toen hij cacao in een kopje deed, de ketel opzette en een paar druppels kokend water toevoegde aan de cacao.

'Wat kom je doen, Sarah?'

Hij roerde de cacao tot een kleverig papje en voegde dat toe aan het pannetje melk. Ze was nu volkomen de kluts kwijt. Hij was een schat. Haar stiefvader, Mike.

'Ik kom je vermoorden. Ik ben van plan om je op het bed vast te binden en maden in je lichaam te stoppen, en daarna al je foto's, downloads en videobanden aan de politie te geven.'

Mike goot de melk in een grote, witte mok, zette die voor haar neer en barstte in lachen uit. 'Dat is wel erg dramatisch!'

Sarah hield slapjes het zakje met maden omhoog en legde het op de ontbijtbar neer. Daarna legde ze het grote mes ernaast. Ze had totaal geen kracht meer, was bijna óp door het hele gedoe, en wist dat alles wat ze zei volslagen belachelijk klonk.

Mike liep de keuken uit en zijn slaapkamer in. Sarah hoorde een la open- en dichtgaan.

'Zou het niet gemakkelijker zijn om zoiets te gebruiken?' vroeg Mike toen hij even later weer verscheen.

Hij legde een Sig.25-pistool voor Sarahs neus op het blad van de ontbijtbar neer.

'Hij is geladen.'

Sarah keek naar het pistool. Mike stond tegenover haar aan de ontbijtbar. Hij verroerde geen vin en bestudeerde haar. Hij had zijn kaarten op tafel gelegd, nu was zij aan de beurt. Mike was het gewend een gok te wagen, en meestal won hij.

Sarah raakte het pistool aan. Het was steenkoud en haar trillende vingers lieten er condensplekjes op achter. Mike had zich niet verroerd. Het was doodstil, afgezien van het gedruppel van een kraan die een nieuw leertje nodig had, het verre geroezemoes van een menigte die zich buiten in het park verzamelde, en het ademen van twee mensen halverwege een spelletje poker.

Ze pakte het pistool op en hield het in haar hand. Het was zwaarder dan ze had verwacht.

Mikes ogen verstarden. Hij had niet gedacht dat ze het zou oppakken.

Sarah rechtte plotseling haar rug en strekte haar arm, het pistool stevig in haar hand, tot het zich op luttele centimeters van Mikes gezicht bevond.

Ze legde haar vinger om de trekker en keek toe hoe ze die indrukte, maar haar hand begon te trillen. Aanvankelijk waren het lichte trillingen, maar gaandeweg werden het hevige, onwillekeurige schokken, als bij een attaque. Ze deed haar ogen dicht om zich te kunnen concentreren en voelde huid. Warme, tedere huid. Toen ze haar ogen weer opendeed, zag ze dat Mike zijn hand op de hare had gelegd. Hij keek haar aan.

Ze keek terug. Zijn ogen waren vochtig, meelevend; ogen die van haar hielden.

Mike hielp haar het pistool weer neer te leggen. Zijn hand bleef op het blad van de ontbijtbar even op de hare liggen, beide om het pistool geklemd, en daarna trok hij nonchalant zijn arm terug. Hij haalde drie dikke, roze marshmallows uit een pot en gooide die in de dampende melk.

Sarah keek naar de smeltende marshmallows. Ze keek naar hem, naar zijn onregelmatige, knappe gezicht en zijn ontspannen houding. Hij had nu zijn gruizige, verleidelijke stem opgezet, en ze genoot ervan. Mike Tetherton was het beste wat haar ooit was overkomen.

'Waarom moest je mij niet?'

'Sorry?'

'Waarom moest je mij niet? Wat heb ik verkeerd gedaan?'

Sarah was niet gelukkig geweest met wat hij haar aandeed, maar ze was nog minder gelukkig geweest toen hij vertrok.

'Ik ben een ziek mens, Sarah. Ik walg van wat ik doe. Ik wil niets liever dan veranderen.'

Mike raakte het pistool op het blad aan.

'Soms denk ik dat ik zelfmoord zou moeten plegen. Er maar

een eind aan moet maken. Zou dat geen goed idee zijn? Een eind maken aan de pijn? Mezelf bevrijden van alle zorgen en het schuldgevoel? Maar ik heb er de moed niet voor.'

Mike legde teder zijn vingers op Sarahs hand.

Behoeftig, wanhopig, keek Sarah hem aan, en ze zei: 'Ik heb mijn vriendin niet geholpen. Ik heb Krissie niet geholpen.'

'Sarah, je was vijf…'

'Zes.'

'Je was zes jaar. Een kind. Je zat opgesloten in de badkamer, en je had niets kunnen doen. Ik vind eerlijk gezegd dat je erg moedig was, een erg moedig meisje. Heel anders dan ik.'

Mike raakte het pistool weer aan toen hij dat zei.

'Ik heb er ooit over gedacht een kogel door mijn hart te jagen, maar toen puntje bij paaltje kwam, zag ik ervan af. Ik ben niet zo moedig als jij.'

Sarah barstte in snikken uit en Mike kwam naast haar aan de ontbijtbar zitten en nam haar in zijn armen.

'Stil maar, het komt wel goed. Je bent altijd moedige Sarah geweest, en dat vind ik fantastisch aan jou.'

Ze maakte zijn overhemd nat met haar tranen en zoog de warmte van zijn lichaam, zoog de vriendelijkheid van zijn armen in zich op.

Toen ze uitgehuild was, nam hij haar kin in zijn hand en fluisterde: 'Sarah, liefje, ik ga even kijken of Robbie niets kan overkomen in de slaapkamer, en dan ga ik weg. Oké? Over een uur bel ik maatschappelijk werk om te laten weten dat hij hier is en ervoor te zorgen dat hij opgevangen wordt, en dan komt het met iedereen wel in orde.'

'Oké,' zei Sarah.

Mike gaf haar het pistool. 'Waarom neem je dit niet braaf mee naar de badkamer?'

Sarah gehoorzaamde. Ze liep de aangrenzende badkamer in en ging op de koude tegelvloer zitten. Mike deed niet zoals vroeger de deur van buitenaf op slot, en ze vroeg zich af waarom niet. Ze hoorde dat Mike wat spullen uit de keuken aan het inpakken was. Ze speelde met het pistool, haar toekomst, en hoorde Mike de slaapkamer in komen. Ze zette de deur op een kier en tuurde door de opening.

Robbie sliep eindelijk, met alleen een luier om, bloot en onschuldig op de lappendeken.

Mike stopte zijn videobanden op volgorde in een koffer. Hij zette zijn computer uit, dacht even na, keek naar de negen maanden oude baby op het bed, en toen drong het tot hem door.

Een ruilmiddel.

Het was walgelijk, maar er waren smeerlappen die alles over zouden hebben voor foto's van deze baby, hem zouden geven wat hij maar wilde. Met een paar opnames zou hij al zoveel materiaal voor zijn doelgroep in huis hebben dat hij het er maanden mee kon uitzingen.

Hij ging naast Robbie op het bed zitten en schoof hem naar het midden van de lappendeken.

Hij deed het licht aan en zette de videocamera aan die nog steeds op het statief in de hoek stond opgesteld. Hij haalde zijn kleine, zilverkleurige digitale camera uit het zwartleren etui en controleerde hem. Hij streek de lappendeken glad en liep naar Robbie toe.

Hij hoorde iets bij de badkamerdeur. Het geluid van een briesende neus. Mike draaide zich om en zag haar daar in de deuropening staan, haar zielige, bevende vingers weer om de trekker.

Hij glimlachte. Ze zou het niet doen; hij kende haar langer dan vandaag.

'Ga bij hem weg!' zei ze.

Nu hij één gokoverwinning binnen had, was Mike overmoedig geworden. Bovendien wilde hij niets liever dan verhuizen en ontsnappen aan de menigte die hem in Greensleaves stond op te wachten, en kwam deze maffe klus hem de neus uit.

Hij ging niet bij Robbie weg. Hij keek haar met zijn camera in de hand opnieuw strak aan, en leunde rollend met zijn ogen en verontwaardigd tegen zijn slaapkamerraam.

'Sarah, kom nou... dit is belachelijk,' zei hij.

Maar ditmaal trilde Sarah niet.

En ditmaal zag Sarah geen medeleven of liefde toen ze in Mikes ogen keek. Ze zag het tegenovergestelde.

Met vaste, resolute arm controleerde Sarah haar positie en haalde de trekker over.

De kracht van het schot wierp haar achterover, zodat ze tegen de muur van de badkamer en vervolgens op de grond terechtkwam.

Ook Mike werd door de kracht van het schot achterovergeworpen, en wel met zo'n vaart dat hij dwars door de ruit van het slaapkamerraam vloog en twintig meter lager op straat neerkwam.

39

In Greensleaves had zich een groep mensen verzameld voor
Guy Fawkes-avond, tevens openingsavond van het park. Netty,
Isla, de penningmeesteres van de bewonersorganisatie met haar
vier kinderen en verscheidene andere gezinnen uit Wilkinson
Court stonden rondom het bankje in het park. Isla hield met
een brede glimlach een deken vast die een voorwerp ter grootte
van een stoel bedekte.

Aan de andere kant van het park stond een geïmproviseerde
Guy Fawkes-pop fier rechtop, nog niet aangetast door de op-
laaiende vlammen van het vreugdevuur onder hem.

Stripverhalenwinkel-Jim zat aan de linkerkant van het vreugdevuur gehurkt te wachten op het teken dat het vuurwerk aan-
gestoken kon worden.

Netty had net op haar horloge gekeken toen het pistool af-
ging, en ze veerde op van schrik, net als de rest van de menigte.
Ze keken naar Jim, in de veronderstelling dat hij te vroeg met
het vuurwerk was begonnen. Hij schudde zijn hoofd. Er viel
een korte stilte. Alles stond stil in Greensleaves:

Isla, die de deken over het voorwerp heen hield en stond te
popelen om haar belangrijke taak bij de openingsceremonie ten
uitvoer te brengen.

Netty, die haar toespraak paraat had.

De kleine zwarte labrador, die kwispelend en met zijn tong

uit zijn bek de voordeur van zijn baasje in de gaten hield.

Jim, die klaar was om het vuurwerk aan te steken.

En alle anderen, die al in de houding stonden om te applau-
disseren.

Ze keken allemaal omhoog toen de ruit van Mikes raam verbrijzelde. En nadat het lichaam met een plof op de grond was
beland, renden ze ernaartoe. Ze vormden er een halve kring om-
heen en aanschouwden een mond die ongewoon smalend was,
ogen die ongewoon haatdragend waren, en benen die ongewoon gekruist waren. Met zijn hand omklemde Mike zijn zilverkleurige camera.

Isla had geschreeuwd toen ze het lichaam hoorde neerkomen. Ze had de deken laten vallen die ze eigenlijk onder andere
omstandigheden had moeten verwijderen. Ze had de deken
moeten verwijderen nadat Netty haar gloedvolle 'we-aanbid-
den-jou-Mike'-speech had afgerond. Maar nu rende ze naar de
plof toe, zodat de deken opwaaide en voor niemand een schitte-
rende, glanzend zwarte, granieten gedenksteen onthulde, pal
in het midden van Greensleaves, met het opschrift TETHERTON
PARK.

De puppy, die van Mike niet eens een naam had gekregen
omdat dat te veel moeite was geweest, jankte van verdriet om
het verlies van zijn dierbare.

En terwijl achter hen de Guy-pop boven op het vreugdevuur
eindelijk vlam vatte, keken de inwoners van Wilkinson Court
naar de puppy, en hadden ze ook wel willen janken als een
hond.

Ondertussen stond in South Ayrshire een eenzame, door de
maan beschenen ligstoel als een vreemd element op een kaal
stuk grond. Een windvlaag bracht hem enigszins aan het wan-
kelen en een tweede vlaag blies hem omver.

40

Ook ik was niet de heldin van dit verhaal. Ik bracht geen redding en ik was niet op het nippertje ter plaatse.

In de politieauto deed ik mijn ogen dicht om in stilte te bidden – of moest je het smeken noemen? Laat hem ongedeerd zijn. Laat hem ongedeerd zijn. Laat hem niets overkomen zijn. Alstublieft.

Toen we in Wilkinson Court aankwamen, was Mike inmiddels tien minuten dood. We parkeerden naast een prachtig nieuw park dat door een reusachtig vreugdevuur werd verlicht. Buurtkinderen stonden vanaf het hoogste deel van een houten piratenboot de gebeurtenissen gade te slaan.

Mike lag op straat. Ik kon zijn gezicht niet zien.

Gelukkig maar.

Ik rende langs de verbijsterde/kletsende/betraande toeschouwers, en vloog de trap op naar het kleine zolderappartement.

Het was een appartement, meer niet. Schoon, licht. Een doorsnee appartement.

Ik deed de deur naar de slaapkamer open. Robbie lag lekker te slapen op het bed, zonder koorts of pijn. Er lag een deken over hem heen en hij zag er tevreden uit.

Ik gaf hem een zoen op zijn wang en overhandigde hem aan Chas voordat ik de kamer rondkeek. De grond lag bezaaid met glasscherven en de deur naar de aangrenzende badkamer stond half open.

'Sarah!' zei ik. 'Sarah!'

Het bleef doodstil.

Ik zag dat er een slot op de buitenkant van de deur zat. De rillingen liepen me over de rug. Ik deed de deur helemaal open en toen mijn ogen aan het donker gewend waren, zag ik het pistool op de grond liggen. Ik zag ook dat Sarahs gezicht kalm was.

Ik ging naast haar op de tegelvloer zitten, zodat het trage bloed ons beiden bedekte, ons beiden omhulde met zijn rode warmte, en drukte haar tegen me aan.

Terwijl ik haar in de ogen keek, zag ik het meisje dat in mama's brief een ster werd genoemd: 'Daar gaan mijn sterren, met blauwe paraplu's. Kijk ze eens rennen en lachen in de regen.' Ik zag het meisje dat zo zorgvuldig en vastberaden Tiny Tears had verschoond in de tuin. Ik zag het meisje dat me in het centraal station goed in de gaten had gehouden, me altijd goed in de gaten had gehouden, ik zag het meisje dat met een brede, beeldschone grijns het jawoord had gegeven voor het altaar.

En ik zag het meisje van wie niemand ooit voldoende had gehouden, zelfs ik uiteindelijk niet.

'Is alles goed met Robbie?' fluisterde ze in mijn oor.

'Nou en of,' fluisterde ik terug, en ik drukte haar zo stevig mogelijk tegen me aan terwijl ze wegleed.

41

Een paar weken nadat we onze intrek hadden genomen in het
huis van mijn ouders, droomde ik dat er in een doorsnee keuken een reusachtige pan met saus lekker stond te pruttelen op
een knus fornuisje.

Toen ik naar de bolognesesaus toe liep, zag ik een man op de
rug. Hij stond in de pan te roeren, rustig en gestaag, en joeg
daarbij die heerlijke geur het vertrek in. Toen ik naar de roerder
toe liep en hem omhelsde, werd ik overmand door een bepaald
gevoel. Ik herkende het gevoel niet, had het nooit eerder ervaren. En het duurde heel lang voordat ik het kon benoemen. Het
was vredigheid, het gevoel dat over me heen gleed. Ik voelde me
vredig.

Het was Chas die in de saus roerde, en het gevoel dat me
overspoelde was zo hevig en nieuw dat ik er wakker van werd.

Hij werd ook wakker en omhelsde me, terwijl ik me onder-
dompelde in het bolognesegevoel dat nu voorgoed van mij was.

Een therapeute van begin dertig stelde samen met mij een actie-
plan op. Je had grote dingen en kleine dingen, en de kleine dingen vond ik het moeilijkst.

Zien hoe Robbie Tiny Tears knuffelt.

Een brief naar de ouders van Kyle op de bus doen. Dat was
moeilijk.

Sarahs graf bezoeken, ook dat was moeilijk.

En het sieradendoosje wegdoen. Ik gooide het weg op de dag dat Robbie tien seconden lang zelfstandig rechtop stond, door zich met zijn vier nieuwe tanden aan de salontafel vast te houden. Chas zag me bij de vuilcontainer staan toen hij met twee liter halfvolle melk en vier croissants terugkwam van de winkel op de hoek.

Het is nu later op de avond en ik zit hier in het donker van mama's hobbykamer. Ik probeer Robbie in slaap te krijgen, maar hij werkt niet mee. Wanhopig sla ik mijn handen voor mijn gezicht, en als ik weer opkijk, zie ik dat Robbie mijn vingers heeft gegrepen en ze stevig vasthoudt. Tegelijkertijd kijkt hij me lachend in de ogen. Ik pak spontaan zijn hand, kijk hem aan en lach prompt terug.

Dankbetuiging

Ik had dit boek niet kunnen schrijven zonder het vertrouwen en het doorzettingsvermogen van mijn agent, Adrian Weston van Raft PR; dank je, dank je, dank je.

Louise Thurtell, Lauren Finger en iedereen bij Allen & Unwin: bedankt dat jullie hiervan iets hebben gemaakt waarop ik bijzonder trots ben.

Ook wil ik Wanda Gloude van Ambo|Anthos bedanken, die de eerste was die in dit boek geloofde, en Helen Francis van Faber & Faber.

Tot slot gaat mijn dank uit naar de onvermoeibare Sergio Casci, die ervoor zorgt dat ik gezond blijf – en erg, erg gelukkig.